BIBLIOTHÈQUE NORDIQUE

LE ROI ET L'HORLOGER

Arnaldur INDRIDASON

LE ROI ET L'HORLOGER

Traduit de l'islandais
par Éric Boury

Éditions Métailié
20, rue des Grands Augustins, 75006 Paris
www.editions-metailie.com
2023

Retrouvez-nous sur les réseaux sociaux :

Titre original : *Sigurverkið*

Published by agreement with Forlagið, www.forlagid.is

ISBN : 979-10-226-1241-8

Ô, malheur à ceux qui de dogmes odieux
profitent pour se servir et prospérer…

Psaumes de la Passion,
Hallgrímur Pétursson (1614-1674)

1

Le temps s'était arrêté. Le chef-d'œuvre façonné à la gloire de Dieu et de la Vierge Marie deux cents ans plus tôt n'avait, de mémoire d'homme, jamais sonné les heures du jour et de la nuit, ni indiqué les phases de la lune ou la course des planètes. Ce butin de guerre acquis lors d'un conflit oublié depuis longtemps reposait sous une épaisse couche de poussière dans une remise du palais royal de Christiansborg, les monarques et leurs règnes avaient passé sans que le temps reprenne sa course. On avait jadis convoqué les savants et maîtres ouvriers les plus brillants pour examiner cette horloge et tenter de restaurer son mécanisme, mais tous avaient fini par renoncer, convaincus qu'en dépit de sa grande beauté, plus jamais elle ne sonnerait les heures ni n'afficherait les mouvements des corps célestes.

Il en était allé ainsi jusqu'au jour où un horloger vieillissant, propriétaire d'une échoppe près de l'îlot de Slotsholmen où se trouvait le château royal de Christiansborg, fut convoqué au palais pour y examiner une pendule. Le créateur de la sublime œuvre entreposée au château des rois de Danemark n'était pas un inconnu pour l'artisan qui, dans sa jeunesse, avait entendu parler de cet homme, le compagnon-horloger chez qui il avait fait son apprentissage à Copenhague lui ayant raconté son histoire. L'artisan savait depuis longtemps que cette merveille n'était pas une horloge ordinaire, elle avait été conçue par Isaac Habrecht, un Suisse qui avait passé la plus grande partie de sa vie à la cathédrale de Strasbourg où il avait élaboré la grande horloge qu'on admirait dans le monde entier.

Celle-ci marquait non seulement le passage du temps avec ses aiguilles, mais elle indiquait également les jours de la semaine et les mois. Qui plus est, les trois Rois mages en sortaient toutes les heures pour aller se prosterner devant la Vierge, ensuite résonnaient les notes d'un psaume désormais oublié datant de l'époque de son concepteur. Pour couronner le tout, littéralement, un coq doré se dressait au sommet de l'ouvrage et signalait le début de chaque nouvelle heure par son chant et ses battements d'ailes. Cette féerie s'accompagnait du défilé des planètes et des astres quand le mécanisme fonctionnait bien.

Assemblé en l'an de grâce 1592 et âgé d'environ deux cents ans, ce prodige était considéré par la plupart des compagnons horlogers comme un objet pour ainsi dire surnaturel, un Graal relevant de la magie, plutôt que comme une création humaine.

Quand le vieil artisan se fut acquitté de sa besogne consistant à réparer une pendule posée sur la cheminée du cabinet d'un des secrétaires du roi, il déambula dans les couloirs du palais, vers l'endroit où on lui avait dit qu'était remisée la vieille horloge. Dans sa jeunesse, son maître d'apprentissage, disparu depuis longtemps, avait lui-même tenté de la remettre en état, mais il avait fini par renoncer. Ce dernier avait toutefois conservé des croquis, des dessins et des notes qu'il avait laissés en héritage à son ancien apprenti, ce qui n'avait fait qu'aiguiser davantage sa curiosité.

Plutôt distant, le régisseur l'écouta formuler sa requête, étonné que cet homme originaire de la lointaine Islande s'intéresse autant à une vieillerie. Il l'autorisa néanmoins avec bienveillance à l'examiner. L'horloger le remercia très humblement puis se fraya un chemin à travers les tableaux, les objets d'arts, les butins de guerre, les bustes des anciens monarques, armoiries, oriflammes, harnachements et antiques cages à faucon, jusqu'au coin où se trouvait la fameuse horloge. Il retira prudemment la pièce d'étoffe poussiéreuse qui la protégeait en veillant à ne pas endommager l'œuvre plus qu'elle ne l'était déjà.

Précaution inutile, pensa-t-il en découvrant le désastre. Le coq qui avait jadis fièrement chanté au sommet de l'ouvrage était tombé de son piédestal. Les personnages symbolisant la fugacité de la vie humaine – l'enfance, la jeunesse, la force de l'âge puis la vieillesse – s'étaient brisés. La Vierge Marie avait disparu et il ne restait plus qu'un seul Roi mage debout sur le chemin qui le menait à la mère du Sauveur. Les statuettes du Christ triomphant et de la Mort étaient cassées, les rails sur lesquels elles étaient censées avancer endommagés. Même les clochettes sous le toit de l'horloge destinées à jouer le psaume étaient tordues et cabossées. En examinant de plus près le mécanisme, l'horloger découvrit d'autres ravages, des rouages aux dents cassées et des poutrelles de bois détruites. Il se souvint que son maître lui avait dit qu'au fil des ans des morceaux avaient été vendus, éparpillés aux quatre vents, entre autres le globe qui l'accompagnait, représentant les constellations.

L'horloger passa un doigt sur la poussière qui recouvrait les rails des Rois mages, navré de voir tant de beauté dans cet état pitoyable. Il pensa à son épouse, sa regrettée Margit, qui avait été rappelée par le Seigneur au terme d'une brève maladie l'été précédent, la pauvre, elle lui manquait chaque jour. Leurs deux enfants s'étaient installés loin de Copenhague et passaient rarement le voir. N'ayant plus rien à quoi occuper sa solitude dans l'appartement au-dessus de son échoppe, le temps s'était écoulé dans son atelier sans qu'il eût à s'inquiéter outre mesure de la marche du monde. L'horlogerie était sa vie et son plaisir, tant et si bien qu'il avait très peu eu le temps de se consacrer à d'autres choses. Il s'était d'ailleurs taillé une belle réputation dans sa profession et c'était sans doute pour cette raison qu'on l'avait fait venir au palais pour s'occuper des horloges royales. Non qu'il en tire une quelconque vanité. Il s'efforçait au contraire à encore plus de conscience. La réputation était quelque chose de précieux, il en avait fait l'amère expérience chez lui, en Islande.

Plongé dans ses pensées, il contemplait l'humiliation que subissait Habrecht, le plus grand horloger de son temps, il essayait de comprendre comment fonctionnait jadis ce mécanisme, dans son extrême complexité. Une idée singulière germa tout à coup dans son esprit. Peut-être pouvait-il essayer d'œuvrer pour qu'à nouveau ce chef-d'œuvre élève et exalte l'esprit humain.

Il était le premier surpris par ce projet saugrenu. Personne n'avait jamais mis en doute son adresse ni sa compréhension de la subtilité de ces machines destinées à mesurer le temps, mais il ne se considérait nullement apte à intervenir sur une telle création de l'esprit. Pourtant, une voix lui murmurait que c'était désormais la tâche à laquelle il devait se consacrer, maintenant qu'il commençait à être âgé. Dès que cette idée lui fut venue, il lui sembla vivre une expérience mystique, son cœur s'emplit d'une allégresse qui faisait tressaillir tout son corps, c'était là une joie qu'il éprouvait pour la première fois et qu'il ne pouvait interpréter autrement que comme une révélation.

C'est ainsi que Jon Sivertsen l'Islandais, horloger dans le Copenhague de Sa Majesté, rendit des visites régulières au régisseur des réserves royales, enjambant armoiries et vieilles cages à faucon pour se pencher sur la création d'Habrecht. Le régisseur lui donna sans peine son autorisation, selon lui sa présence dans les réserves ne comportait aucun risque et, si l'artisan parvenait à ses fins, cela permettrait au fonctionnaire d'ajouter une plume à son chapeau. S'il échouait, cette horloge continuerait d'être le vieux débris qu'elle était depuis longtemps. Jon se mettait à la tâche le soir, après sa journée de travail dans son atelier, il travaillait à la lueur d'une chandelle quand le jour déclinait et s'emmitoufla dans deux manteaux lorsque l'hiver et ses frimas arrivèrent.

Puis un soir, vers la fin de l'Avent, Sa Majesté, le roi Christian VII en personne, réputé pour être féru d'armoiries et d'héraldique, voulut voir quelque chose dans les réserves de son immense palais de Christiansborg. Seul, sans perruque et le visage sans fard, il trouva Jon Sivertsen assis sur un petit tabouret en bois, penché sur l'horloge d'Habrecht. Absorbé par sa besogne, Jon ne remarqua la présence du souverain que lorsque celui-ci arriva derrière lui. Il sursauta, pensant que c'était peut-être le régisseur, puis se leva d'un bond et manqua tomber à la renverse en découvrant qui était là. Il avait vu le roi à cheval en grande tenue dans les rues de Copenhague et le reconnut aussitôt. Tel un condamné à mort à côté de son tabouret, il inclina la tête le plus bas possible et n'osa pas lever les yeux.

– Qui es-tu ? demanda le roi en chemise de nuit sous sa robe de chambre en velours en soufflant une haleine parfumée au vin de Madère.

– Pardonnez-moi... Jon, je... je m'appelle Jon Sivertsen, Votre Majesté, bredouilla l'Islandais, le menton rivé à la poitrine.

– Et que fais-tu ici, si je puis me permettre ?

– Je... je suis horloger et j'essaie... Sire... j'essaie de... disons... de réparer... de réparer cette...

– Cette horloge ? coupa le roi, voyant que l'artisan semblait avoir perdu sa langue.

– Oui, Sire.

– Qu'est-ce que c'est que ce vieux débris ? demanda le monarque en sortant de la poche de sa robe de chambre un mouchoir parfumé qu'il se mit sous le nez.

– Une des merveilles réalisées par Habrecht, Votre Majesté.

– Habrecht ?

– C'était un horloger suisse, Sire.

– En quoi cela nous concerne-t-il ? s'enquit le roi en usant du nous de majesté comme s'il parlait au nom de tous ses ancêtres depuis Gorm le Vieux et Harald à la Dent bleue.

– Eh bien, cette horloge est… elle vous appartient de plein droit, Sire, bredouilla Jon. Votre Majesté… vous… elle vous appartient.

– Tsss, souffla le souverain, incapable d'évaluer l'étendue précise de ses possessions.

Il scruta l'œuvre, puis toisa l'horloger courbé devant lui en pensant à la bouteille de Madère qui l'attendait dans ses appartements.

– Qui vous a demandé de vous en occuper ? demanda-t-il.

– Personne, Votre Majesté.

– Personne ?!

– Non, Sire. Je… j'avais connaissance de la présence de cette merveille dans vos remises, ou devrais-je dire, dans vos collections, Majesté, et… et… l'idée m'est venue de la réparer.

– Quelle impertinence ! Personne ne m'en a informé ! N'aurait-on pas dû le faire ?!

– Le régisseur de Sa Majesté, je me disais qu'il avait peut-être…

– Tu es là pour me voler ?! Tu viens dérober des pièces de cet objet ?

Le roi inspecta Jon Sivertsen avec plus d'attention : l'expression de l'Islandais lui donnait envie de le mettre aux fers sans délai. Ses vêtements pauvres. Ses épaules affaissées. Le tablier en cuir sous lequel pointait un petit ventre rond. Ses mains élégantes d'horloger et le noir qu'il avait sous les ongles. Sa grosse tête baissée comme collée à sa poitrine. Il ne l'avait pas levée une seule fois pour regarder son souverain dans les yeux pendant leur conversation.

– Sire… je ne suis pas un voleur… Cette horloge a été conçue pour célébrer la gloire de Dieu, Sire, murmura Jon, le menton toujours rivé à la poitrine. Je voulais juste savoir si j'étais capable de la remettre en état. Voilà tout, Votre Majesté.

Le souverain hésita en entendant le nom du Seigneur résonner dans ses collections.

– Eh bien, soit! répondit-il en agitant son mouchoir parfumé au-dessus de l'horloge, comme pour signifier à l'artisan qu'il l'autorisait à se remettre au travail. Puis il s'en alla en quelques pas aussi doux que la robe de chambre qu'il portait.

2

C'est ainsi que Jon Sivertsen, nom de famille qu'il avait pris au Danemark bien qu'originaire du Breidafjördur, dans l'Ouest de l'Islande, était devenu l'horloger personnel du roi et s'était vu confier la tâche de remettre en état la sublime horloge. Sans comprendre pourquoi le souverain n'avait pas ordonné qu'on le décapite sur place après sa conversation avec lui, il résolut de consacrer tout son temps au joyau d'Habrecht, délaissant toute autre activité. Désormais, il n'avait plus besoin de se faufiler dans le palais de Christiansborg à la fin de sa journée, il empruntait désormais l'entrée des domestiques et les cuisines du château.

Le régisseur ayant eu vent de la visite de Sa Majesté, il afficha plus de respect à l'égard des réserves qu'il désigna bientôt sous l'appellation de "collections royales", sachant qu'elles abritaient en effet un fonds d'œuvres d'art de grand intérêt. Il fit dégager le passage pour accéder à l'horloge et installer un espace de travail approprié avec un établi, des outils et un éclairage adéquat. Il informa Jon qu'il ne devait pas hésiter à se manifester s'il avait besoin de quelque chose, quoi que ce fût, on s'arrangerait pour le lui procurer avec la plus grande diligence. Il n'oublia pas d'ajouter qu'au cas où l'horloger reverrait le souverain et survivrait à l'entrevue, il pouvait peut-être lui glisser que son régisseur était depuis fort longtemps au service de Sa Majesté, et qu'il s'était toujours appliqué à la besogne avec une diligence qui dépassait de loin ses devoirs de fonctionnaire.

Jon entreprit alors de démonter pièce par pièce l'ouvrage d'Habrecht, consignant dans un registre l'emplacement de chacune et la description de sa fonction.

L'horloge comportait plusieurs couches de rouages complexes et d'équipements qui nécessitaient d'être remontés et devaient interférer les uns avec les autres pour produire les révérences des Rois mages et les battements d'ailes du coq. Jon ne tarda pas à découvrir qu'il manquait des éléments d'une taille et d'une importance capitales à l'ensemble, se souvenant alors que divers éléments de l'horloge avaient été vendus au fil du temps. Il en fit part au régisseur qui répondit avoir en effet entendu dire que certains de ses prédécesseurs avaient vendu des éléments, et lui promit de vérifier s'il trouvait trace de ces transactions dans la comptabilité du roi. Il lui expliqua tout cela d'un air plus ou moins honteux, comme s'il s'était lui-même rendu coupable de ce type de commerce.

Puis, un soir, il advint que le roi s'ennuyât et se souvînt de l'horloger islandais dans la salle des armoiries et oriflammes où étaient également entreposées des vieilleries issues de l'histoire de la monarchie danoise. Ayant vidé une bonne partie de sa bouteille de vin de Madère, il eut envie de savoir si l'artisan progressait dans son projet de remettre la vieille horloge en marche. Il enfila sa robe de chambre en velours, s'engagea dans le labyrinthe des couloirs du palais et, malgré l'heure tardive, trouva Jon Sivertsen en plein travail. Cette fois-ci, Jon avait été prévenu de l'arrivée de son souverain, il s'était levé d'un bond en entendant du bruit à la porte. Immobile devant l'horloge, tête baissée, le menton soudé à la poitrine, l'Islandais attendait.

Le monarque garda un long moment le silence devant l'œuvre, sa bouteille de Madère dans une main, agitant de l'autre un mouchoir parfumé sous son nez. Il examina les nombreux éléments que Jon avait démontés et alignés sur son établi, les cadrans, les écrous, les poids et les roues dentelées de toutes tailles. Puis il s'adressa à son humble sujet.

– Tu avances ?

– Lentement, Votre Majesté, répondit Jon avec concision.

– Ah bon ? Y a-t-il des choses dont tu aurais besoin ? demanda le roi.

– Il manque des éléments, Sire. Et j'ai du mal à les récupérer.

– Comment se fait-il qu'il manque des pièces ?

– Elles ont été vendues au fil du temps, Majesté, répondit l'Islandais.

– Ah, par le diable ! Et ?

– Et je ne sais pas si je pourrai réparer cette horloge en leur absence, Sire.

– Quelles sont les pièces manquantes ? demanda le roi, consterné.

– Eh bien, Majesté, par exemple, la Vierge, cette figure devrait se trouver à cet endroit, répondit Jon en lui montrant la niche sous les clochettes et les rails sur lesquels les Rois mages devaient évoluer. Or cette statuette est introuvable. Je pourrais vous donner d'autres exemples d'éléments disparus, sans doute à l'époque où cette horloge appartenait à un apothicaire de Copenhague. Elle a peut-être même été mise en gage, Votre Majesté.

Le roi prit une gorgée de vin et scruta longuement l'œuvre d'Habrecht. Il avait demandé qu'on lui procure des documents sur l'horloger suisse de la cathédrale de Strasbourg et avait découvert que tout ce que lui avait dit l'artisan était vrai. Habrecht était une légende dans sa profession et le chef-d'œuvre qu'il avait laissé derrière lui dans la cathédrale de Strasbourg était en effet considéré comme une des merveilles de ce monde. Il avait également découvert que l'horloge dont il était désormais propriétaire était un butin des Danois pendant la grande guerre qui les avait opposés à ces maudits Suédois. Initialement conservée au château de Gottorp dans le duché de Schleswig, conquis par le roi Fredrik, son arrière-grand-père, elle avait par la suite été déplacée à Copenhague puis vendue ici et là avant de réintégrer les possessions de la Couronne et le palais de Christiansborg. Le roi avait également appris que l'horloge était une sorte de reproduction de celle de Strasbourg. Bien qu'elle soit naturellement de taille plus modeste, c'était une miniature d'exception. Une autre horloge semblable, pour ainsi dire jumelle, avait été fabriquée pour le pape Sixte V à Rome avec la bénédiction du Seigneur. Le monarque jeta un regard en coin à Jon Sivertsen. En résumé, l'œuvre qu'abritait son palais était un objet en tout point remarquable. Cela, l'artisan le savait mieux que le roi lui-même.

– Rappelle-moi ton nom ? demanda le souverain.

– Jon Sivertsen, Majesté.

– Sivertsen, espérons que ce n'est pas suédois !

– Oh non, Sire.

– D'où viens-tu ?

– D'Islande, Votre Majesté.

Le roi de Danemark fronça les sourcils. Il ne supportait pas les Islandais et leurs constantes jérémiades, leurs perpétuelles doléances, et ne parvenait pas à se rappeler, sans doute à cause du vin de Madère qui lui embrumait l'esprit, pourquoi diable ce pays faisait partie des territoires danois. Il se souvenait de pactes vieux de plusieurs siècles qui stipulaient cela et dataient sans doute de l'époque où le Danemark avait mis sous sa coupe la Norvège, bientôt suivie par les lointaines possessions comme l'Islande et le Groenland. Le souverain avait une préférence pour d'autres colonies plus méridionales comme le comptoir de Tranquebar dans l'océan Indien et les îles des Indes occidentales. Grimur Thorkelin, conservateur des archives secrètes du roi et grand érudit, était cependant originaire d'Islande et le roi n'avait pas oublié que les Islandais, surtout des étudiants, s'étaient vaillamment illustrés en défendant les portes de Copenhague au fil des siècles, autant contre ces satanés Suédois que contre les maudits Anglais. Le monarque en fit état avec complaisance.

– C'est que nous apprécions ces actes de bravoure, avoua-t-il à Jon Sivertsen. Donc, vous êtes d'ascendance danoise ?

– Non, Sire, comme certains de mes compatriotes, j'ai changé de nom peu après mon arrivée à Copenhague de manière à ce que les gens d'ici puissent le prononcer plus facilement que mon nom d'origine.

– Quel était le prénom de ton père ?

– Sigurdur, Votre Majesté.

– Sigourdour, répéta le roi avec un fort accent danois. Et qui était-il ?

– Il venait du vaste fjord qu'on nomme Breidafjördur, Sire. Si Sa Majesté m'y autorise, qu'elle me permette de lui dire qu'il n'y avait pas meilleur homme que lui. Il était honnête et juste.

– Tsss, souffla le roi, caustique, ayant pour sa part des souvenirs bien différents de son propre père. C'est surprenant ! Et que peux-tu me dire de plus au sujet de ce saint homme ?

Jon hésita.

– Que Sa Majesté ait la bonté de m'en excuser, mais je préférerais m'abstenir d'aborder cette affaire.

– Cette affaire ? Laquelle ? s'étonna le roi. Que s'est-il passé avec ton père ? Il y a eu une affaire ?

Jon ne répondit pas immédiatement, ce que le monarque interpréta comme une insolence insupportable.

– Allons, parle ! ordonna-t-il, hurlant presque sur l'horloger, surpris par ses réticences.

– Ces événements datent du règne du père de Sa Majesté, reprit Jon, bien qu'hésitant. Que Sa Majesté ait l'insigne bonté de m'en excuser, poursuivit-il en s'autorisant enfin à lever la tête et à regarder son souverain dans les yeux, mais son prédécesseur a fait décapiter mon père, un innocent, accusé de fornication et d'usurpation de paternité dans le Breidafjördur, chez moi, en Islande.

Le roi haussa les sourcils.

– Et sa gouvernante, tout aussi innocente que lui, a également été exécutée, Sire. Votre père l'a fait noyer.

3

Le roi Christian VII réagit comme il le faisait parfois lorsqu'il était pris d'un accès de colère à l'encontre de ses conseillers et domestiques, et laissa éclater un rire tonitruant. Les propos de ce misérable horloger sur Sa Majesté Frédéric V, son père, censé avoir fait exécuter des innocents, l'avaient tellement interloqué qu'il hésitait à abattre sur la tête de Jon sa bouteille de Madère ou appeler ses gardes pour le faire fouetter sur-le-champ. Jamais de tout son règne il n'avait été témoin de pareille impudence. Crétin d'Islandais ! Porc d'horloger !

– C'est… c'est de la haute trahison ! hurla-t-il en jetant un regard noir à Jon Sivertsen, qui baissait de nouveau la tête en s'attendant au pire.

Le roi leva sa bouteille à moitié vide comme s'il s'apprêtait à la lui briser sur le crâne. Puis il laissa retomber sa main, arrêté dans son élan par sa curiosité.

– Comment oses-tu me dire que ces deux criminels étaient innocents ? demanda-t-il.

– Je prie Sa Majesté de bien vouloir consentir à me pardonner de m'être exprimé de cette manière, mais ils n'avaient rien fait qui mérite la mort, Sire. Mon père n'aurait jamais pu commettre quoi que ce soit de mal, répondit Jon. Et sa gouvernante encore moins.

– Balivernes ! s'écria le roi. C'est ce qu'ils clament tous quand on va leur couper la tête ! Allez, remets-toi au travail ! Tu peux remercier le Ciel, ajouta-t-il en agitant sa bouteille devant la vieille horloge, que je ne t'envoie pas… que je ne t'envoie pas, et sans délai, à la prison de Stokhuset pour ton impertinence ! Oui, j'ai bien dit à la prison de Stokhuset !

Sur ce, le souverain quitta les lieux à grandes enjambées puis, faisant soudain volte-face, revint à toute allure vers l'horloger.

– D'usurpation de paternité ?!

– Sire, mon père avait demandé à un autre homme de reconnaître son enfant, répondit Jon. C'était là son seul crime, Majesté.

Le roi grommela et asséna une gifle à Jon Sivertsen avant de quitter les lieux. L'Islandais resta assis là, sidéré par sa propre effronterie. Jamais il n'aurait osé parler de cette histoire si le monarque ne l'avait pas interrogé avec insistance, il se demandait ce qui lui avait pris de s'exprimer ainsi. Effondré sur sa chaise devant l'œuvre en péril, il regrettait amèrement ce qui venait d'arriver. Comment pouvait-il se permettre de juger les actes du révéré père de Christian VII, roi de Danemark, de Norvège, d'Islande, du Groenland et des îles Féroé, maître du Schleswig-Holstein et autres lieux lointains dont il ignorait le nom, dans les mers du Sud ?

Certes, il s'était contenté de dire la vérité, mais on ne parlait pas ainsi à son roi, sauf peut-être pendant les révoltes et révolutions. Or, Jon Sivertsen, jadis appelé Sigurdsson, fils de Sigurdur, n'avait pas l'âme d'un révolutionnaire.

Les jours suivants, craignant de croiser le souverain et de lui dire Dieu sait quelles bêtises, il osa à peine passer par les cuisines du palais pour aller travailler. Il longea les murs discrètement et continua à démonter l'horloge en répertoriant chacune de ses pièces, petites et grandes, essayant de découvrir lesquelles étaient manquantes et comment elles s'articulaient les unes avec les autres. Peu à peu, il lui sembla mieux cerner la pensée qui avait présidé à l'assemblage complexe du mécanisme et la manière dont tous les éléments fonctionnaient ensemble. Il ne pouvait pas s'en remettre à grand-chose d'autre qu'à sa propre intelligence, à ce qu'il avait lu dans les livres, aux notes et aux dessins que son maître lui avait légués longtemps après avoir lui-même tenté de réparer l'horloge. Parfois, Jon se prenait à rêver d'un voyage à Strasbourg pour aller admirer le chef-d'œuvre d'Habrecht, cela lui permettrait peut-être d'en apprendre davantage et de se faciliter la tâche, mais il se rappelait aussitôt qu'il était peu probable qu'un pauvre diable comme lui entreprenne un tel voyage, sans doute ne verrait-il jamais cette cathédrale.

Ainsi passèrent les jours puis les semaines sans que le roi rende visite à Jon dans la salle des collections. Grâce à l'intervention du régisseur, les éléments qui avaient été vendus ne tardèrent pas à faire leur réapparition. On avait retrouvé bon nombre de pièces chez un apothicaire de la rue Købmagergade, parmi lesquelles un grand cadran qui affichait tous les jours de l'année, très endommagé. Il fallait en outre refabriquer certains éléments, comme les figures représentant les Âges de l'Homme, et Jon, adroit aussi bien pour le travail du métal que pour celui du bois, comptait s'acquitter lui-même de cette tâche en s'inspirant des fragments qui subsistaient.

Un soir, vers minuit, peu après le nouvel an, alors qu'il était sur le point de rentrer chez lui, il entendit quelqu'un franchir la porte de la salle des collections. Il supposa que c'était Christian VII et, effectivement, le souverain surgit. Comme à chacune de ses visites, le roi était en vêtements de nuit et débarrassé des oripeaux de la vie de cour : mèches de cheveux blanches et hirsutes, visage couperosé, dents jaunes légèrement en avant qui venaient juste de dévorer les restes d'un cerf royal de la province de Sjælland. L'animal avait été chassé par le dauphin, son fils, sur les étendues de neige de Sorø. Christian VII arrivait des cuisines où il allait parfois manger un morceau avant de se coucher. De constitution plutôt délicate, le geste élégant, il avait le visage allongé, un nez conséquent, les yeux légèrement globuleux et une bouche fine, presque féminine. Jon avait entendu dire que le monarque avait eu une enfance difficile : son père, le roi Frédéric V, lui infligeait de sévères châtiments pour des peccadilles.

Tenant à la main une bouteille de vin rouge qu'il avait prise aux cuisines, il passa un long moment à contempler les éléments que l'artisan avait étalés sur son établi, au sol, sur les étagères et jusque sur les rebords des fenêtres. Jon était resté immobile. Peuh, souffla le roi avant de boire une gorgée de vin et d'ôter de son doigt un lambeau de viande resté coincé entre ses dents.

Jon se tenait en retrait, mais observait son souverain à la dérobée et se sentait presque gêné de le voir ainsi déambuler dans les collections. Tout le monde savait que Christian VII était dépossédé de toute autorité dans son royaume, et ce, depuis bien longtemps. Plus tôt au cours de son règne, il avait cédé son pouvoir à son médecin personnel, un Allemand qui avait été l'amant de sa femme, la reine Caroline-Mathilde. Jon avait oublié le nom de cet homme, mais cet épisode du règne s'était achevé de manière catastrophique : le médecin allemand avait été décapité et Caroline-Mathilde, béni soit son souvenir, exilée. Le prince héritier Frédéric, demi-frère du roi, avait alors pris les rênes du royaume, mais la paix avait été de courte durée, une seconde révolution de palais avait eu lieu et le dauphin Frédéric, fils du roi Christian, était devenu régent du royaume de son père alors qu'il avait à peine dix-sept ans. Le bruit courait que le monarque, qui était en train de se curer les dents sous les yeux de son sujet, n'avait pas toute sa tête, il était tout simplement fou, si Jon avait bien compris les rumeurs qui circulaient sur le palais de Christiansborg. Le roi était pour ainsi dire placé à l'isolement dans son château et son rôle se limitait à signer les lois.

– Pourquoi t'intéresses-tu tant à cette horloge ? demanda-t-il, comme si leur dernière conversation n'avait jamais eu lieu.

– Sire, je ne comprends pas ce que Sa Majesté entend par là, murmura Jon. Je vous prie de bien vouloir me pardonner et excuser mon ignorance.

– Pourquoi as-tu l'impression que c'est à toi de la réparer ? À toi seul. Pourquoi toi ? Toi ? Toi ? Toi ?

– Sire, je m'y connais assez bien en horlogerie, répondit humblement Jon. Majesté, j'ai passé toute ma vie à étudier les rouages et mécanismes du temps.

– Je le sais, mon brave, tu ne m'apprends rien, rétorqua le roi, agacé de voir que l'Islandais ne comprenait pas le sens de ses questions. Beaucoup d'autres gens sont capables de réparer les horloges, mais ils ne sont pas là, au palais, occupés à démonter celle-ci ! En quoi diable est-ce que cet objet t'intéresse ?

Jon comprit enfin où le monarque voulait en venir avec ses questions qui le plaçaient toutefois dans l'embarras. En réalité, il n'avait pas la moindre idée de la raison pour laquelle il s'intéressait à cette horloge qui ne le concernait absolument pas et qu'il avait au départ voulu voir par simple curiosité. Puis, lorsqu'il s'était retrouvé face à cette merveille, il avait eu comme une révélation, il était incapable d'expliquer pourquoi et n'avait donc pas grand-chose à répondre.

– En réalité, Sire, je l'ignore, balbutia Jon, craignant que le roi ne se mette en colère, comme lors de leur précédente entrevue. Je connais le nom d'Habrecht depuis tout jeune, j'ai entendu parler de cet homme pendant mon apprentissage, mon maître m'a dit qu'il y avait parmi les biens du royaume une horloge façonnée par lui, mais que personne n'avait réussi à remettre en marche. Lui-même avait essayé de réparer ce mécanisme grandiose, comme bien d'autres, mais il avait fini par renoncer. Quand je me suis trouvé face à elle, il m'a semblé… j'ai eu l'impression que c'était mon devoir de la faire fonctionner à nouveau. C'est peut-être un peu à cause de ce que ce poète m'a dit il y a bien longtemps, chez moi, dans le Breidafjördur. Il s'appelait Eggert Olafsson. C'est le premier à m'avoir parlé de l'œuvre d'Habrecht dans la cathédrale de Strasbourg.

– Ton devoir ? s'étonna le roi.

– Je ne trouve pas de meilleure façon de le formuler, Votre Majesté.

Le roi se gratta la tête avec le goulot de sa bouteille.

– Il y a beaucoup d'horloges et de pendules en Islande ? demanda-t-il.

Il se souvenait avoir entendu parler de ce territoire septentrional éloigné uniquement pour ses volcans, tremblements de terre et famines. Il y avait une dizaine d'années, la moitié de l'île avait été ravagée par des éruptions qui avaient causé une terrible disette, les Islandais avaient donné à cette catastrophe un nom qu'il n'avait jamais réussi à prononcer correctement. Möduhardidi*, et qui signifiait Famine de la Brume ou quelque chose comme ça. Il y avait eu tellement de morts que, des années durant, la colonie n'avait pour ainsi dire pas rapporté le moindre revenu. À la Chancellerie, on avait même parlé, par charité, de transférer au Danemark tous les pauvres diables qui survivaient encore péniblement sur l'île, de manière à mettre fin à leur inutile calvaire sur cette terre du bout du monde, perdue dans l'océan, bien loin vers le nord.

– Non, Sire, notre nation est pauvre en horloges, répondit Jon Sivertsen. Elle recourt à d'autres méthodes pour compter les heures du jour et de la nuit.

– Là-bas, un artisan comme toi serait donc désœuvré ?

– Depuis la fin de mon apprentissage, si Sa Majesté me le permet, j'ai toujours travaillé à Copenhague.

* Il s'agit de Móðuharðindi, la famine déclenchée par l'éruption du Laki (1783-1784), qui a décimé environ 20 % de la population islandaise. (*NdT*)

Tsss, souffla le roi. Il contempla longuement son humble sujet et regarda l'horloge démontée en pensant à l'Islande où il n'était jamais allé, pas plus que ses prédécesseurs. Il savait que jamais il ne se rendrait sur cette île éloignée. Il n'avait pas envie de supporter ce froid et cette humidité. On lui avait raconté des histoires incroyables de gens qui vivaient dans des chaumières enfoncées dans la terre, on disait que l'odeur qui émanait des Islandais n'était pas humaine. Il mit son mouchoir parfumé sous son nez rien que d'y penser.

– Tu sais que celui qui désobéit à son roi ou l'insulte se rend coupable du crime de lèse-majesté et risque la peine de mort ? ajouta le souverain, après un silence. Tout comme celui qui parle du roi comme tu l'as fait. Je dirais qu'il s'agit de haute trahison. Oui, de la haute trahison.

– Que Votre Majesté daigne m'excuser, je… je n'ai pas voulu… je ne voulais pas dire quoi que ce soit qui puisse vous offenser, Sire. Ni le royaume ou la royauté.

– Qu'est-ce qui te fait dire qu'ils étaient innocents ? demanda le roi.

– Pardon, Sire ?

– Eh bien, ton père, pourquoi prétends-tu qu'il était innocent ?

Jon ne savait pas quoi répondre. Il ignorait où pouvait le mener cette conversation et redoutait la tournure qu'elle prenait. Il ne tenait pas à déclencher une nouvelle fois la colère du roi. Il resta donc face à lui, muet, tête baissée, le menton rivé à la poitrine, osant à peine respirer.

– Tu vas me répondre, paltoquet ?! aboya le souverain, assénant brusquement à l'Islandais une gifle du plat de la main.

– Que Votre Majesté me pardonne, mais mon père l'était, soupira Jon. Il était innocent, Sire. Mon père a été condamné à la plus lourde peine en vertu du Storidomur, le Jugement suprême, mais…

– Ton père a enfreint les lois du pays et il a mérité qu'on lui coupe la tête, interrompit le roi. Si tu parviens à me convaincre du contraire, horloger, je t'épargnerai la prison de Stokhuset ou un châtiment pire encore.

Jon leva les yeux et comprit que le souverain ne plaisantait pas.

– Votre Majesté…

– Laisse-moi te dire qu'une telle occasion ne se présente pas à tout le monde.

– Mais…

– Ne perds pas ton temps en palabres inutiles, coupa le roi, impatient.

– C'est que… je ne sais par où commencer, Sire, bredouilla Jon Sivertsen. Je suppose que toute cette histoire débute à la mort de ma regrettée mère. Elle avait pourtant mis mon père en garde, hélas…

4

Dès qu'il avait compris que l'inéluctable allait se produire, Sigurdur n'avait plus quitté le chevet de son épouse, il lui semblait entendre le mal progresser chaque fois qu'elle respirait. Helga délirait depuis une journée entière, il était resté à ses côtés, épongeant la sueur de son visage et lui faisant boire un peu d'eau, la seule chose qu'elle pouvait désormais avaler. Elle vivait ses derniers instants.

Une fois alitée, elle avait très vite décliné. Elle était restée debout aussi longtemps que ses forces le lui avaient permis, tellement courageuse, mais dès qu'elle s'était couchée, ses forces s'étaient taries et il n'y avait plus eu qu'une seule issue possible. Sigurdur avait assisté à la progression de la maladie, plongé dans la tristesse et l'abattement, tandis qu'Helga faisait preuve d'un grand fatalisme, confiante qu'elle était dans le Seigneur son Dieu et dans l'existence d'une vie meilleure au royaume des Cieux. Leurs fils et toute la maisonnée avaient été choqués de la voir s'étioler ainsi en seulement quelques semaines, puis sombrer dans les divagations et la torpeur, la respiration lourde et encombrée. On distinguait déjà l'ombre de la mort sur son visage. Allongée sur le lit conjugal, la tête rejetée en arrière, bouche ouverte, elle était proche de son dernier souffle.

Alors qu'elle était à l'agonie, Sigurdur s'était étonné qu'Helga veuille aborder un problème ancien qu'ils n'avaient pratiquement pas évoqué depuis qu'il avait demandé sa main. Cette question l'obsédait et, sachant son temps compté, elle tenait à l'encourager à désavouer une chose qu'il avait jadis faite.

– Je veux que tu te souviennes que je t'avais prévenu, avait-elle murmuré, épuisée. Je ne voulais pas ça. Je ne voulais pas que notre mariage se construise sur un mensonge…

– Helga, je t'en prie. Ne te torture pas avec cette histoire, avait-il répondu. Cela remonte à si longtemps et on ne peut plus rien y faire. Ne t'inquiète pas pour ça. Essaie plutôt de te reposer.

– Sois prudent, avait-elle murmuré. Il faut que tu t'armes de prudence.

– Mais pourquoi t'inquiéter de tout cela maintenant ? Ma chérie, arrête d'y penser.

– Je crois qu'on aurait dû… qu'on n'aurait jamais dû… soupira Helga, avant de perdre à nouveau conscience.

Lorsqu'il l'avait épousée, Sigurdur était au courant de sa grossesse. Elle-même l'en avait informé, elle lui avait expliqué qu'elle avait demandé à son père de la laisser épouser le père de l'enfant qu'elle portait, mais il avait refusé. Cela avait laissé Sigurdur sans voix. On ne voyait pas encore qu'elle était enceinte, et il n'avait pas imaginé qu'elle ait pu coucher avec un autre homme. Certes, il avait entendu des rumeurs, mais il n'avait pas l'habitude d'ajouter foi aux ragots.

– J'ai fauté, avait-elle chuchoté au pied du mur de l'église de Saurbær.

– Comment ça ?

– Je suis coupable de fornication, de débauche. Je ne sais pas comment ils appellent ça, mais j'attends un enfant.

Elle était venue lui parler alors qu'il réparait la vieille église de Saurbær à Raudisandur. Le pasteur avait demandé à Sigurdur de remettre en état les murs en tourbe et le toit en bois flotté qui avaient beaucoup souffert des tempêtes de l'hiver. Sigurdur ignorait qu'Helga rendait visite à sa tante de Saurbær, il l'avait vue entrer dans le cimetière. Elle l'avait salué. Il avait essayé de se débarrasser de la poussière qui le recouvrait intégralement après avoir découpé des briques de tourbe dans le terrain voisin pour remplacer celles qui manquaient dans les murs.

Helga venait lui proposer de l'épouser et choisissait ses mots avec soin. Elle était enceinte d'un des ouvriers de Jon, son père, qui s'appelait Gunnar. Après en avoir discuté avec elle, celui-ci était allé demander la main de sa fille à son patron. L'entrevue avait été brève. Jon avait répondu à Gunnar que cela n'arriverait jamais. Helga était alors allée trouver son père pour lui exposer la situation, mais il avait piqué une colère noire et l'avait traitée de tous les noms. Quant à Gunnar, Jon l'avait mis à la porte en lui ordonnant de quitter la région.

Sigurdur l'avait écoutée en silence. Il ne connaissait Gunnar que par ouï-dire, il savait que c'était un solide gaillard mais qu'il était pauvre, ce qui expliquait sans doute que le père d'Helga lui ait refusé la main de sa fille. Elle avait d'autres prétendants. Sigurdur n'était pas le seul, mais voilà maintenant qu'elle venait à lui. Il y avait longtemps qu'il la convoitait et il savait qu'il ne lui déplaisait pas. Ils se connaissaient depuis toujours, tous deux étaient nés dans la région et, lorsqu'ils avaient grandi, il avait cherché à la conquérir. Ils s'étaient vus dans la vallée de Saudlauksdalur ou dans la petite crique d'Örlygshöfn, et il n'y avait pas si longtemps il lui avait parlé de fiançailles. Elle n'avait rien promis sans non plus rien exclure. Peut-être s'était-il montré maladroit. Il n'était pas à l'aise avec les mots. Il lui avait dit espérer depuis longtemps qu'elle deviendrait sa femme.

Gunnar avait sans doute fait preuve de plus d'éloquence et l'avait ainsi séduite d'une manière dont Sigurdur n'avait pas le secret.

– Il n'est jamais trop tard pour se repentir, avait dit Helga en regardant le sable d'un jaune rosé. J'aurais mieux fait de t'écouter. Si tu consens encore à épouser la femme déchue que je suis, je serai à toi.

– Et l'enfant ? avait demandé Sigurdur.

– Comment ça ?

– Je veux dire, sa paternité.

– Cela ne regarde personne, avait répondu Helga.

– Ne vaudrait-il pas mieux que je prétende être son père ?

– C'est inutile.

– Je préférerais pourtant le faire, avait rétorqué Sigurdur. Cela permettra de couper court à toutes les rumeurs. Je dirai que je suis le père de cet enfant et cela lavera ton honneur. Je veux qu'on parle de toi comme d'une femme respectable et je ne vois comment m'y prendre autrement.

Helga avait secoué la tête.

– Ce serait mentir.

– Je sais, avait répondu Sigurdur.

– Cela ne nous apportera rien de bon de brouiller les pistes de cette manière, avait prévenu Helga. Je ne veux pas que tu fasses une chose pareille. Surtout pas pour moi, c'est ma faute.

– Ton père ne verra pas les choses sous le même angle.

– Rien ne t'oblige à faire ça pour lui plaire.

– Je le fais pour moi, avait assuré Sigurdur.

Il s'était avancé vers elle, couvert de poussière, et l'avait embrassée.

– Ton aventure avec Gunnar est donc terminée, avait-il dit.

– Oui, c'est fini, avait répondu Helga.

Trois jours plus tard, Sigurdur était allé demander sa main, confiant dans l'accueil que son père lui réserverait. Fermiers et patrons de pêche à Hænuvik, le père d'Helga et ses oncles vivaient dans une certaine opulence et n'étaient pas exempts d'arrogance. D'autres que Sigurdur s'étaient déjà trouvés dans la même situation que lui, il n'était pas le premier à venir lui demander la main d'Helga. Sigurdur ne s'était pas annoncé, il avait enfilé une veste et une tunique propres et sellé un bon cheval. En route, il avait répété son discours : il aimait

Helga depuis longtemps et pouvait parfaitement subvenir à ses besoins, comme le savait son père il était bon fermier, il avait des domestiques, des vaches laitières et un beau troupeau de moutons. Honnête homme et bon chrétien, il savait lire et écrire, et était par ailleurs libre de tout engagement.

C'est ainsi qu'il comptait s'adresser aux trois frères, bien décidé à ne laisser aucun d'eux le regarder de haut. Ces hommes étaient réputés pour leur fermeté et leur ténacité, dont ils avaient d'ailleurs fait preuve lorsqu'ils s'étaient installés comme patrons de pêche. Sigurdur ayant déjà eu affaire à eux, il les savait honnêtes et bienveillants avec les leurs. C'était un privilège d'être employé chez ces gens. Sourcilleux et impitoyables s'ils se considéraient lésés, ils ne permettaient à personne de les berner. Il n'y avait pas si longtemps, à Vatneyri, le marchand danois d'Hörmangarafélag, la Compagnie des vendeurs de lin, détentrice du monopole du commerce en Islande, avait essayé de les escroquer. Ils s'étaient rendus chez lui à trois, l'avaient sorti de sa maison sous les yeux de sa famille et l'avaient emmené jusqu'au rivage où ils l'avaient presque noyé.

Le père d'Helga et un de ses oncles rentraient de la pêche au requin, ils préparaient les six belles prises qu'ils avaient attrapées dans les eaux du Breidafjördur. Ils avaient levé les yeux quand Sigurdur était arrivé à cheval et avait posé pied à terre pour les saluer. Sigurdur avait senti de loin l'odeur de l'huile qu'ils faisaient fondre sur la plage. Les frères s'étaient enrichis en pêchant le requin depuis que l'huile de son foie était recherchée dans toute l'Europe pour s'éclairer. Leur activité s'était bien développée. Sigurdur avait entendu dire que c'était justement le calcul du prix de cette huile qui avait été à l'origine de la discorde entre les frères et le marchand danois.

Il avait ôté son chapeau, craché dans sa paume pour se lisser les cheveux, puis il s'était intéressé à leur pêche, où et comment avaient-ils attrapé ces requins ? Sigurdur était plus d'une fois sorti en mer avec les trois frères. Ils l'employaient volontiers et lui payaient souvent une part et demie, considérant qu'ils lui devaient bien ça tant il était méritant et doué pour repérer le poisson. Au bout d'un moment, Sigurdur s'était décidé à en venir au fait. Comme ils n'étaient pas sans savoir, il avait des vues sur Helga et venait présentement leur demander sa main. Les frères n'avaient jamais eu à se plaindre de lui, ils n'avaient pas à s'inquiéter de son aptitude à offrir à la jeune femme un foyer digne de ce nom. Il s'était adressé à eux comme à ses égaux. Les frères avaient attendu en silence qu'il achève de plaider sa cause et, quand il eut conclu sa demande par un Amen, ils lui avaient répondu qu'ils ne s'opposaient pas à l'arrangement qu'il avait trouvé avec Helga et avaient suggéré qu'ils se marient au plus vite. Cela ne pouvait pas trop attendre. De leur côté, ils avaient d'ailleurs envisagé de lui toucher mot d'un tel arrangement.

– Ah bon ? Je n'avais pas...

– Je suppose qu'elle t'en a informé, avait interrompu Jon, le père de la jeune femme. Elle t'a parlé de son état qui justifie que nous précipitions un peu les choses.

Sigurdur avait hoché la tête.

– Oui, je connais la situation, nous en avons discuté.

Les frères s'étaient regardés.

– Pouvons-nous convenir d'une noce d'ici à deux semaines ? avait demandé Grimolfur, le frère de Jon, en enfonçant son couteau plongé dans l'un des requins.

Sigurdur avait regardé Jon.

– Elle m'a dit que tu avais refusé qu'elle épouse le père de l'enfant.

– Tu sais qui c'est ? avait demandé Grimolfur, réputé pour son imprévisibilité, sa dureté en affaires et son caractère impétueux. C'était lui qui était à l'origine de l'expédition chez le marchand danois.

– Elle m'a parlé de Gunnar. Ouvrier chez vous récemment.

– Il ne pouvait pas la laisser tranquille, avait répondu Jon en crachant sur les galets. Puis il est venu me voir comme un petit roquet pour me demander sa main. Il s'imaginait que tout était réglé. Il avait mis la gamine enceinte et il ne nous restait plus qu'à demander à Dieu de les bénir pour l'éternité.

Les deux frères avaient marqué leur désapprobation.

– Gunnar n'est pas l'homme qu'il lui faut, dit Jon.

– Il ne la mérite pas, avait renchéri Grimolfur.

– En revanche, on n'a rien contre votre arrangement, avait repris Jon en ramassant une pierre sur laquelle il se mit à aiguiser par petits coups le couteau qu'il tenait à la main. L'établissement de liens familiaux nous serait à tous profitable.

– Et surtout à toi, avait suggéré son frère en lui adressant un sourire entendu.

Sigurdur n'avait pas apprécié l'insinuation, mais il ne répondit pas. Sa relation avec Helga n'avait rien à voir avec les affaires.

– Nous ne pouvons pas reconnaître publiquement que votre union était motivée par la faute dont elle s'est rendue coupable avec ce pauvre diable. Si tu veux l'épouser, il va d'abord falloir que tu reconnaisses son enfant, avait poursuivi Jon. On n'a rien contre votre union, mais c'est à prendre ou à laisser.

– Je ne m'attendais pas à autre chose, avait répondu Sigurdur en attrapant les rênes de son cheval pour se remettre en selle. Disons samedi en quinze. Bon courage avec ces requins !

Sigurdur avait porté un peu d'eau aux lèvres d'Helga qui ne l'avait pas avalée. Quelques instants plus tard, elle avait cessé de respirer et avait rendu l'âme pour aller dans un monde meilleur. Il lui avait fermé les paupières, lui avait caressé la joue une dernière fois, puis avait posé un carré de soie noir sur son visage et récité une brève prière. Il avait fait un signe de croix, puis en avait fait un autre sur sa dépouille. Le calvaire d'Helga était terminé.

5

Le roi s'était un peu calmé. Sa Majesté écoutait, silencieux et grave, le récit de l'Islandais qui s'était pris d'une si grande passion pour l'horloge d'Habrecht que cette dernière se trouvait maintenant démontée en mille morceaux devant eux. Le souverain ne posait guère de questions. Jon Sivertsen lui apprit toutefois qu'il était le fils de Sigurdur et d'Helga, emportée par une épidémie, et qu'il avait un frère, riche propriétaire terrien dans l'ouest de l'Islande, qui avait jadis financé ses études. Ils avaient un demi-frère du côté de leur mère, nommé Einar, et un autre demi-frère, plus jeune, fils de leur père et de sa gouvernante.

– Einar, dis-tu ?

– Oui, Majesté.

– C'est donc le fils de ce pauvre type, Gunnar ? demanda le roi. Vous vous entendiez bien entre demi-frères ?

– Oui, toujours, répondit Jon Sivertsen.

– Et comment cela se passait-il entre lui et Sigurdur ?

– Notre père a élevé Einar comme son propre fils, Majesté.

Le roi toussota, l'air embarrassé, et annonça qu'il devait aller se coucher.

– Votre mère avait donc opté pour l'autre solution, ajouta-t-il.

– Votre Majesté ?

– Il a dû le prendre comme un affront, bâilla le souverain avant de regagner ses appartements.

Jon Sivertsen resta seul dans la réserve. Il se demandait comment diable il avait bien pu en arriver à plaider la cause de son père face au souverain en personne. Jamais il n'avait imaginé être amené à relater ces tristes événements devant le représentant de la monarchie absolue, ce pouvoir qui avait condamné à mort son père et sa gouvernante. Il n'avait parlé de cette histoire à personne depuis son installation à Copenhague où il était arrivé tout jeune. Les Islandais qui vivaient ici, pour la plupart étudiants ou apprentis comme lui, et ses autres compatriotes qui séjournaient plus ou moins longtemps à la capitale n'avaient pas la moindre idée de cette tragédie. Les années avaient passé sans que jamais quiconque ne mentionne cette affaire en sa présence, en dehors des quelques personnes originaires de sa région qui entraient par hasard dans sa boutique. Et même quand cela se produisait, ils ne s'étendaient pas et se bornaient en général à maudire l'odieux bailli et son épouse.

Jon Sivertsen était toujours resté muet sur l'histoire de son père. D'une nature secrète et solitaire, il parlait peu de sa vie privée. Les horloges l'avaient toujours passionné, depuis qu'enfant il avait rencontré le poète Eggert Olafsson, à l'époque où ce dernier séjournait dans la vallée de Saudlauksdalur. Eggert lui avait montré sa pendule, une pièce d'horlogerie raffinée qu'il avait achetée dans la capitale danoise. Cet homme était à l'origine de son intérêt pour les mécanismes qui mesuraient le passage du temps, il lui avait dit qu'on pouvait apprendre à assembler de telles merveilles, il lui avait parlé de Copenhague et de tous les chefs-d'œuvre qu'abritait la ville. Et c'était en effet lui qui, le premier, avait évoqué le nom d'Habrecht et la magnifique horloge de la cathédrale de Strasbourg. Jon se demandait parfois si ce n'était pas le souvenir du poète de Saudlauksdalur qui l'avait conduit jusqu'au palais de Christiansborg à la rencontre du grand maître horloger suisse.

Les jours passaient. Jon Sivertsen allait travailler au palais sans plus être dérangé par le souverain. Cependant, il se tenait sur ses gardes et, dès qu'il entendait la porte s'ouvrir, il s'attendait au pire. Il se demandait s'il devait prendre au sérieux les propos du roi. Il lui paraissait avoir bu à chacune de ses visites, et surtout, il repensait aux rumeurs qui le disaient fou. Tout ce qu'il savait, c'était que le roi n'avait qu'à claquer des doigts pour mettre ses menaces à exécution.

En attendant sa prochaine visite, il s'efforçait de se concentrer sur Habrecht et de comprendre le fonctionnement individuel des pièces du mécanisme de l'horloge. Il était plus compliqué encore de découvrir comment elles fonctionnaient toutes ensemble, et ce d'autant plus qu'il ne savait pas exactement lesquelles étaient manquantes. Il avançait donc avec une grande lenteur dans sa tâche et se disait parfois qu'il aurait mieux fait de ne jamais entreprendre ce projet déraisonnable. Il pensait également à ceux de ses confrères qui s'étaient débattus avec l'œuvre avant lui, et qui avaient dû renoncer à la remettre en état. Peu à peu, il comprenait pourquoi des artisans horlogers de renom s'étaient trouvés désemparés face à la complexité de cette mécanique dont ils s'étaient ensuite détournés, découragés. Peut-être était-ce prétentieux de sa part de croire qu'un pauvre diable comme lui, élevé par du gibier de potence dans le Breidafjördur, était capable de réussir là où ses prédécesseurs avaient échoué.

Puis, un soir, il se crut arrivé au terme du démontage. Il avait désassemblé tout le mécanisme, laissant l'horloge comme une coquille vide. Il avait nettoyé, restauré et examiné chacune des pièces pour tenter d'en cerner le rôle. Un grand nombre de ces éléments vieux de deux cents ans n'étaient plus utilisés par les horlogers d'aujourd'hui. Il se disait qu'il allait enfin pouvoir entreprendre la restauration de l'œuvre lorsqu'il sentit un courant d'air et comprit que le souverain avait déambulé jusque dans ses réserves.

Cette fois, il était en costume d'apparat : il portait une perruque poudrée et les insignes du pouvoir scintillaient sur sa poitrine, un ruban de soie rouge lui barrait le torse et un cordon de couleur bleue lui ceignait la taille, enfin un sabre ornementé se balançait le long de sa cuisse. Ses épaules étaient couvertes d'une grande cape en zibeline dont l'épais col en fourrure tachetée de noir descendait jusqu'à ses pieds. Jon supposa qu'il venait d'un banquet, mais la réalité était tout autre. Sa Majesté avait dû poser pour le peintre de la cour, il avait été agacé de devoir rester immobile pendant si longtemps et avait fini par prendre la porte en disant à l'artiste qu'il pouvait aller au diable avec son maudit portrait.

Il fit grincer ses dents jaunies, se débarrassa de sa perruque, la jeta par terre, détacha la zibeline de ses épaules et se laissa tomber lourdement dans le fauteuil que le régisseur des collections lui avait trouvé quelque part dans la salle, et qu'il avait installé à côté de l'horloge. Il poussa un soupir de lassitude, comme s'il était seul avec lui-même, puis remarqua l'Islandais, debout à côté du chef-d'œuvre entièrement démonté, la tête baissée sur la poitrine, comme il seyait à un homme du peuple. Il examina le désordre et secoua la tête.

– Est-ce que tu sais ce que tu fais ? demanda-t-il.

– J'en apprends tous les jours, Votre Majesté, répondit Jon en lui montrant les rails où se trouvaient les trois Rois mages qui portaient leurs cadeaux dans les mains. Il était enfin parvenu à les faire se déplacer sur les rails et à s'incliner les uns après les autres devant l'emplacement où avait trôné Marie, Mère de Dieu, portant l'Enfant en langes dans la bergerie. Il remonta prudemment le mécanisme qui commandait le trajet des trois Rois et attendit avec son souverain que le miracle se produise. Mais ce qui avait réussi la veille ne fonctionna pas ce soir-là, les Rois mages demeuraient aussi immobiles que des statues de sel.

– Que se passe-t-il donc ? murmura Jon en touchant les statuettes. Il essaya de les pousser, mais rien n'y fit.

Le roi observait le spectacle sans grande conviction. Tsss, souffla-t-il à deux reprises en se grattant le nez et en disant sur un ton méprisant qu'il avait là un drôle d'horloger, ce qui décontenança plus encore le pauvre Jon, comme s'il ne l'était pas déjà assez par son incapacité à faire avancer les figures. Il cessa de les manipuler et s'inclina devant son souverain en lui disant qu'il devait mieux se préparer.

– J'ai été amoureux autrefois, déclara soudain le roi.

Jon ne savait que répondre et se demandait s'il était censé dire quelque chose.

– Comme ton père, ajouta le monarque après un long silence, l'index pointé vers l'Islandais. Divinement amoureux.

– Sa Majesté parle-t-elle de la reine Caroline-Mathilde ?

– Non, pas d'elle, répondit le roi, offusqué. J'ai été fou amoureux de ma chère Anne-Catherine. Ah, quel joyau !

Jon garda le silence mais il croyait savoir à qui il faisait allusion. Il ignorait que cette femme s'appelait Anne-Catherine. Si c'était bien celle à qui il pensait, elle était connue en ville sous le surnom de Støvlet-Cathrine, Catherine à la Bottine. C'était une fille de joie des bas-fonds de la rue Holmensgade, elle avait eu avec le souverain une longue liaison et était morte depuis des années, emportée par la syphilis. Il existait sur le monarque une kyrielle de récits concernant ses équipées nocturnes dans Copenhague en compagnie de Catherine à la Bottine, frasques qui avaient depuis longtemps balayé la devise de son despote de père, Frédéric V, gravée dans ses armoiries : *Prudentia et Constantia*.

– Quel âge avais-tu quand ta mère a été emportée par cette maladie ? demanda le roi après avoir médité d'un air mélancolique sur ses années dorées avec Catherine à la Bottine.

– Je n'avais que deux ans, Sire, répondit Jon.

– Deux ans, répéta le souverain, pensif. Tu n'as donc aucun souvenir d'elle.

– Non, Majesté. Mais j'ai appris par la suite qu'elle était appréciée par bien des gens et qu'elle a été beaucoup pleurée.

– Ne m'as-tu pourtant pas dit que ta mère n'était pas farouche ? demanda le roi après un silence. Elle avait laissé faire ce… ce Gunnar, n'est-ce pas ?

Heurté par la manière dont le souverain avait formulé sa question, Jon n'en laissa rien paraître.

– Je suppose qu'elle et Gunnar ne s'attendaient pas à ce que les frères de Hænuvik leur signifient un refus, Majesté, répondit l'Islandais.

– Et ensuite, après la mort de cette femme, de ta mère, est-ce que ton père s'est remarié ?

– Elle s'appelait Helga, Sire. Non, il ne s'est pas remarié, mais il vivait pour ainsi dire maritalement avec sa gouvernante, c'est d'ailleurs là que les problèmes ont débuté, Majesté.

– Sa gouvernante ? Celle qui a été exécutée avec lui ?

– Oui, Sire.

– Qui était-elle ?

– C'était la meilleure des femmes, Majesté, elle n'aurait pas fait de mal à une mouche, Sire. Elle s'appelait Gudrun…

6

La lettre du pasteur de Saudlauksdalur appelait une prompte réaction. L'homme d'Église y expliquait en quelques lignes que la rumeur courait dans la région qu'un garçon dans sa douzième année avait succombé à la faim et aux mauvais traitements dans une ferme du canton de Raudasandshreppur. Le pasteur s'était senti obligé d'en rendre compte au bailli. Il précisait également que Bjarni Palsson, un jeune étudiant en médecine venu de Copenhague, séjournait actuellement chez lui au presbytère, et qu'il était disposé à pratiquer une autopsie du corps si le fonctionnaire le souhaitait.

Le bailli avait aussitôt confirmé en réponse avoir besoin des services de l'étudiant à qui il demandait de se présenter à ladite ferme. Il s'était lui-même mis en route rapidement pour découvrir la vérité et voir s'il ne pouvait pas tirer quelque parti de cette affaire, poussé en cela par son épouse, Halldora, qui avait encore plus mauvaise réputation que lui dans ces campagnes. Le bailli et sa femme passaient pour deux égoïstes sans cœur, des patrons intraitables qui n'avaient aucune pitié envers les pauvres et le petit peuple. Le bailli Olafur sautait sur toutes les occasions de s'approprier les biens et possessions de gens qui avaient commis un faux pas, inflexible, implacable et cupide, armé du corpus de lois régissant les relations entre les sexes baptisé Jugement suprême. On disait qu'Halldora était encore pire que lui dans ce domaine, certains allaient même jusqu'à suggérer que c'était elle le vrai bailli de la région. Son mari négligeait ses fonctions officielles.

Olafur avait fort à faire. Avant son départ, il avait condamné à mort une toute jeune fille, Katrin

Simonardottir, qui avait enfreint la loi en ayant un enfant avec son beau-père, lequel s'était ensuite noyé dans les eaux du Breidafjördur. Pour couronner le tout, elle avait eu l'impudence de mentir et de rejeter la faute sur un des marins français, qui descendaient souvent à terre pour s'approvisionner, prétendant qu'il lui avait fait cet enfant lors de leurs batifolages dans la nature. Mais son imposture avait été démasquée, elle avait avoué son forfait et le bailli avait condamné à mort la jeune fille qu'il détenait au domaine de Hagi, sa résidence. Il avait souvent regretté qu'aucune prison n'existe en Islande. On avait envisagé un temps d'en construire une à Reykjavik, mais le projet n'avait pas abouti. Après son arrestation, Katrin avait donc été conduite à la résidence du bailli dans l'attente de son jugement. Elle y était bien plus domestique que prisonnière, et le resterait jusqu'au moment où sa condamnation se verrait confirmée ou annulée par le roi. Halldora, l'épouse du bailli, ayant catégoriquement refusé que la jeune femme garde son enfant avec elle malgré ses pleurs et ses supplications, on avait placé le petit chez de pauvres gens.

Le bailli songeait à tout cela en arrivant dans la famille accusée d'avoir causé la mort d'un malheureux gamin. L'étudiant en médecine venu de Copenhague semblait avoir déjà préparé l'autopsie. Elle se déroula en plein air puisqu'il n'existait aucun endroit approprié à une telle entreprise dans cette ferme indigente. On avait enlevé la porte de la maison pour la poser avec le corps du jeune garçon sur deux tas de pierres à côté du ruisseau voisin. Prostrée devant sa ferme, la famille observait les opérations : un couple âgé d'une quarantaine d'années, leurs trois enfants et un journalier. L'étudiant avait sorti de sa sacoche des pinces, des tenailles, des scies et des scalpels, et s'apprêtait à entailler le corps à l'arrivée du bailli.

Olafur avait mis pied à terre et, sans prendre la peine de saluer la maisonnée, s'était précipité vers le ruisseau pour ne rien manquer du spectacle. Le souffle court, rondouillard, des joues tombantes et des lèvres épaisses, il avait une barbe clairsemée sur les joues et sous le menton. En vertu de sa mission officielle, il avait revêtu son uniforme de bailli, une veste usée rehaussée d'épaulettes et de boutons en laiton, et tenait une cravache qu'il faisait régulièrement claquer sur sa botte comme par une vieille habitude.

– Un instant ! s'était-il écrié. Un instant !

Il avait salué d'une poignée de main l'étudiant, Bjarni, et son ami qu'il avait aussitôt reconnu : cet homme des îles de Svefneyjar, dans le Breidafjördur, poète et puits de science de l'université de Copenhague, érudit dans divers domaines, des sciences de la nature à la philosophie du droit.

– Bonjour, Eggert, l'avait salué le bailli en lui prenant la main. Qu'est-ce que tu viens faire ici ?

– Bjarni m'a demandé de l'assister, avait répondu Eggert d'un ton morne. Je me suis dit que je pouvais peut-être lui être utile.

C'était le premier lundi de l'été, le printemps avait été rude et ponctué de tempêtes, la banquise était parvenue jusqu'au cap de Latrabjarg, plongeant dans le froid les basses terres, et les réserves d'hiver étaient taries depuis longtemps dans les fermes les plus pauvres. Qui plus est, la pêche n'avait pas été bonne à cause des conditions climatiques désastreuses, à certains endroits les gens mouraient de faim. Ce jour-là, le temps se montrait plutôt clément, il faisait presque doux et on voyait distinctement le soleil.

– A-t-il été battu ? s'était enquis le bailli en examinant le corps.

– Je ne vois aucune trace de coups, avait assuré Bjarni.

– Dans ce cas, commence l'autopsie, avait ordonné le fonctionnaire. Tu coupes, oui ou non ?

Bjarni avait regardé son ami, pris un scalpel, et s'était mis au travail. Il ne s'attendait pas à devoir accomplir ce genre de tâches lorsqu'il avait décidé de suspendre pour un an ses études afin de parcourir l'Islande et de rassembler la matière d'un livre qui serait une sorte de chronique. Son ami Eggert Olafsson et lui-même avaient collecté des manuscrits anciens, des plantes et des pierres dans tout le pays, ils s'étaient penchés sur les conditions de vie de la population et séjournaient maintenant dans la région dont Eggert était originaire, chez le pasteur Björn, dans la vallée de Saudlauksdalur. L'homme d'Église avait mis à leur disposition une salle spécialement apprêtée pour qu'ils puissent mener leurs recherches. Partout où Bjarni allait, des malades venaient le solliciter, et parfois les deux amis avaient été ralentis dans leur voyage tant ils étaient nombreux. La détresse était profonde et beaucoup étaient confrontés à divers maux. Il n'existait pas d'hôpital en Islande ni de médecins, en dehors des gens qui pratiquaient la saignée et des guérisseuses qui soignaient avec des plantes médicinales, considérés comme le seul recours par la population locale.

Eggert et le bailli avaient regardé Bjarni entailler la cavité thoracique, puis abdominale, et ouvrir l'estomac. L'étudiant dictait à haute voix ses observations qu'Eggert notait dans un registre : corps d'une maigreur extrême, jambes enflées, engelures, aucun signe visible de mauvais traitements ni de coups, pus dans les poumons, estomac presque vide quoi qu'il y ait des restes de morue, intestins remplis de matière liquide...

Bjarni avait extrait les intestins de leur cavité pour les emporter jusqu'au ruisseau où il les avait lavés avec soin en examinant leur contenu et leur aspect. Il avait ensuite inspecté la tête du gamin, cherchant des blessures dans le cuir chevelu et au cou, puis ouvert le crâne en s'exprimant désormais surtout en latin. La maisonnée n'ayant plus la force d'assister à l'affreux spectacle, elle avait détourné les yeux de ce dévoilement de chairs.

L'autopsie terminée, Bjarni avait lavé ses instruments dans le ruisseau et annoncé au bailli que, selon lui, le jeune homme était mort avant tout de malnutrition chronique, l'infection dans ses poumons ne lui avait laissé aucune chance. Il était incapable de dire si cette malnutrition avait une origine anormale, mais considérait qu'il y avait peu de probabilité étant donné la disette qui sévissait dans la population en ce printemps glacial.

– On voit la même chose partout dans le pays, avait souligné Eggert pour confirmer les dires de son ami. Des gens incapables de subvenir à leurs besoins, qui souffrent gravement de la faim, et une effrayante mortalité infantile. Quand la nourriture vient à manquer, un simple rhume peut faire des ravages et devenir une maladie mortelle.

– Je compte bien tirer cette affaire au clair, avait répondu le bailli Olafur. Je vais découvrir si ces gens l'ont affamé volontairement.

Sur ce, il avait décrété qu'on installe sans attendre un tribunal au bord du ruisseau. Il avait fait emmener le corps du jeune garçon, demandé qu'on lui donne quelque chose pour s'asseoir et qu'on nettoie la porte pour s'en servir comme d'un bureau. Puis il avait convoqué les témoins les uns après les autres.

7

Le roi poussa un lourd soupir et baissa les yeux sur sa robe de chambre qui gisait par terre.

– Pourquoi m'infliger tout ça ? demanda-t-il. Ces détails me déplaisent. Un jeune homme défunt et une autopsie… pourquoi me raconter ces choses-là ?

– Je suis désolé, Sire, mais je fais de mon mieux, répondit Jon Sivertsen qui s'efforçait en effet de soigner son récit.

Puisqu'il bénéficiait d'un accès direct aux oreilles du monarque, il était fermement résolu à décrire sans en avoir l'air les conditions de vie dans la colonie froide et septentrionale de Sa Majesté. Pouvait-on l'en blâmer ? C'étaient là des questions qui le troublaient. Jon Sivertsen n'avait pas tardé à comprendre que cette étrange et incompréhensible plaidoirie face à son souverain lui posait un problème de taille. Il avait à cœur de relater l'ensemble des faits dans un souci de justesse et de vérité, sans omettre aucun détail d'importance, même s'il devait en pâtir. Que devait-il laisser de côté ? Qu'est-ce qui comptait le plus ? Quels personnages liés à cette histoire méritaient d'être mentionnés ? Quels éléments allait-il choisir de taire ? Lesquels comptait-il utiliser ? Comment maintenir l'attention du souverain ? Comment éviter de déclencher ses foudres ? Devait-il se borner à dire ce que, selon lui, Sa Majesté avait envie d'entendre ? N'était-ce pas un meilleur choix d'être honnête et de lui faire part du fond de sa pensée ? Ne devait-il pas juste laisser libre cours au récit, quelles que soient les conséquences de ses paroles ? Mais si ses propos le mettaient en mauvaise posture, n'était-il pas préférable de s'abstenir ? L'occasion lui était offerte de façonner les opinions de Sa Majesté le roi Christian VII ? Ne devait-il pas en profiter ?

L'ampleur de la tâche l'effrayait. Après tout, il n'était qu'un simple fils de fermier, un simple horloger qui s'était mis en tête de restaurer un mécanisme mesurant le temps et qui n'avait jamais été confronté à de pareils problèmes.

– Ce n'est pas mon impression ! rétorqua le souverain. Comment diable peux-tu savoir à quoi pensait le bailli lorsqu'il s'est rendu à l'autopsie de ce jeune homme ?

– Je m'autorise à deviner ses intentions, Sire, répondit Jon. Parce qu'il s'intéressait au plus haut point à ce genre de choses, je me suis dit qu'il y pensait peut-être lorsqu'il a mis en place ce tribunal et cette enquête. Je me suis dit que… que cela rendrait peut-être mon récit un peu plus vivant, Majesté.

Jon n'était pas vraiment parvenu à balayer les doutes du roi.

– Et pourquoi devrais-je te croire ? demanda le souverain. Croire ce que tu me racontes de cette affaire ? N'est-ce pas toi qui as le plus intérêt à te défendre ? Il me semble que tu t'exprimes un peu trop librement quand tu parles du bailli. N'oublie pas qu'il me représente dans cette contrée glaciale, aussi veille à parler de lui avec le respect et la déférence qui sied à sa charge.

– Je prie humblement Sa Majesté de m'excuser pour mon écart, plaida Jon. C'est sans arrière-pensée que j'ai mentionné le très honorable bailli.

– Parfait !

– En revanche, je ne saurais raconter cette histoire qu'en me fondant sur mes propres sentiments, Sire. Je la connais uniquement de cette manière. La façon dont Sa Majesté choisit de l'apprécier et de la juger ne repose pas entièrement entre mes mains, si je puis me permettre.

Peuh, souffla le roi, comme s'il n'était pas franchement convaincu du bien-fondé des récriminations de Jon envers son représentant en Islande.

– Et qu'est devenue cette… cette Katrin qu'il avait condamnée à mort ?

– Le Parlement a annulé la sentence au printemps suivant, Sire, répondit Jon. Elle a eu la vie sauve.

– Il me semblait pourtant qu'une prison avait été construite quelque part dans ton pays, souligna le roi.

– Oui, à Reykjavik, Sire, au pied d'une colline dénommée Arnarholl, acquiesça Jon, qui avait vu un tailleur de pierre danois prendre des mesures sur le chantier avant de s'embarquer sur un navire pour le Danemark. Mais c'était quelque temps après cette affaire. En réalité, si je puis me permettre, les prisonniers islandais coupables de crimes graves sont envoyés à la prison de Stokhuset, ici, à Copenhague. La plupart du temps, les gens condamnés à des peines plus légères les purgent en travaillant en Islande.

– Et aussi un hôpital, ajouta Christian VII, comme pour rappeler à son sujet que l'Islande n'était pas tout à fait délaissée par le pouvoir royal. Il me semble me souvenir qu'il existe un hôpital.

– Hélas, Sire, il n'y a pas le moindre hôpital dans toute l'Islande. Je vous prie de bien vouloir consentir à me pardonner mon impertinence. Mais vous pensez peut-être à la Résidence de Nesstofa, ajouta précipitamment Jon en voyant le roi froncer les sourcils. La très belle résidence du médecin tout près de votre ancienne bâtisse de fauconnier sur la colline de Valhusahæd, à l'extrémité d'un cap à l'ouest de Reykjavik. Il me semble que les maçons se sont même servis des pierres de cette maison pour la construire. Bjarni, l'étudiant en médecine, est devenu plus tard le premier directeur des Affaires sanitaires et c'est là-bas qu'il habitait, Sire, c'est seulement grâce à la bienveillance de Sa Majesté que cette fonction a été créée en Islande quelques années après ces événements.

– Et le poète ? Qui était-ce ?

– Eggert Olafsson, Majesté.

– Je n'en ai jamais entendu parler.

– Si vous me le permettez, j'ai déjà mentionné son nom. C'est lui qui m'a montré la pendule en sa possession, et qui est à l'origine de mon intérêt pour l'horlogerie et ses chefs-d'œuvre.

– Oui, oui, oui, s'agaça le roi en agitant la main, comme s'il en avait assez de ces palabres, pressé que Jon reprenne son récit. Allez, dis-m'en plus sur cette porte.

– Avec votre permission, Sire, répondit prudemment Jon. L'un des témoins qui a comparu ce jour-là devant le bailli était à l'époque gouvernante au domaine de Geirseyri, chez mon père. C'était Gudrun, dont je vous ai déjà parlé, Gudrun Valdadottir, elle était venue apporter quelques victuailles aux pauvres gens de cette ferme. Et elle a eu des ennuis avec le bailli…

8

Quand ce fut au tour de Gudrun de témoigner, le bailli s'était déjà forgé une opinion en dépit de ce qu'on pouvait lui dire. La maîtresse de maison lui avait juré s'être aussi bien occupée du jeune garçon que de ses propres enfants, elle lui avait amené sa benjamine du même âge qui n'avait que la peau sur les os. Elle avait souligné que l'hiver avait été particulièrement rigoureux, avec beaucoup de tempêtes de neige, et le printemps n'avait pas été plus clément. À cours de provisions longtemps avant la Saint-Urbain, le 25 mai, la maisonnée avait dû subsister tant bien que mal. Le bailli n'était pas sans savoir que la situation n'était guère meilleure dans les autres fermes. Ils avaient réussi à mendier quelque pitance à leurs voisins, pour la plupart eux aussi confrontés à une détresse similaire. Il n'y avait jamais eu ici de nourriture en quantité suffisante, la maisonnée avait souffert de la faim tout le printemps et était tellement épuisée qu'elle avait du mal à s'acquitter des travaux de la ferme.

Environ une semaine plus tôt, la famille avait constaté que le jeune homme était malade. Il toussait beaucoup et avait une forte fièvre. Il ne se plaignait jamais, mais les derniers temps il était très faible, puis il s'était littéralement effondré avant de mourir.

– C'est allé tellement vite. Je peux même vous dire que j'ai essayé de l'alimenter un peu plus que nous autres, même si nous n'avions pratiquement rien. Peut-être à peine du bouillon avec un petit morceau de morue. Nous serions reconnaissants à monsieur le bailli de consentir à envisager cette affaire en prenant notre détresse en considération. Nous ne voulions que du bien à ce garçon. Ce pauvre petit était le fils de ma défunte sœur. C'est par charité chrétienne que nous l'avons accueilli chez nous et nous regrettons… nous sommes désolés de ce qu'il lui est arrivé, plaida la maîtresse de maison avant de fondre en larmes en pensant au triste destin du jeune homme.

Les témoins se succédèrent devant le bailli. Chacun décrivit la situation à la ferme en expliquant que ce n'était la faute de personne si le gamin était mort de cette affreuse manière.

Le dernier témoin était Gudrun Valdadottir de Geirseyri, amie de la maîtresse de maison à qui elle rendait souvent visite. Elle confirma toutes ses déclarations concernant la faim et la disette qui régnait à la ferme, ajoutant que le jeune homme était affaibli depuis longtemps, qu'il avait contracté cette maladie qui l'avait emporté en quelques jours sans que personne n'y puisse rien, comme le lui avait dit toute la maisonnée. Les prétendus mauvais traitements subis par le petit n'étaient qu'un tas de ragots et le révérend Björn de Saudlauksdalur n'aurait jamais dû y prêter foi ni importuner l'honorable bailli en lui envoyant la lettre qui en faisait état.

Olafur écouta en silence Gudrun. L'ayant vue discuter avec Eggert et Bjarni pendant l'autopsie, il s'était alors dit qu'ils semblaient bien s'entendre, ce qui ne l'avait pas étonné. Il connaissait assez bien Gudrun, savait qu'elle était certes très pieuse et qu'elle chantait parfois des psaumes à l'église du révérend Björn, mais quelque chose lui déplaisait, elle avait la cuisse légère, ce qui lui avait attiré des problèmes. Il avait dû s'occuper de son cas lorsqu'elle avait eu un enfant hors mariage avec Einar, le fils du fermier Sigurdur de Geirseyri. Ce qui enfreignait les lois édictées par le Jugement suprême du Storidomur. Comme c'était sa première infraction, Gudrun avait juste écopé d'une amende dont elle s'était acquittée en travaillant chez lui, à Hagi, une bonne partie de l'année puisqu'elle ne possédait rien en dehors d'elle-même. Gudrun n'hésitait pas à lui faire part de ses opinions lorsqu'elle vivait au domaine de Hagi et, ici non plus, elle ne mâchait pas ses mots.

– Bjarni, le médecin, dit qu'il a vu une foule de situations similaires dans les quatre grandes régions que compte l'Islande, ajouta Gudrun à la fin de sa déposition. Certains sont tellement décharnés qu'ils s'effondrent et personne ne réagit. D'autres ont à peine de quoi subsister. Voilà donc tout le crime.

– Je vois que tu en sais plus que le pasteur de ta paroisse, répondit le bailli. Et, bien sûr, tu en sais également bien plus que moi sur cette affaire. Tout comme ce cher médecin, je suppose.

– Bjarni dit que ça crève les yeux et il ne comprend pas pourquoi on fait un procès à ces malheureux.

– Tiens donc, C'est ce qu'il affirme ?

– Oui, mot pour mot. Il dit que nous assistons ici au procès de la pauvreté et rien d'autre.

– En tout cas, j'ai pu constater que tu t'entends bien avec lui, rétorqua Olafur avec un rictus, dévoilant ses dents noircies par le tabac.

– Que je m'entends bien avec lui ? Qu'est-ce que ça change à l'affaire ?

– L'outrage aux bonnes mœurs est puni par la loi. Tu es mieux placée que personne pour le savoir, ma chère Gudrun. J'espère que tu en as conscience lorsque tu te pavanes ainsi devant de jeunes hommes.

Gudrun lui rit au nez.

– Quand je me pavane ? Monsieur le bailli me reprocherait-il d'avoir parlé avec Eggert et Bjarni ? Les autorités comptent-elles m'interdire de discuter avec les gens ?

– Où est ton bâtard ? Il est avec toi ?

Gudrun comprit qu'elle avait agacé le fonctionnaire. Elle savait d'expérience que cela n'annonçait rien de bon.

– Il est au domaine de Geirseyri, chez son grand-père, Sigurdur, où je suis en ce moment gouvernante, répondit-elle, se contenant.

Si seulement elle en avait eu le courage, se disait-elle, elle aurait interrogé le bailli sur sa vie quotidienne dans sa belle résidence. Tous ses propos sur la légèreté de mœurs étaient risibles quand on pensait à ses nombreuses infidélités. On murmurait dans la région qu'il avait un fils bâtard. On parlait tout autant du penchant que lui et sa femme avaient pour la boisson. Leurs querelles de voisinage et leur morgue étaient notoires, de même que leur manque de respect pour les biens d'autrui. Ce couple n'avait aucune excuse et leur comportement agaçait bien des gens. Une kyrielle d'histoires faisaient état de leur insondable cupidité, et Gudrun avait été témoin d'un certain nombre de choses quand elle avait purgé sa peine au domaine de Hagi.

Le bailli referma ses registres et les rangea dans sa sacoche. La nuit allait bientôt tomber. Eggert et Bjarni étaient repartis au presbytère de Saudlauksdalur. Le maître des lieux remit la porte en place sur la façade en bois de sa ferme. Le corps du gamin avait été ramené dans la maison d'où on le transporterait jusqu'au cimetière de Saurbær.

– Ces gens ont infligé à ce petit de bien mauvais traitements, marmonna le bailli dans sa barbe.

Gudrun l'entendit et s'emporta aussitôt, oubliant toute prudence dans sa colère.

– Vous avez donc décidé de quoi il retournait depuis longtemps, lança-t-elle.

– Méfie-toi, ma fille, prévint le fonctionnaire.

– Vous êtes tous les mêmes, vous, les puissants, s'écria Gudrun. Vous contemplez le spectacle de la détresse sans bouger le petit doigt. Au contraire, vous essayez d'en tirer profit !

– Tu étais prévenue, hurla Olafur en lui assénant un coup de cravache en travers de la joue. Je pourrais te faire fouetter pour impertinence !

Elle sentit le feu sur son visage, comprit qu'il ne plaisantait pas et se maîtrisa.

Sur ce, le bailli prit appui sur une motte d'herbe et se remit péniblement en selle, puis il chevaucha jusqu'à la ferme et échangea quelques mots avec la maisonnée. Gudrun vit alors son amie s'effondrer devant la porte. Son mari la soutint et la prit dans ses bras, Olafur fouetta sa monture et s'en alla.

Gudrun courut jusqu'à la maison où on lui annonça que le fonctionnaire était parvenu à la conclusion que le jeune homme était mort de mauvais traitements et de sous-alimentation. Il prononcerait bientôt la sentence et déciderait du châtiment approprié.

9

Assis sur son tabouret devant l'horloge, tard dans la soirée, Jon Sivertsen avait presque réussi à faire avancer les trois Rois mages quand on vint lui annoncer qu'il devait se présenter à Sa Majesté. Le porteur du message, le grand chambellan en personne, scruta d'un air dédaigneux l'horloger islandais et l'affreux désordre qui régnait dans la pièce. Il toisa un instant l'homme issu du bas peuple avec la condescendance afférente à sa charge, secoua la tête et redressa le nez d'un air hautain, considérant sans doute occuper une position trop élevée dans la hiérarchie du palais pour être envoyé chercher un tel individu, puis annonça, la voix non exempte d'étonnement, que Sa Majesté requérait la présence de l'horloger.

Jon fut un peu inquiet en apprenant la nouvelle. C'était la première fois que le souverain le convoquait. Jusque-là, c'était toujours Sa Majesté qui avait eu l'initiative de venir le voir dans la salle des collections, comme au hasard, après avoir déambulé dans les couloirs du palais. En robe de chambre de velours, crâne nu et visage couperosé, le roi s'asseyait à côté de l'Islandais, parfois agrippé au goulot d'une bouteille de Madère, pour lui poser des questions sur Habrecht et les éléments de l'horloge qui éveillaient sa curiosité. Sa Majesté semblait également captivée par le récit que l'horloger lui livrait des événements qui s'étaient produits dans le Breidafjördur et les campagnes environnantes. Lorsque le souverain s'installait dans son fauteuil, il ne fallait pas attendre longtemps avant qu'il manifeste son intérêt pour toute cette affaire et il écoutait avec toujours plus d'avidité les histoires de Jon.

– Sa Majesté ? s'étonna Jon en dévisageant le grand chambellan ; il lissa son tablier en cuir et regarda ses sabots poussiéreux. Monsieur est certain ?

Le chambellan n'ayant pas pour habitude de répondre aux questions inutiles sauf quand elles franchissaient les lèvres de personnes de sang royal, il poussa un lourd soupir.

– Qui es-tu ? demanda-t-il.

La question déconcerta Jon.

– Je suis un simple horloger, mon atelier est à deux pas de l'îlot de Slotsholmen, monsieur.

– Soit, mais que veux-tu au roi ? insista le chambellan, un homme grassouillet, la bonne cinquantaine, une expression lasse sous une barbe hirsute et des sourcils singulièrement broussailleux. Servant depuis bien longtemps au palais, il avait été témoin d'un certain nombre de choses qu'il aurait préféré ne pas voir, mais il en allait simplement ainsi en cette étrange époque où le pouvoir absolu du roi s'étiolait.

– Que veux-tu à Sa Majesté ? Tu es sourd ? s'agaça le chambellan, voyant qu'il n'obtenait pas de réponse.

Jon se sentait désemparé face à ces questions.

– Alors, que veux-tu de notre souverain ? s'impatienta le chambellan.

– Rien, rien du tout, jura Jon. Il s'intéresse au travail que je fais ici, voilà tout.

– Tu connais son état de santé. Il n'a pas toute sa tête et ce, depuis des années. J'espère que tu n'essaies pas d'en tirer avantage de quelque manière.

– Non, pas du tout, monsieur, je n'avais pas compris… je n'ai jamais formulé le souhait qu'il vienne me voir ici. En revanche, Sa Majesté manifeste un grand intérêt pour l'œuvre que je répare et pour son histoire.

– J'espère pour toi que tu ne tentes pas d'influencer le roi, prévint le chambellan. Des hommes d'un rang plus élevé que toi s'y sont essayés et l'ont payé de leur tête.

– Je ne vois pas en quoi je serais susceptible d'influencer Sa Majesté, répondit Jon. Je ne suis qu'un simple horloger islandais qui s'efforce de réparer…

– Sa Majesté est influençable, interrompit le chambellan. Je te conseille d'être prudent, très prudent. Sinon tu t'en repentiras ! C'est compris, horloger islandais ?

Jon hocha la tête.

– Pourquoi le roi souhaite-t-il t'avoir à ses côtés pour l'accompagner dans sa maladie ?

– Sa Majesté est souffrante ?

– Il a de la fièvre et il veut te voir. À ton avis, pourquoi ?

– Je n'en ai aucune idée, absolument aucune.

– Très bien, répondit le chambellan en quittant d'un pas vif la salle des collections.

Ne sachant que faire, Jon supposa qu'il était préférable de le suivre. Le chambellan ne s'embarrassa pas de vérifier s'il était bien derrière, telle une frégate toutes voiles dehors il traversa une enfilade de salles aux murs ornés d'imposants portraits de dauphins, de princes et de comtes, et aux tables chargées d'ornements royaux. Il traversa des salles de réception, des salons aux meubles marquetés d'or et la grande salle de cérémonie où étaient suspendus d'énormes lustres en cristal et où résonnaient les sabots en bois de l'horloger qui trottinait derrière le fonctionnaire. Ils atteignirent bientôt l'aile où se trouvaient les appartements de Christian VII et continuèrent à avancer dans le saint des saints jusqu'à la chambre du roi où Sa Majesté était alitée, fiévreuse, tenaillée par des crampes abdominales et des douleurs dans la poitrine.

Les femmes de chambre qui s'affairaient autour du monarque voulurent lui poser des cataplasmes chauds sur le ventre, mais il les éloigna d'un geste de la main et les congédia, elles et ses médecins, deux hommes à l'air soucieux qui dominaient les servantes. Il ordonna également au grand chambellan de quitter la pièce et de fermer la porte. Ce dernier s'inclina et prit congé d'un air que Jon trouva plutôt hautain, non sans avoir d'abord demandé au souverain si tout cela était judicieux en toisant l'horloger comme s'il n'était qu'un vulgaire vagabond. Le roi ne répondit pas et se contenta de lui montrer la porte en agitant la main d'un geste las.

Enfin, Jon se retrouva seul dans la chambre du souverain. Sa Majesté avait fait installer à son chevet un fauteuil qu'Elle lui indiqua en agitant son mouchoir parfumé. L'Islandais fit une profonde révérence avant de s'y asseoir. Jon n'y voyait pas grand-chose dans la pénombre, il n'osait pas trop regarder autour de lui, il apercevait le pot de chambre du roi, posé sur une table, mais son regard ne portait pas plus loin. Jamais de sa vie il n'avait vu si grand lit. Christian VII était couché là parmi d'épais édredons et une telle quantité d'oreillers en soie qu'on voyait à peine le sommet de son crâne. Il pria Jon de l'aider à se redresser et l'Islandais empoigna le roi, le souleva et plaça deux coussins derrière lui avant de reculer et de s'incliner à nouveau, avant de se rasseoir.

– Il était bon médecin, c'est déjà ça, soupira le souverain en toussant dans son mouchoir.

– Sa Majesté parle du médecin de la cour ?

Le roi secoua la tête.

– Sire, je vous prie d'excuser mon ignorance, dit Jon.

– Johan. Il était bon médecin. C'était un brave homme. Ambitieux, certes, mais il y avait du bon en lui.

Jon trouva plus judicieux de se taire. Il avait l'impression que le roi délirait. Ce Johan pouvait être n'importe qui. Peut-être même qu'il n'existait pas.

– Struensee, précisa le roi en haussant le ton, agacé par l'incompréhension de son sujet. Johann Struensee était un excellent médecin.

– Ah oui, Struensee, évidemment, Sire.

– Je l'ai regretté. Il était assoiffé de pouvoir. Il a abusé la reine, mais c'était comme ça. Il m'a abusé, il a abusé tout le royaume. Mais il était tout de même excellent médecin. Comme le sont en général les médecins allemands. Ils dépassent de loin les nôtres, ajouta le souverain avec un léger soupir.

– J'espère que Sa Majesté ne souffre pas trop, répondit Jon, compatissant.

– Non, c'est supportable.

– Vous serez très vite sur pied, Sire, ajouta l'Islandais d'un ton encourageant.

– Comment avance la restauration ?

– J'ai hâte de vous montrer les Rois mages, Sire. Je tiens à m'excuser auprès de Sa Majesté d'avoir cédé à la précipitation, l'autre soir. Ils passent désormais les uns derrière les autres devant la Vierge et chacun s'incline comme il se doit devant elle, expliqua Jon en s'autorisant un sourire. Ou disons plutôt devant l'emplacement où elle devrait être, puisque, comme vous le savez, elle est perdue.

Jon ignorait si le roi avait entendu ce qu'il venait de lui dire.

– Maudits charlatans de médecins, grommela le monarque. Je les soupçonne de vouloir m'enfermer à l'asile de fous. J'ai d'affreux maux de tête, pour tout vous dire. Des maux de tête si violents que j'ai l'impression que mon crâne va se scinder en deux.

Le roi s'interrompit. Jon ne dit rien. Un long moment passa, puis le souverain sembla reprendre vie sous ses édredons de soie.

– Et toi ? demanda-t-il. Quelle a été ta vie, horloger ? Tu étais marié ? Tu as des enfants ?

– Je suis veuf depuis bientôt deux ans, Sire. J'ai deux enfants, tous deux installés à proximité de Kolding.

– Vous vous entendez bien ?

– Je… je l'espère. Disons que nous pourrions peut-être nous voir plus souvent, répondit Jon, espérant que le roi ne l'interrogerait pas plus avant sur sa vie privée.

Il préférait ne pas lui parler des rêves qu'il avait nourris en s'embarquant pour Copenhague, ni des pesants bagages qu'il avait emportés avec lui depuis l'Islande, et qui l'avaient tant alourdi qu'il avait failli renoncer à son apprentissage. De la solitude dans laquelle il avait longtemps vécu, de son manque d'initiative, de la difficulté qu'il avait eue à mettre de côté les terribles événements et du fait que le chef-d'œuvre d'Isaac Habrecht lui offrait peut-être son ultime occasion de laisser une trace dans sa profession.

– Où en étais-tu de ton récit ?

– J'avais parlé à Sa Majesté de Gudrun, gouvernante chez nous, au domaine de Geirseyri, et des témoins dans l'affaire du décès de ce jeune garçon…

– Les procès m'ennuient, répondit le roi. Tu ne pourrais pas m'entretenir de choses plus distrayantes ?

– Que Sa Majesté m'en excuse, mais je ne vois pas de quoi je pourrais lui parler.

– Parle-moi de ton père, demanda le roi. Lui est-il arrivé d'être malade ?

– À ma connaissance, il ne l'a jamais été, Sire. Cet homme était une force de la nature.

Jon n'avait jamais réfléchi à la question, il se souvenait avoir vu son père alité une seule et unique fois, alors qu'il rentrait d'une pêche au requin.

Le roi agita son mouchoir parfumé. Jon y vit le signal qu'il souhaitait qu'il poursuive. Il fouilla dans sa mémoire pour trouver l'épisode qu'il voulait lui raconter.

– Et c'était une bénédiction parce que si celui qui assure la subsistance du foyer faillit, ne serait-ce que pour quelques jours ou quelques semaines, c'est la catastrophe. Il suffit souvent de si peu. La famille se disloque, elle se voit réduite à la mendicité. Les enfants meurent de faim.

Jon était sur le point de poursuivre le décompte des affres et tourments, mais il s'interrompit tout à coup, pensant que ce n'était peut-être pas le genre de choses que le souverain avait envie d'entendre sur son lit de malade.

– Pourquoi les gens s'entêtent-ils à vivre là-bas, tout au nord, juste en dessous du cercle polaire ? demanda le roi.

– L'Islande est un pays âpre et rude où la vie est difficile, Sire. Il y a des éruptions, des tremblements de terre et des tempêtes de neige si violentes qu'elles recouvrent entièrement les maisons, si bien qu'on doit parfois pelleter des boisseaux pour s'extraire de ces habitations en tourbe pendant l'hiver. Les hivers sont froids et sombres, les printemps parfois bien frais et les étés brefs. Pour couronner le tout, une année sur deux, les récoltes sont mauvaises et les épidémies fréquentes…

– Et pourtant les gens y survivent, interrompit le roi.

– Oui, depuis des centaines d'années, Majesté. Quand il fait beau en Islande, le pays n'a pas son pareil, il est sublime et sa nature magnifique.

– J'ai chaud, souffla le souverain en proie à la fièvre en cherchant à se débarrasser des couvertures.

– Voulez-vous que j'aille chercher le médecin, Votre Majesté ?

– Non, pas cet âne ! gémit le roi. Je voudrais que tu me rafraîchisses. Parle-moi des frimas d'Islande.

– Je ne vois pas ce que je pourrais vous raconter, Sire, répondit Jon tandis que dans sa tête défilaient des récits de chez lui, des récits de gens engloutis sous des avalanches ou qui s'étaient perdus dans la nature en plein hiver, des gens qui étaient morts de froid et dont on n'avait retrouvé le corps qu'au printemps, à la fonte des neiges.

– J'ai l'impression que je m'évapore, soupira le roi.

10

Assis sur une peau de poulain au milieu de la banquise, les yeux baissés sur le trou qu'il y avait creusé, Sigurdur surveillait sa ligne dans l'attente de la voir s'agiter. Il avait enfoncé dans la glace une longue canne terminée par une pointe d'acier où il avait attaché la ligne qu'il secouait par intermittence pour mettre en mouvement ses hameçons appâtés à la graisse de phoque qui oscillaient dans les profondeurs. Pour l'instant, il n'avait fait aucune prise, mais il savait qu'il n'aurait pas besoin d'attendre très longtemps. Le fjord grouillait de requins, il y en avait tant qu'on disait qu'ils se mangeaient entre eux en cherchant à mordre aux hameçons.

Il entendit un craquement. Sigurdur s'était mis en route tôt le matin avec sa canne, sa hache, son équipement et un petit casse-croûte, armé de toute la patience du pêcheur. L'hiver avait été glacial, le fjord avait gelé en janvier, si bien qu'on pouvait aller à pied jusqu'à la crique abritée d'Örlygshöfn et la baie de Hænuvik. Mais les premiers signes de la débâcle commençaient à se manifester au fond du fjord, la banquise se disloquait et fondait, et chacun voulait être le dernier à pêcher le requin par un trou dans la glace. Sigurdur s'était mis en route en direction de l'embouchure avant l'aube, il était monté sur la banquise où il avait parcouru une bonne distance avant de s'installer avec son matériel. La glace n'était pas spécialement dure lorsqu'il y avait enfoncé sa canne et sa hache : malgré le léger redoux qui s'était fait sentir après les rigueurs de l'hiver, il ne pensait pas être en danger là où il se trouvait. Il avait fait un grand trou, appâté ses hameçons à la graisse de phoque, plongé sa ligne dans l'eau, puis s'était assis sur sa peau de poulain et avait attendu en murmurant des *rimur* comiques, des strophes en vers qu'il avait entendues de la bouche des gens du cru, quelques extraits des Rimur de Hrólfur Gautreksson, de Flores et de Leo, et d'autres bouts rimés pour passer le temps et se distraire. "Ma panse est un soulier de bois boursoufflé, où grimacent mes boyaux et vertèbres." Il entendait par moments des craquements dans la banquise sans que cela l'inquiète.

Une bise glaciale sifflait sous des nuages menaçants, Sigurdur leva les yeux, regarda les oiseaux voler dans le ciel et pensa à sa chère Helga qui lui manquait tant, il pensa au père et aux oncles de sa défunte épouse, ces hommes s'enrichissaient chaque fois qu'ils faisaient fondre un foie de requin sur le rivage pour en extraire l'huile. Il pensa à Einar, le fils d'Helga, dont il avait déclaré être le père, et qui était un jeune homme de dix-huit ans très prometteur, désormais presque adulte. Cet enfant avait été aussi précieux à sa mère que les deux autres fils qu'elle avait eus avec Sigurdur, qui avait d'ailleurs soigneusement veillé à ce qu'Einar reçoive une aussi bonne éducation que sa propre descendance. Les seules personnes à connaître l'identité de son géniteur étaient le père d'Helga et ses oncles, ainsi que Gunnar lui-même, le véritable père d'Einar. La chose était tenue secrète dans les fjords, et elle le resterait à jamais. Même Gudrun, la gouvernante, n'était pas au courant de cette affaire, pourtant elle avait eu avec Einar un fils qui était un rayon de soleil pour tous au domaine de Geirseyri.

Sigurdur pêcha deux requins de taille plutôt modeste avant midi, il appâta à nouveau sa ligne et la remit à l'eau. Une plaque de glace s'était détachée au loin, à l'ouest, et dérivait vers le large. Alarmé par les craquements, il envisageait de se réfugier à terre au moment où une puissante secousse fit vibrer la canne : il tenait une belle prise. Il tira sur la ligne, d'abord prudemment, puis de manière plus résolue, et alors s'engagea un combat éprouvant avec le requin qui se débattait sous la glace et nageait, furieux, décrivant cercle après cercle en essayant de s'enfoncer dans les profondeurs pour y entraîner le pêcheur.

Agrippé à sa ligne, Sigurdur la remontait et l'enroulait autour de la canne chaque fois qu'elle se détendait légèrement. C'était une tâche éreintante qui exigeait qu'il recoure à toutes ses forces : le requin se débattait, tournait dans tous les sens et s'agitait follement. Tout à coup, l'animal tira si violemment que la canne échappa des gants de mer trempés du pêcheur et glissa sur la glace jusqu'au trou que ce dernier y avait pratiqué, où elle faillit tomber. Par chance, elle resta coincée en travers de l'ouverture. Sigurdur bondit et l'attrapa avant qu'elle ne sombre et, arc-bouté sur la glace, tira la ligne vers lui avec une force égale à celle que le requin exerçait pour le tirer vers les profondeurs.

Au fur et à mesure du combat, un brouillard givrant envahit le fjord, la glace craquait constamment, une grosse plaque se détacha de la surface où se trouvait Sigurdur et se dirigea vers l'embouchure. À nouveau, il entendit un craquement, puis comme une détonation. En balayant les alentours du regard, il comprit qu'il était lui aussi sur une grande plaque qui dérivait lentement dans le fjord. Il n'y avait plus entre lui et le rivage qu'un large bras de mer parsemé de blocs et de débris de glace.

Oubliant un instant le requin, il regarda vers la terre pour voir s'il pouvait l'atteindre en sautant de plaque en plaque, mais comprit aussitôt que c'était impossible. Les blocs étaient trop peu nombreux et de trop petite taille. Le requin continuait à se débattre, à nouveau Sigurdur faillit laisser filer la canne entre ses mains, il baissa les yeux sur le trou par lequel il pêchait. En les relevant, il constata que l'espace qui le séparait du rivage continuait à s'amplifier et comprit qu'il ne pouvait pas à la fois en réchapper et capturer l'animal.

Il n'avait pas le choix, il devait libérer la bête. Il lâcha la ligne qui disparut dans le trou à la vitesse de l'éclair, se leva d'un bond et s'aventura aussi loin qu'il l'osait au bord de la plaque, le regard fixé sur la terre qui s'éloignait rapidement. Bientôt, il se mit à courir en tous sens sur son radeau de glace en décrivant des cercles qui imitaient ceux du requin. Il appela à l'aide, mais ne vit pas une âme sur le rivage et personne n'entendait ses cris. Seul sur sa plaque, il regardait la haute mer en se disant qu'un funeste destin l'attendait.

Il n'y avait qu'une seule solution s'il ne voulait pas dériver vers le large et attendre que le radeau de glace se disloque sous lui. Sans perdre un instant, il enleva ses gants de mer, sa vareuse et son chandail. Bientôt il se retrouva complètement nu et plongea dans l'eau glaciale.

Suffoquant sous l'effet du froid qui le cinglait aussi violemment qu'un millier de coups de fouet, il tentait de garder la tête hors de l'eau tout en se démenant vaillamment, conscient qu'il en allait de sa vie. Bien que ne sachant pas nager, il parvint à se maintenir à flot en agitant bras et jambes. Il ne cessait de couler, remontait chaque fois à la surface, mais sentait ses forces décliner. Le combat avec le requin l'avait fatigué et son agitation désordonnée l'épuisait. Il comprit qu'il ne lui restait plus beaucoup de temps quand un bloc de glace passa à proximité. Il convoqua ce qu'il lui restait d'énergie pour s'en rapprocher, parvint à l'agripper d'une main et à le tirer vers lui. Bientôt, il s'y cramponna de toutes ses forces et réussit par miracle à se maintenir à la surface.

Il avait cessé de sentir le froid dans ses jambes qui battaient sous le bloc de glace en direction du rivage invisible à cause de l'épais brouillard qui avait envahi le fjord. Il ignorait si cela servait à quoi que ce soit de lutter ainsi, allongé sur ce radeau de fortune, affleurant à la surface de l'eau.

Alors qu'il était sur le point de renoncer, il aperçut sa canne. Il ne comprit pas immédiatement que c'était elle qui flottait là, mais la reconnut à la vue de l'aileron de requin qui dépassait de l'eau et se rapprochait avant de plonger à nouveau, emportant la ligne dans les profondeurs. À en juger par son aileron, l'animal était l'un des plus gros que Sigurdur ait vu depuis longtemps, il comprit alors qu'il avait lutté contre bien plus fort que lui.

Sa frayeur décupla son énergie. Affolé, il battit frénétiquement des pieds dans l'eau glacée et vit tout à coup la bête surgir des flots, l'hameçon fiché au coin de la gueule. L'animal ouvrit celle-ci en grand, dévoilant des rangées de dents acérées qui s'approchaient de Sigurdur. Avant qu'elles ne le déchiquettent, elles plongèrent à nouveau sous la mer dont la surface redevint lisse. Le répit fut toutefois de courte durée. Presque aussitôt, Sigurdur sentit la bête lui happer une jambe et le tirer par à-coups violents vers les profondeurs. L'affreuse douleur le força à lâcher le bloc de glace.

Le pêcheur continuait à se débattre, épuisé, sachant ses minutes comptées, déjà résigné à son sort, quand il sentit le fond du fjord sous son autre pied. Le requin s'était trop approché du bord, il lâcha prise et fila vers le large. Sigurdur remonta à la surface et constata à son grand soulagement qu'il n'était plus qu'à quelques coudées de la terre. Il sentait maintenant le sol sous ses pieds, les vagues le projetèrent sur les pierres du rivage où il resta un moment, épuisé, puis il se remit péniblement debout et découvrit qu'il n'était pas loin de chez lui. Il se mit en route, traînant derrière lui sa jambe mordue par les dents du monstre.

Seule à la maison, Gudrun, la gouvernante, entendit de grands coups à la porte. Elle accourut aussitôt, ouvrit doucement et Sigurdur s'effondra dans ses bras, entièrement nu. Elle eut du mal à reconnaître le bloc de glace qu'il était devenu. Son corps était enserré dans une gangue de givre, ses cheveux et sa barbe étaient gelés et elle découvrit qu'il avait une jambe lacérée, ensanglantée, en l'emmenant vers la pièce commune de la ferme pour l'y allonger sur un lit clos. Voyant le corps de Sigurdur secoué de tremblements incontrôlables, Gudrun pensa que son maître vivait ses derniers instants et réagit prestement, elle raviva le feu, banda du mieux qu'elle put sa jambe blessée et se déshabilla entièrement, puis s'allongea avec lui sous les édredons et entreprit de réchauffer le géant transi qui lui était tombé dans les bras sans crier gare.

11

Le roi de Danemark s'était endormi. Il semblait aller mieux. Sa respiration était plus calme et ses suées avaient diminué. Assis dans son lit, il avait les yeux fermés et le visage apaisé. Jon ne savait pas quoi faire. Le grand chambellan et les médecins, et encore moins les femmes de chambre, n'osant interrompre cette entrevue vespérale inattendue, l'Islandais resta donc coincé là dans le fauteuil, au chevet de son souverain, et ne tarda pas à somnoler.

Comme toujours, il s'était réveillé tôt et avait travaillé jusque tard le soir. Il prenait de plus en plus de plaisir à examiner l'œuvre de l'horloger suisse, à mesure qu'il découvrait l'étendue du génie de cet homme et la complexité du mécanisme qu'il avait conçu. Cela ne faisait que conforter sa conviction qu'il devait s'employer à lui rendre sa splendeur passée.

Il était régulièrement assailli par le doute lorsque, assis devant les pièces et rouages de l'horloge, il les nettoyait et essayait de les remonter en les faisant tourner comme il fallait, il songeait alors au poète de la vallée de Saudlauksdalur, à l'amitié qui les avait liés et au terrible destin qu'avaient connu Eggert et son épouse quelques mois seulement après leur mariage. Il lui suffisait de se remémorer ses premières rencontres avec cet homme pour retrouver son énergie et se convaincre qu'il avait raison d'avoir entrepris cette tâche. Il comprenait de plus en plus clairement dans sa solitude que c'était aussi en mémoire de son amitié avec le poète qu'il s'escrimait à remettre en état l'œuvre d'Habrecht pour lui redonner toute sa beauté.

Un jour, il était allé avec son père au presbytère chercher des semences. Homme de progrès dans bien des domaines, le révérend Björn Halldorsson avait notamment entrepris de cultiver de la pomme de terre dans la vallée de Saudlauksdalur. Sigurdur, quant à lui, se passionnait pour toutes les nouveautés en agriculture, il avait préparé dans sa ferme un petit carré orienté vers le sud où, comme le pasteur, il voulait s'essayer à la plantation de ces tubercules ainsi que des navets et des choux, même si les gens du cru haussaient les épaules et se moquaient. Ils avaient honte des expérimentations de l'homme d'Église, selon eux les légumes étaient tout juste bons à nourrir le bétail et impropres à l'alimentation humaine.

Tandis que son père avait accompagné Björn pour choisir les semences, Jon avait accepté le bol de lait que l'épouse du pasteur lui avait offert puis il avait déambulé jusqu'à une vaste pièce où se trouvaient un bureau, une chaise, des documents et des papiers, du matériel d'écriture et la plus grande quantité de livres qu'il ait vue de toute sa vie. Il y avait également là toutes sortes de plantes, séchées ou vivantes, des pierres et minéraux divers, certains couverts de mousses, d'autres brisés et contenant des cristaux, des insectes fixés sur des planches cartonnées par des épingles, des coquillages, des crustacés, des algues et d'autres exemplaires de végétation marine.

Jon avait été émerveillé par tout ce qu'il avait vu dans ce cabinet, mais plus encore par le bel objet posé sur une étagère. Jamais il n'avait eu sous les yeux pareille œuvre d'art, même si, à dire vrai, il ignorait à quoi elle servait. Un cadran blanc et circulaire protégé par une coupole en verre où étaient inscrits des chiffres qu'il savait romains et une aiguille qui avançait si lentement qu'il la voyait à peine bouger et devait la fixer jusqu'au vertige pour en distinguer le mouvement. Le tout était installé dans une magnifique niche en chêne ornée de deux passereaux sculptés qui semblaient converser en surplomb de la vitre. Totalement fasciné, Jon n'avait pas remarqué la présence d'un homme à la porte.

– C'est une horloge de fabrication suisse, avait dit une voix douce derrière lui. Tu peux la toucher si tu veux.

Jon avait sursauté, puis compris que c'était le poète qu'il avait aperçu à l'église le dimanche précédent, c'était le frère de l'épouse du pasteur qui venait de lui offrir un peu de lait.

– Je… je ne l'ai pas touchée !

– Oh, ce n'est pas interdit, avait ri le poète, puis il avait tendu la main à Jon pour le saluer et s'était présenté, Eggert Olafsson, en précisant que le désordre qui régnait dans le cabinet s'expliquait par le fait qu'en ce moment il officiait comme naturaliste.

– Naturaliste ? avait répété le jeune homme.

C'était la première fois qu'il entendait le mot, il avait pourtant appris à lire auprès de Gudrun, sa gouvernante, et n'avait en outre besoin de personne pour lui dire comment se tenir. Gudrun avait à cœur que les trois frères sachent lire et écrire, et qu'ils aient quelques notions de calcul. Il avait regardé Eggert d'un air interrogatif, impressionné par cet homme qui accomplissait de grandes choses, cet homme exceptionnel qui rompait avec la monotonie environnante, un homme de savoir, de connaissance et de science. Eggert avait beaucoup voyagé, il avait suivi de longues études et venait maintenant de parcourir l'Islande pour rassembler la matière d'un livre sur le pays, sa nature et ses habitants. Jon avait entendu son père et Gudrun parler de lui avec respect, par ailleurs ils connaissaient par cœur certains de ses poèmes qu'on se transmettait de bouche à oreille dans le canton de Raudasandshreppur. Eggert avait récemment composé quelques vers sur son séjour dans la vallée de Saudlauksdalur qu'il avait qualifiée de jardin de délices aux choux sucrés, et où il disait s'être beaucoup plu. C'était un poème humoristique qu'on déclamait régulièrement le soir pendant les veillées au presbytère dont il avait ensuite franchi les murs. “Y poussait en abondance une grande fleur, qui de l’avis général, se nommait moutarde…”

– Un naturaliste est un homme qui étudie la nature dans le but de comprendre son fonctionnement, avait expliqué Eggert en prenant l’horloge sur son étagère. Un peu comme on essaie de comprendre comment fonctionne le mécanisme de cet appareil. De la même manière que cette aiguille décrit un cercle pour marquer les heures du jour, les naturalistes observent le cycle du temps dans la nature pour essayer de comprendre pourquoi les fleurs meurent puis reviennent à la vie et pourquoi la terre sommeille l’hiver avant de se réveiller au printemps, aussi sûrement que cette pendule sonne les heures.

– Gudrun, notre gouvernante, affirme que la terre n’est pas plate, contrairement à ce que soutient Sveinn de Melanes, avait répondu Jon. Ils se sont chamaillés comme des chiffonniers l’autre jour à ce sujet. Elle dit que la terre est ronde, qu’il nous est difficile de l’imaginer, mais qu’elle est aussi ronde que la Lune et toutes les planètes que le Tout-Puissant a placées au firmament.

– Tu peux le constater par toi-même en montant au sommet des falaises de Latrabjarg par temps clair et dégagé. Si la visibilité est suffisamment bonne sur la mer, tu observeras que l’horizon décrit un cercle qui épouse la courbe de la terre, avait répondu Eggert en ouvrant l’arrière de la pendule où il avait entré une clef dans une sorte de serrure. Les navigateurs de l’Antiquité l’avaient compris en observant les déplacements des navires, ils avaient remarqué que le sommet des mâtures leur apparaissait en premier à l’horizon et disparaissait en dernier.

Eggert avait donné deux tours de clef.

– Cette pendule prend une heure de retard tous les jours. J’essaie de la régler sur le soleil quand il arrive au zénith, mais elle n’est pas très précise.

– C'est la première fois que je vois une si belle chose, avait répondu Jon, captivé, les yeux encore rivés sur l'objet. Je sais à quoi sert une pendule, mais je n'en avais jamais vu aucune.

Eggert avait manipulé l'arrière du coffre en chêne autour du mécanisme et fini par retirer le panneau, dévoilant ses entrailles à l'arrière du cadran. Il avait présenté au jeune homme les éléments qui se conjuguaient pour faire avancer l'aiguille dans la bonne direction et à la vitesse adéquate. Jon n'avait jamais contemplé semblable trésor. Lui-même n'avait jamais vu d'objets façonnés avec une telle élégance, qu'ils soient gros ou petits, en laiton, en cuivre et en argent, avait avoué le poète tout en lui expliquant le fonctionnement de la pendule. Chaque élément du mécanisme constituait une œuvre d'art aux yeux de Jon, quant aux liens complexes et à la manière dont ils fonctionnaient tous ensemble, il s'agissait pour lui d'une authentique révélation.

– Comment peut-on fabriquer une chose pareille? avait-il murmuré.

– Les Suisses sont experts en horlogerie, avait répondu Eggert, sans être sûr que le jeune homme l'entende tant il était hypnotisé par la magie qui animait la pendule. Le plus grand concepteur d'objets destinés à la mesure du temps était un certain Isaac Habrecht, il venait d'un pays du sud de l'Europe qui s'appelle la Suisse, c'était un homme d'exception, tout comme d'ailleurs son frère, lui aussi horloger, avait poursuivi Eggert en lui racontant l'histoire du moine de Strasbourg qui avait passé toute sa vie dans la cathédrale à y fabriquer une admirable horloge. Je n'ai jamais visité cette ville, avait-il ajouté, même si je suis passé un jour à proximité, mais j'ai pu voir une de ses horloges, une copie de celle qui se trouve à Strasbourg et qui croupit en ce moment au palais de Christiansborg, il suffit de la regarder pour voir le génie qu'était Habrecht.

Eggert était entré avec une poignée de pissenlits à la main, il en avait coupé les fleurs et avait mâché quelques feuilles. Jon n'avait encore jamais vu personne consommer ces plantes. Le poète aurait pu tout aussi bien manger du foin fraîchement coupé devant lui.

– On pourrait les servir à table, avait repris Eggert en lui agitant les pissenlits sous le nez. Rien n'interdit d'en utiliser dans la cuisine, avait-il ajouté, notant quelques mots dans son carnet. Ne permets à personne de t'affirmer le contraire. Je rassemble la matière d'un livre de cuisine moderne, comprends-tu. Il devrait s'intituler "Des condiments pour chaque plat"…

Le roi sortit de son profond sommeil. Il ouvrit les yeux, inspecta les alentours et découvrit Jon, toujours assis à son chevet.

– Qu'est-ce que tu viens faire ici ? demanda-t-il.

– Vous… Sa Majesté m'a appelé ici hier soir, répondit l'Islandais en se levant d'un bond de son fauteuil et en s'inclinant. Elle avait une forte fièvre, si elle me permet de m'exprimer ainsi, elle délirait, qu'elle veuille bien m'excuser. Je lui ai raconté l'histoire de mon père parti pêcher le requin dans l'espoir de lui apporter quelque soulagement.

Le souverain dévisagea Jon puis hocha la tête pour indiquer qu'il s'en souvenait. Puis il lui fit signe de se rasseoir.

– Il a eu beaucoup de chance d'en sortir vivant, souligna le roi.

– Comme je l'ai dit à Sa Majesté, c'était une force de la nature, répondit Jon. Il était très demandé pour la pêche au requin et sa part était en général plus importante que celle des autres, Sire. C'est ce que m'a dit le poète Eggert.

– Pourquoi passes-tu ton temps à me parler de cet homme ?

– Je promets de cesser, Sire.

– Il me semble qu'il faisait partie de ces épuisants adeptes de la philosophie des Lumières. Que c'était une sorte de Struensee.

– Pour être honnête, il a eu sur moi une très grosse influence, Majesté. Sans lui, je n'aurais jamais imaginé pouvoir venir apprendre le métier d'horloger ici, à Copenhague. Par sa seule présence, il ouvrait de nouveaux horizons et élargissait l'espace du monde.

Tsss, souffla le roi, manifestement peu intéressé par les poètes défricheurs d'horizons.

– Eggert a été le premier naturaliste islandais, Sire, reprit Jon. Il défendait l'idée d'éduquer la population locale et de l'initier aux innovations agricoles, il voulait introduire de nouveaux légumes et s'intéressait aux améliorations possibles dans tous les domaines de l'économie, il composait aussi des poèmes où…

Le roi en avait assez entendu.

– Ton père était en effet une force de la nature, coupa le souverain qui semblait bien plus intéressé par Sigurdur.

– Je ne l'ai jamais entendu se plaindre, Sire. Il n'a même pas gémi quand Gudrun lui a recousu la jambe. C'était une couturière d'exception.

– J'ai réfléchi à ton père, reprit le roi. Pourquoi à ton avis avait-il choisi de vivre avec ces deux femmes ? Ta mère et cette Gudrun ? Apparemment, elles avaient en commun d'avoir couché avec d'autres hommes et d'avoir eu des enfants avec eux.

– Peut-être est-ce dû à la taille restreinte de la population, Sire, répondit Jon, qui n'avait jamais eu aucune raison de réfléchir à cette question. À la monotonie et à la proximité qui règne dans les campagnes profondes.

– Les Islandais… soupira le roi, pensif. Quel genre de gens sont-ils exactement ?

Jon était dans l'embarras. Il espérait qu'il ne lui posait pas réellement la question, mais qu'il avait simplement formulé à voix haute une réflexion qui lui était passée par la tête et que personne n'aurait dû entendre. Hélas, il n'en était rien.

– Peux-tu me donner une réponse ? insista le souverain.

– Il m'est difficile d'en trouver une qui soit simple et sans équivoque, Sire, s'excusa Jon, ne sachant pas comment répondre à une question si vaste et inattendue. Tout ce que je sais, c'est qu'il n'est pas facile d'être islandais et que je ne suis pas certain que quiconque ait envie de l'être s'il a le choix.

Le roi le regarda comme dans l'attente de précisions, mais voyant qu'il se taisait, il s'intéressa à nouveau à Sigurdur et au dévergondage.

– Est-il possible que ton père ait pris en pitié ces deux femmes déchues ?

– Je ne saurais me prononcer, Sire, répondit Jon en se demandant si les souvenirs du monarque concernant Catherine à la Bottine n'influaient pas sur le cours de leur conversation. Ni vous dire dans quelle mesure c'étaient des femmes déchues, Majesté. Ainsi va la vie, tout simplement. En tout cas, nous n'en parlions pas chez moi.

– La gouvernante s'est tout de même allongée nue à ses côtés ce jour-là !

– À mon humble avis, Sire, Gudrun a fait ça pour le soigner.

– Elle est allée un peu plus loin.

Le roi trouvait apparemment que le récit de Jon manquait un peu de sel.

– Il est possible que cela ait contribué à leur rapprochement, Sire.

– Donc, ils ont forniqué, résuma le roi.

De la même manière que le souverain regrettait que l'horloger ne soit pas un peu plus grivois dans son récit, Jon déplorait parfois la manière dont le roi s'exprimait.

– Pas tout de suite, Sire, mais oui, en effet. Et quelque temps plus tard, la sombre prédiction d'Helga, ma mère, qui avait redouté les conséquences de l'usurpation de paternité, s'est réalisée.

12

Quand Sigurdur avait compris qu'il ne pouvait plus attendre, il s'était engagé sur le vieux chemin en terre qui franchissait le col de Lambeyrarhals, longeait les lacs de Kriuvötnin et descendait dans le Talknafjördur. Le soir tombait, il avait fait bonne route même s'il n'avait pas totalement retrouvé la jambe qui avait fini dans la gueule du requin l'hiver précédent. La lande s'était parée de ses plus beaux atours pour le voyageur du domaine de Geirseyri. C'était toutefois en pure perte qu'elle s'était mise en beauté, Sigurdur était pensif et inquiet, le chant vespéral des oiseaux des tourbières et le couple de cygnes qui étendaient leurs ailes sur les eaux ne lui apportaient aucun réconfort.

Les événements des mois précédents, depuis qu'il avait fait sa demande en mariage à Gudrun, si on pouvait vraiment parler de demande, lui donnaient amplement matière à réflexion. Il l'avait formulée plutôt maladroitement quelques jours après son retour de la pêche au requin, dès qu'il s'était un peu remis. Il l'avait remerciée de lui avoir sauvé la vie en ajoutant qu'il serait mort cette nuit-là si elle n'avait eu pitié de lui et fait preuve d'esprit de sacrifice en s'allongeant à ses côtés pour le réchauffer. Les jours suivants, elle s'était appliquée à le soigner avec une grande et belle sollicitude. Il avait ajouté que, depuis maintenant quelque temps, il souhaitait qu'elle devienne la maîtresse de maison de Geirseyri en contractant un mariage avec la bénédiction du Seigneur et tout ce que cela impliquait. Si elle acceptait sa demande, il voulait…

Elle l'avait interrompu au milieu de sa phrase.

– Non… non… hélas, cela ne saurait être, avait-elle répondu, affolée.

Cette demande en mariage ne l'avait toutefois pas vraiment surprise. Sigurdur lui avait manifesté l'intérêt qu'il lui portait par des gestes, des regards et des paroles, mais elle n'y avait pas répondu, étant par ailleurs la mère de l'enfant du fils du fermier, elle ne pouvait envisager un tel arrangement et le lui avait expliqué en quelques mots : cela enfreignait la loi de coucher avec un homme qui était le grand-père de son fils. Elle demeurerait gouvernante au domaine, et il n'était pas question que cela change. Elle ne voulait pas en entendre parler.

– Et si je n'étais pas le père d'Einar ? avait demandé Sigurdur après un long silence. Est-ce que cela changerait quelque chose ?

Il n'avait parlé de cette affaire de paternité à personne, ni à Einar, ni à ses deux autres garçons, ni à quiconque dans la maisonnée, et jamais il n'en avait touché mot à Gudrun. À sa connaissance, les gens des campagnes environnantes ne savaient rien non plus. Le père d'Helga et ses oncles à Hænuvik avaient gardé cela pour eux, tout comme Gunnar, le véritable père d'Einar. Seuls quelques hommes savaient donc la vérité et ils n'étaient pas des plus loquaces.

– Tu n'es pas son père ?! s'était étonnée Gudrun.

Sigurdur avait secoué la tête, surpris de s'entendre dévoiler un secret si profondément enfoui dans sa conscience.

– Dans ce cas, qui est-ce ?

– Il s'appelle Gunnar, il est fermier à Hvanneyri, de l'autre côté de la lande. Il était ouvrier agricole chez le père de ma défunte Helga, mais on leur a interdit de se marier. J'avais essayé de lui faire la cour, mais je suis arrivé trop tard, Gunnar lui avait déjà fait un enfant. Il est allé trouver le père d'Helga pour lui demander la main de sa fille, mais il lui a répondu que jamais il n'accepterait un tel arrangement. Désespérée, elle est venue me voir en me disant que son père ne serait pas opposé à ce que nous convolions en justes noces étant donné la situation.

– Mais à la condition que tu déclares être le père de l'enfant ?

– Je n'envisageais pas notre mariage autrement qu'en le faisant.

– Tu étais amoureux d'elle.

– C'était une femme exceptionnelle. J'ai voulu, et je veux toujours, préserver sa réputation.

– Et Gunnar ?

– Je n'ai jamais entendu parler de lui depuis, avait répondu Sigurdur. Il nous a toujours ignorés. Il n'a jamais vu son fils, sauf en le croisant par hasard.

– Einar est au courant ?

– S'il l'est, ce n'est pas moi qui le lui ai dit. Je l'ai toujours considéré comme mon propre fils et je n'ai jamais vu aucune raison d'aborder le sujet avec lui. J'étais désolé que lui et toi n'ayez pas eu la chance de pouvoir fonder une famille.

– Cela s'explique sans doute par notre différence d'âge, avait répondu Gudrun. Dix ans, ça fait beaucoup pour un tout jeune homme. Mais il se débrouille bien, il est ouvrier à la ferme de Sjöunda et tout le monde l'apprécie beaucoup là-bas, m'a-t-on dit.

– C'est un brave garçon, avait convenu Sigurdur. Je crois qu'il tient cela de sa mère. Alors, est-ce que maintenant tu envisages les choses autrement ?

Gudrun s'était accordé un instant de réflexion.

– Tu me dis toute la vérité ?

– Sur mon honneur et sur ma foi.

– Je veux que tu ailles voir Gunnar et que tu le convainques de reconnaître la paternité d'Einar.

– Je ne suis pas certain que cela serve à quelque chose, cette histoire l'a blessé et humilié.

– Promets-moi de lui en parler.

– Je peux te le promettre, mais pas te garantir le résultat.

Deux mois plus tard, Gudrun était venue voir Sigurdur discrètement en lui proposant de l'accompagner dans le fjord pour se promener sur le rivage. Elle s'était assise sur une pierre et lui avait rappelé sa promesse. Elle lui en avait parlé plusieurs fois depuis qu'il lui avait révélé la vérité sur la paternité d'Einar, il ne l'avait pas vraiment écoutée, mais désormais les vents avaient tourné.

– Tu ne peux plus attendre, tu dois honorer ta promesse, avait-elle dit.

– Pardonne-moi, s'était excusé Sigurdur. Je comptais le faire, bien sûr, mais…

Il l'avait regardée d'un air interrogatif.

– Y a-t-il une raison particulière pour que tu m'en parles maintenant ?

– Oui, je suis enceinte, avait répondu Gudrun, voilà la raison.

Après avoir quitté la lande, Sigurdur avait rapidement atteint le fjord de Talknafjördur et la ferme de Hvammeyri où il avait aperçu l'homme qu'il venait trouver. Ce dernier vidait et étêtait des cabillauds qu'il attachait ensuite les uns aux autres devant une cabane ajourée où il les suspendait sur les séchoirs en bois. À l'approche de Sigurdur, Gunnar avait levé les yeux et interrompu sa tâche dès qu'il l'avait reconnu.

– Qu'est-ce que tu viens faire ici ? avait-il demandé d'un ton qui montrait clairement que Sigurdur n'était pas le bienvenu.

– Excuse-moi, je ne voulais pas te déranger, mais je viens te parler d'une affaire urgente.

– Quoi donc ?

Sigurdur avait préféré lui expliquer ce qui l'amenait en toute franchise. Il n'avait jamais été beau parleur ni bon orateur et n'était pas non plus doué pour les périphrases.

– Je dois te demander de reconnaître ton fils, Einar, avait-il annoncé.

Gunnar était resté figé quelques instants et, ses cabillauds à la main, avait dévisagé le visiteur dont les paroles lui semblaient provenir d'un lointain pays étranger malgré leur clarté dans la quiétude du printemps.

– Comment ça ?

– Je dois te demander de reconnaître le fils que tu as eu avec notre regrettée Helga.

– Mon fils ?

– Il me semble qu'il serait temps, avait plaidé Sigurdur. J'espérais que tu serais du même avis.

– Je… l'idée ne m'est jamais venu à l'esprit. Pourquoi souhaites-tu que je le fasse aujourd'hui ? C'est ton fils. Je ne me suis jamais occupé de lui. C'est Helga et toi qui l'avez élevé. C'est votre enfant.

– C'est vrai, mais c'est aussi le tien et je crois qu'il serait temps de l'avouer après toutes ces années.

– Et pourquoi cela ne peut-il pas attendre ? s'était étonné Gunnar.

Sigurdur ne savait pas quoi lui répondre. Devait-il lui parler de ses amours ? Pourquoi avait-il fallu qu'il laisse échapper qu'il s'agissait d'une affaire urgente ?

– Gudrun Valdadottir, ma gouvernante, et moi-même, envisageons de nous unir et il m'a semblé juste de lui avouer toute la vérité sur Einar, sur toi, Helga et moi. C'est elle qui m'a demandé de venir ici pour te demander de reconnaître ton fils. Elle tient à ce que tu le fasses avant notre mariage.

– Gudrun ? C'est elle dont j'ai entendu dire qu'elle avait eu un enfant d'Einar ?

– Oui, c'est elle.

– Et maintenant tu comptes l'épouser ?

– En effet.

– Et ce, sans délai, avait relevé Gunnar comme s'il comprenait tout à coup pourquoi Sigurdur s'était donné la peine de franchir la lande pour venir le voir après toutes ces années.

– J'espérais que tu accepterais, avait repris Sigurdur. Je pense ne jamais t'avoir nui. Peut-être que le père d'Helga l'a fait, tout comme ses oncles de Hænuvik, mais pour ma part je ne t'ai jamais causé le moindre tort. Et si cela peut te consoler, je sais qu'Helga t'a longtemps regretté. Elle tenait à Einar, ton fils, comme à la prunelle de ses yeux.

– Dois-je comprendre que tu as mis cette Gudrun enceinte ?

Sigurdur avait hésité puis hoché la tête.

– Et tu voudrais maintenant que je te décharge de la faute que tu as commise en couchant avec la mère de l'enfant de ton fils ?

À nouveau, Sigurdur avait hoché la tête tandis que Gunnar secouait la sienne.

– Je ne veux pas me mêler de tes affaires, avait-il répondu en se remettant à étêter les poissons. Elles ne me concernent pas.

– Tu nous rendrais un grand service.

– Je ne te dois absolument rien, avait rétorqué Gunnar. D'ailleurs, qu'est-ce qui me prouve qu'Einar est vraiment mon fils ?

– Helga a dit que…

– Oui, laisse-moi tranquille. Laisse-moi seul. Toi et les frères de Hænuvik, vous êtes de la même engeance !

Sigurdur avait compris qu'il ne parviendrait pas à le convaincre, mais il n'avait pas encore tout à fait renoncé.

– Il y a une autre solution, avait-il dit. Laissons de côté les doutes sur la paternité d'Einar, cela doit être très douloureux pour toi de penser à cette histoire. Je le comprends, crois-moi, mais ce qui est arrivé est arrivé, c'est comme ça.

À nouveau, Sigurdur avait hésité avant de poursuivre :

– L'autre solution serait que tu endosses la paternité de notre enfant, à Gudrun et moi, pour nous laver de tout soupçon. Je suis prêt à te récompenser correctement pour ce service. Je ne t'en parlerais pas si nous avions d'autres gens vers qui nous tourner.

– Non, je ne peux rien pour toi, avait répondu Gunnar, feignant d'être absorbé par sa tâche. Vous allez devoir trouver un autre moyen de résoudre vos problèmes. Je ne te dois rien et tu n'obtiendras rien de moi.

13

Maintenant qu'il avait enfin réussi à remettre les Rois mages en mouvement, Jon Sivertsen jugea qu'il était temps de se concentrer sur la recherche de la statuette de la Vierge Marie. Pendant sa carrière d'horloger, il avait entendu dire qu'au fil du temps la Mère de Dieu était apparue çà et là en ville. Il repensa aux dires de son ami, l'érudit Jon Olafsson, de la bibliothèque d'Arnasafn qui abritait les manuscrits islandais : ce dernier lui avait confié avoir vu une effigie qu'il croyait être la Marie d'Habrecht chez un parent demeurant rue Sankt Peders Stræde.

L'horloger gardait un souvenir ému de ses visites à son homonyme dans la mansarde de l'église de la Sainte-Trinité, où la bibliothèque d'Arnasafn avait trouvé refuge après le grand incendie de Copenhague en 1728. On y accédait par l'imposante Tour ronde et parfois, quand Jon s'ennuyait dans son travail, il gravissait l'escalier, montait dans les combles voir son ami et glaner quelques nouvelles d'Islande, l'érudit étant très doué pour faire parler leurs compatriotes de passage à Copenhague.

Lors de l'une de ses visites, Jon, originaire de Grunnavik dans la province des Hornstrandir, s'était montré particulièrement maussade. Penché sur de vieux parchemins, il s'efforçait d'en déchiffrer les parties les plus difficilement lisibles. Ce petit homme discret avait jadis contribué à sauver des manuscrits islandais anciens pendant le grand incendie, il avait même réécrit de mémoire la moitié d'une saga après que le texte avait brûlé, mais son travail n'était pas reconnu à sa juste valeur. Les caisses de la bibliothèque d'Arnasafn étaient si dépourvues qu'il disposait à peine de quelques hardes pour se vêtir et vivait dans le plus grand dénuement. Jon Olafsson portait un habit usé et tout rapiécé qui semblait ne tenir en un seul morceau que par miracle. Il s'était excusé de son allure, sa bourse de recherche ne suffisait pas à assurer sa subsistance, ce dont il s'était plaint à maintes reprises auprès du directoire de l'institution. Il s'était frotté les yeux et avait avoué avec humilité à son visiteur qu'il avait tellement de mal à survivre que, pour payer ses loyers en retard, il s'était vu forcé de déposer son plus bel habit chez un prêteur sur gages rue Sankt Peders Stræde. C'était justement là qu'il croyait avoir aperçu la statuette de la Mère de Dieu.

Ils avaient longuement évoqué l'Islande. L'érudit de Grunnavik était très curieux de la vie quotidienne dans la région natale de son visiteur. Jon Sivertsen lui avait confié avoir rencontré Eggert Olafsson dans sa jeunesse, il lui avait parlé de la pendule que le poète et naturaliste avait apportée avec lui dans la vallée de Saudlauksdalur et de ce que cet homme lui avait dit d'Habrecht, ajoutant que c'était sans doute ses propos qui l'avaient conduit s'intéresser à l'horlogerie. C'est alors que l'érudit de Grunnvik avait mentionné son passage rue Sankt Peders Stræde et les quelques pièces contre lesquelles il avait troqué son plus bel habit. Le prêteur sur gages lui avait dit que la Vierge posée sur une de ses étagères provenait du chef-d'œuvre d'Habrecht, le fils d'un apothicaire vivant dans le quartier l'avait mise en gage mais n'était jamais venu la récupérer.

– La pauvre Mère de Dieu ne brillait guère par son allure, perdue dans tout ce bric-à-brac impie, avait déclaré Jon Olafsson. Aurais-tu, par hasard, entendu ce qu'on dit sur le directoire de la bibliothèque d'Arnasafn ? avait-il demandé, changeant de conversation. Ses membres ont festoyé à la taverne de la Lingue bleue. Le pauvre diable que je suis n'a pas été invité. Ces gens ne sont pas capables de me verser une bourse digne de ce nom, mais ils ont les moyens de s'offrir de grands crus et n'ont bien sûr pas lésiné sur les desserts.

– Je n'ai pas entendu parler de cette histoire, avait répondu Jon Sivertsen.

– Je n'ai aucun plaisir à les rencontrer et je me moque qu'ils trinquent sans moi, avait poursuivi Jon Olafsson en reniflant. Aucun plaisir. Je veux juste récupérer mon bel habit. C'est tout ce que je demande.

Ils avaient maudit un moment encore le directoire de l'institution. L'érudit se plaignait tant et tant que Jon Sivertsen n'avait pu s'empêcher de lui laisser quelques pièces avant de redescendre de la Tour ronde. Quelque temps plus tard, il avait appris le décès de Jon Olafsson et s'était joint au maigre cortège qui l'avait accompagné jusqu'à sa dernière demeure au fond du cimetière de la Sainte-Trinité.

Jon Sivertsen avait tout cela en mémoire lorsqu'il décida un jour de remonter la piste de la Sainte Vierge. Au lieu de se rendre au palais de Christiansborg pour travailler sur l'horloge, il partit au petit bonheur la chance rue Sankt Peders Stræde. Un prêteur sur gages y officiait encore, mais celui à qui Jon Olafsson avait vendu son habit était mort depuis longtemps et un autre avait pris sa succession. Ce dernier ignorait qu'il avait dans ses réserves une statuette de la Vierge. Jon le pria de bien vouloir consulter sa comptabilité pour vérifier si elle en avait conservé trace.

L'homme sortit de vieux registres de dettes, agacé par ces broutilles, et lui demanda s'il savait à quel moment la statuette était arrivée dans la boutique. Jon essaya de se rappeler l'époque précise où l'érudit s'était plaint d'être le plus pauvre. Le prêteur sur gages ouvrit un livre et passa en revue les entrées. Il humecta son index et tourna la page, passant d'un item à l'autre mis en gage chez son prédécesseur, sans doute par de pauvres Islandais en manque d'argent : chapeaux, habits, verres en cristal, livres, secrétaires, fauteuils et coffres à bijoux. Tous laissés en gage dans l'attente de temps meilleurs qui se trouvaient évidemment au coin de la rue. Et si ce n'était pas le cas, on pouvait toujours s'offrir un peu de plaisir à la taverne du Porche ou à la Lingue bleue.

Le commerçant murmura des mots inaudibles au-dessus de son registre et demanda à Jon s'il était allé voir son collègue de l'assistance publique à Assistenshus. Son agacement se dissipa tout à coup lorsqu'il découvrit que son prédécesseur avait inscrit une statuette de la Vierge, en assez bon état, vendue à Jens Martinsen, demeurant rue Lille Kannikestræde, pour la somme d'une demi-couronne.

– Cela date de... voyons voir... en effet, comme vous dites, cela remonte à une vingtaine d'années, annonça l'usurier en levant les yeux. Il me semble que depuis, notre mère pleine de grâce n'est pas réapparue ici, conclut-il.

Lorsque Jon se remit à l'ouvrage dans la soirée, il avait un peu plus d'espoir de retrouver la statuette. Il comptait se lancer à la recherche de Jens Martinsen pour lui demander s'il avait encore l'objet et s'il était disposé à s'en défaire.

Il s'étira et bâilla en se disant qu'il était temps de rentrer chez lui après sa longue journée quand, une fois encore, le roi vint le trouver dans la salle des collections. Nettement plus tonique qu'à leur dernière entrevue, il semblait complètement remis. En tenue de nuit, son bonnet sur la tête, il demanda à Jon s'il avançait. Sivertsen répondit qu'il s'occupait d'un certain nombre de choses et qu'il pensait avoir découvert où se trouvait la statuette de la Vierge. Elle avait été mise en gage il y avait des années, même si cela risquait fort d'égratigner de pieuses oreilles.

Peuh, souffla Christian VII en s'installant dans son fauteuil. Il baissa les yeux et garda le silence. Debout à ses côtés, Jon se taisait également. Un long moment passa ainsi. Enfin, à bout de patience, l'Islandais prit l'initiative d'adresser la parole à son souverain en premier en lui demandant s'il pouvait faire quelque chose pour Sa Majesté, s'il pouvait répondre à certaines questions qu'elle se posait concernant l'horloge.

– Dis-moi, Sivertsen, qu'était au juste ce Jugement suprême qui avait cours là-bas, dans le Grand Nord ? demanda le monarque, qui semblait méditer depuis un certain temps sur la question.

– Il a été créé pour lutter contre la légèreté de mœurs, Sire. Il semblerait que la moralité se soit affaiblie en Islande aux alentours du XVIe siècle et on a jugé souhaitable d'y remédier.

– On a donc fait des lois pour lutter contre vos tendances à la débauche ?

– Si Sa Majesté veut s'exprimer ainsi, oui. Les châtiments les plus sévères s'appliquaient aux relations sexuelles entre membres d'une même famille, le Jugement suprême était très clair à ce sujet, si je puis me permettre.

– Il était censé lutter contre l'inceste ? De la même manière que les lois qui ont cours ici ? Réduire l'infanticide ?

– Oui, Sire. Limiter ce type de pratiques, les naissances dissimulées, hors des liens du mariage, et un certain nombre de choses jugées immorales susceptibles d'occasionner des frais aux cantons. C'étaient les baillis qui traitaient ces affaires, certains se montraient plus sévères que d'autres.

– Et celui dont tu m'as parlé… le bailli Olafur ?

– Il était impitoyable, Sire. Impitoyable. Mais il se contentait d'appliquer la loi, c'était tout.

– Qu'a fait ton père quand Gunnar l'a renvoyé chez lui ? demanda le souverain en redressant son bonnet de nuit tombé sur le côté.

– Il a opté pour… pour une solution désespérée, Majesté, répondit Jon. Une solution qui allait avoir de terribles conséquences.

14

En rentrant d'une de leurs expéditions au presbytère de Saudlauksdalur, chacun chargé d'un sac de semences de pommes de terre sur l'épaule, Sigurdur et son fils Jon avaient emprunté le même chemin qu'à l'aller pour redescendre vers les bancs de sable à l'embouchure de la vallée, où ils avaient amarré leur barque. Ils étaient remontés à bord mais, au lieu de ramer jusqu'à l'autre côté du fjord, Sigurdur avait préféré longer la rive vers l'intérieur des terres jusqu'à Kot, une exploitation pauvre et mal tenue qui méritait son nom signifiant "masure", et avait à peine la valeur d'une vache. En tirant leur barque à terre, Sigurdur avait regardé en direction de la ferme délabrée où vivait Thordur, un ermite, qui allait souvent pêcher le requin avec lui et s'était acquitté d'un certain nombre de travaux au domaine de Geirseyri, c'était un homme courageux mais solitaire et secret.

Après avoir soigneusement amarré la barque, Sigurdur avait dit à Jon qu'il devait aller voir Thordur et avait demandé à son fils de l'attendre, il n'en avait pas pour longtemps. Puis il s'était mis en route vers la masure, d'abord un peu hésitant, comme s'il n'était pas certain de ce qu'il comptait faire. Prenant une subite résolution, il s'était mis à avancer à grandes enjambées bien que boitant encore légèrement après son combat avec le requin.

Allongé sur sa paillasse dans la pièce commune, une écuelle de bouillie dans les mains, Thordur s'était étonné de le voir. Il était rare qu'on lui rende visite, que ce soit Sigurdur ou d'autres gens de la région. Thordur semblait malade, il avait des nausées et ne s'était levé que maintenant, alors qu'il était presque midi, pour se préparer une bouillie, avait-il dit en mangeant bruyamment le contenu de son assiette.

Sigurdur lui avait demandé si le mal dont il souffrait était grave, Thordur avait assuré que non et semblait de fait revigoré par sa visite. Sigurdur était un homme respecté et Thordur avait lui-même pu constater qu'il prenait grand soin des siens.

– Où est ton fils ? avait-il demandé.

– Jon ?

– Je vous ai vus accoster. Il ne t'a pas accompagné ?

– Il a préféré m'attendre dans la barque. Je ne compte pas m'attarder. Nous rentrons de chez Björn à Saudlauksdalur, avait répondu Sigurdur.

– Ah bon, vous êtes allés voir le pasteur ?

– Je m'intéresse à ses cultures de pommes de terre, il m'en a donné quelques-unes à planter dans le carré que j'ai préparé à Geirseyri. Je lui ai aussi pris des graines de navets, de radis et d'une autre plante nommée *moutarde*.

– Il cultive pas mal de choses là-bas qui ne conviennent pas à l'alimentation humaine, avait répondu Thordur. J'ai goûté ses navets, ils sont mauvais. Quant à ses choux, ils sont immangeables, sauf peut-être pour les vaches.

– Je pense que toute forme de culture est utile, mais ce n'est pas de cela que je viens te parler. C'est d'une autre affaire qui me pèse beaucoup et que je ne sais pas vraiment comment aborder. Tu connais Gudrun, ma gouvernante…

Thordur avait hoché la tête.

– Elle… elle attend un enfant, avait repris Sigurdur. Mon enfant, et… c'est pour cette raison que je m'adresse à toi. Pour voir si tu consentirais à… je veux que tu me promettes que ce que je vais te demander de faire pour moi, pour Gudrun et moi, restera entre nous.

– Je ferai de mon mieux.

– Non, je veux que tu me donnes ta parole que jamais personne n'aura connaissance de notre conversation et ce, quoi qu'il arrive, que tu acceptes ou non ma requête. Tu dois m'en faire la promesse solennelle. Il faut que je puisse te faire entièrement confiance.

– D'accord, je n'en parlerai à personne, avait répondu Thordur, étonné par une telle intransigeance. Je te donne ma parole. Mais tu ne serais pas un peu trop... il me semble qu'il vous suffit de vous marier pour que l'enfant naisse dans les liens du mariage.

– Le mariage ne suffira pas à nous absoudre. Il ne résoudra rien. Einar, que j'ai toujours considéré comme mon fils, a eu un enfant avec elle et lorsqu'on découvrira que je l'ai mise enceinte, on nous accusera d'avoir enfreint les lois, or ce crime n'est pas puni d'une simple amende pour fornication, mais de la peine de mort.

La paillasse de Thordur avait craqué quand il s'était redressé pour s'asseoir sur le rebord.

– Toujours considéré comme ton fils ?

Sigurdur avait acquiescé d'un hochement de tête.

– Eh bien, dis donc !!

– Je tiens à ce que tu connaisses tous les détails de cette affaire, alors, en effet, Einar n'est pas réellement mon fils. J'ai accepté de le reconnaître quand j'ai épousé Helga, mais il n'est pas de moi.

– Tu... tu m'apportes là de sacrées nouvelles ! s'était exclamé Thordur, éberlué.

– Très peu de gens sont au courant. Je ne suis pas son père, même si je l'ai élevé comme mes deux autres fils et que j'ai toujours agi comme tel avec lui.

– Mais... s'il n'est pas ton fils, cela signifie que vous n'avez commis aucun crime, avait réagi Thordur. Vous devriez vous en réjouir !

– Il me sera difficile de convaincre les autorités de la véritable identité de son père étant donné la situation, avait répondu Sigurdur. Je crains qu'on ne me croie pas. J'ai toujours affirmé qu'Einar était mon fils, avant tout soucieux de préserver la réputation de ma regrettée Helga. Si je dis maintenant le contraire, ce sera considéré comme une dérobade, un subterfuge. La seule personne à pouvoir prouver mes dires est morte et le père d'Helga n'acceptera jamais de voir sa réputation ternie.

– Et le véritable père ? Tu ne peux aller lui parler ?

– J'ai essayé, mais cette solution n'est pas envisageable. Il est sorti humilié de toute cette histoire et refuse de m'aider. Je préférerais qu'on n'en parle pas pour l'instant. Ce que je voulais te demander, c'est de reconnaître notre enfant, à Gudrun et moi. Je sais que ce n'est pas un mince service et je compte évidemment te rétribuer en conséquence.

Thordur s'était tu un long moment puis avait demandé à Sigurdur s'il avait de quoi fumer. Le visiteur avait sorti sa blague remplie de tabac qu'il avait taillé en brins la veille, il la lui avait tendue en lui disant qu'il pouvait la garder.

– Je ne sais pas, avait repris Thordur en sortant sa pipe toute mâchouillée pour la bourrer avant de l'allumer avec la chandelle qui se trouvait à proximité.

Sigurdur avait attendu, patient.

– Je ne sais pas, avait répété Thordur. Je serai fatalement condamné à verser une amende pour fornication.

– Je la paierai, avait répondu Sigurdur.

Thordur avait tiré sur sa pipe et rejeté la fumée.

– Ça ne suffira pas, avait-il dit.

En regardant autour de lui, il avait vu un gant de mer qui traînait par terre. Il l'avait ramassé et jeté à Sigurdur.

– Tu as de l'argent, avait-il dit. Commence par remplir ce gant jusqu'au pouce, ensuite nous pourrons discuter.

15

Jens Martinsen habitait toujours rue Lille Kannikestræde où il reçut la visite de Jon Sivertesen un après-midi. Plutôt négligé, une épaisse moustache et des binocles sur le nez, il laissait deviner dans son haleine des relents d'alcool. Il était tailleur de profession, son atelier, qui semblait également être son domicile, était installé au rez-de-chaussée d'un immeuble décrépit de deux étages. Le lieu portait les stigmates de la pauvreté, les quelques rouleaux de tissu de la boutique étaient éparpillés çà et là dans le plus grand désordre. Martinsen observa Jon comme s'il s'apprêtait à lui confectionner une redingote ou un pantalon neuf, persuadé que c'était ce qui l'amenait.

Le motif de la visite de l'Islandais lui sembla inédit, pour ne pas dire curieux. Il ne connaissait ni Habrecht ni l'œuvre de l'horloger suisse qui se trouvait au palais de Christiansborg, mais se rappelait avoir acheté la statuette à un prêteur sur gages. Le tailleur avait une grande affection pour la Vierge Marie et, quand il avait vu la mère du Christ chez cet homme, il n'avait pas pu s'empêcher de l'acheter, ne fût-ce que pour l'arracher aux griffes de cet usurier, expliqua-t-il, non sans mépris. Hélas, par le diable, que Jon lui pardonne ce blasphème, maintenant qu'il lui posait incidemment la question, il devait avouer qu'il n'avait plus cet objet et ignorait où il était passé.

– Vous ne voulez pas que je prenne vos mesures ? demanda-t-il avec empressement, coupant lui-même court à son bavardage, le mètre à la main, déjà prêt à le poser sur les épaules de Jon.

– Non, je vous remercie, répondit l'horloger, prétextant qu'il n'avait pas le temps avant d'ajouter que si le tailleur pouvait lui donner des indications qui le mettraient sur la piste de la statuette, il lui serait très reconnaissant.

– C'est le palais qui vous envoie ? demanda Martinsen.

– Disons que je suis à son service, oui. Vous seriez en faveur à Christiansborg si vous pouviez m'aider en me disant où se trouve la statuette.

– Elle a de la valeur ? Je veux dire, d'un point de vue financier ? demanda le tailleur.

– Ce n'est pas exclu, répondit Jon, bien qu'il n'eût rien en sa possession pour l'affirmer.

Martinsen répéta qu'il ignorait où était passée la statuette, il n'en démordait pas, même si Jon avait l'intuition du contraire. Sivertsen prit congé, remonta la rue Lille Kannikestræde, entra dans la Petite Pharmacie, une charmante taverne à deux pas des résidences universitaires, et commanda une bière.

Le patron, loquace, discuta avec l'horloger qui lui avoua qu'il sortait de chez le tailleur. Le tavernier connaissait l'homme de longue date et n'avait pas grand bien à en dire. Il se mit à lui raconter la vie de Jon Martinsen. Veuf depuis des années, il n'avait pas d'enfant. Son atelier avait été ravagé par les flammes, sans doute parce qu'il s'était montré imprudent avec une bougie et, à en croire la rumeur, il était ivre au moment du sinistre. Jon s'était étonné de ces confidences qui nuisaient à la réputation du tailleur, le tavernier avait alors renchéri en disant que les affaires allaient très mal à l'atelier, qui plus est, le tailleur n'avait pas renoncé à la boisson après l'incendie et il dilapidait le peu qu'il gagnait au jeu ou par sa fréquentation assidue des filles de joie de la rue Holmensgade. Lorsqu'il était à court d'argent, il mettait en gage des objets lui appartenant.

– Nous lui avons fermé son ardoise ici, ajouta-t-il. Il nous doit des sommes folles. Il a essayé de nous fourguer je ne sais quelles saletés, mais nous l'avons envoyé promener.

– Il a dû perdre beaucoup de choses dans l'incendie, répondit Jon en songeant à sa Sainte Vierge.

– Certes, et cela n'a pas dû l'aider, convint le tavernier.

– Vous rappelez-vous s'il vous aurait proposé d'acheter une statuette de la Vierge Marie ?

– Eh bien, je ne m'en souviens pas, mais ce n'est pas impossible.

Ce soir-là, alors que Jon lustrait les clochettes du chef-d'œuvre d'Habrecht, le roi entra dans les collections pour lui demander si la restauration avançait. L'artisan avait fait de son mieux pour redresser le métal cabossé des clochettes, il avait fabriqué de nouvelles fixations pour les accrocher sous le toit de l'horloge et tenté de comprendre comment relier leur battant à l'ensemble de la machinerie de manière à ce qu'elles jouent à nouveau le psaume oublié. Hélas, il n'avait pas réussi à remettre en état le mécanisme de la boîte à musique qui les faisait tinter et qui avait apparemment subi des dommages irréparables, ce qui posait un grave problème. S'il n'avait pas d'autre solution, Jon devrait en fabriquer un nouveau, mais il ne s'y connaissait pas vraiment en la matière.

Il expliqua tout cela à son souverain en ajoutant qu'il allait demander à ses collègues s'ils connaissaient des fabricants de boîtes à musique. Le roi était en tenue de cavalier, il avait une cravache, portait de grandes bottes et sentait la sueur de cheval. Assis dans son fauteuil, l'air fatigué, il se tut un long moment.

– Et la Mère de Dieu ? demanda-t-il. Comment progressent les recherches ?

– Lentement, Sire, avoua Jon. Mais je ne renonce pas.

– Tu pourrais peut-être en faire une copie ?

– C'est une solution, Majesté, mais le mieux serait de retrouver l'ensemble des éléments d'origine si nous le pouvons.

Le roi hocha la tête en guise d'assentiment puis fit signe à l'horloger qu'il ne devait pas se laisser troubler par sa présence et qu'il pouvait reprendre son travail. Jon se remit à lustrer les clochettes et, quand il se fut suffisamment enhardi pour regarder à nouveau son souverain, il constata que Sa Majesté avait rejoint le pays des rêves. Il s'efforça de ne pas faire de bruit et, bientôt, le monarque absolu ronfla profondément.

L'artisan s'accorda une pause pour chercher une couverture qu'il s'autorisa à étendre sur le roi. Voyant que sa tête était tombée sur le côté, Jon trouva une épaisse toile qu'il plia en quatre et plaça en dessous pour le confort de Sa Majesté.

Puis il entreprit de remettre les clochettes en place et, comme cela arrivait souvent quand la nuit tombait et que le silence s'emparait du palais, avant qu'il ne s'en rende compte, ses pensées le conduisirent au domaine de Geirseyri. La vie était une lutte de tous les instants, jamais il n'avait dérogé à ses devoirs même s'il avait une réputation de doux rêveur. Jamais on ne lui avait reproché sa paresse ou son indolence, sauf une fois, le jour où il avait voulu réfuter de ses propres yeux les théories des gens de la ferme de Melanes concernant la forme de la terre. Il se trouvait alors à Hænuvik, dans sa famille maternelle, où il était venu à cheval, seul, par une belle journée ensoleillée sans un nuage dans le ciel, et n'était rentré chez lui que dans la soirée. Lorsqu'on l'avait admonesté en lui demandant où il avait passé toute la sainte journée, Jon avait répondu qu'il était monté au sommet des falaises de Latrabjarg d'où il avait pu observer de ses yeux la courbe du globe terrestre.

16

Puis un jour, alors qu'il longeait la côte en direction de l'ouest, parvenu à la rivière Hlidardalsa, il vit une embarcation sur le rivage. Connaissant ce type de barque, il soupçonna qui l'avait amenée là. Gudrun pensait avoir aperçu un bateau français dans le fjord la veille au soir. Venu pêcher dans les eaux poissonneuses au large de l'Islande, il devait être ancré tout près même s'il était invisible, et c'était sa chaloupe qui se trouvait sur la plage. Il n'y avait rien à bord en dehors des rames. En regardant en amont de la rivière, Sigurdur repéra les traces d'au moins deux hommes.

Il décida de les suivre, méfiant, sachant d'expérience que la découverte d'une embarcation déserte sur le rivage ne présageait rien de bon. Les traces de pas étant bien visibles, Sigurdur atteignit bientôt le promontoire de Hlidardalsmuli où il vit un troupeau de moutons effrayés détaler vers le sommet. Il reconnut ses bêtes et crut en voir quelques-unes appartenant aux gens de la ferme de Krossadalur.

Il lui était déjà arrivé de devoir chasser des marins français qui prenaient un peu trop leurs aises dans le fjord. Il avait aussi collaboré à en sauver d'autres, comme le jour où une tempête gigantesque s'était abattue, projetant leur bateau au pied des falaises du cap de Latrabjarg. La nouvelle s'était répandue à toute vitesse dans le fjord : un navire de pêche avait fait naufrage. Par un vent déchaîné assorti de fortes chutes de neige qui rendaient la marche difficile, Sigurdur était parti avec quelques hommes agiles, habitués à s'encorder. Ils étaient parvenus à grand-peine à descendre jusqu'au pied des falaises puis, par le fait de quelque grâce divine, avaient réussi à lancer une corde jusqu'au navire en perdition, mais n'avaient pu sauver que trois membres d'équipage avant que le bateau ne se brise sur les rochers. Un des hommes qu'ils avaient récupérés avait reçu un mauvais coup sur la tête, il avait rendu l'âme sur le rivage. On avait emmené les deux survivants dans les fermes de la baie de Breidavik. Les jours et les semaines suivants, la mer avait rejeté les corps malmenés des matelots tandis que le bateau se désagrégeait au pied des falaises, disparaissant bientôt sans laisser de traces. Quelques objets encore utilisables s'étaient échoués en contrebas des fermes. C'est ainsi que Sigurdur avait récupéré un fût d'eau-de-vie et un pantalon à rayures en toile épaisse qui lui allait assez bien et qu'il enfilait parfois pour s'endimancher.

Il suivit le sentier qui montait et, bientôt, il entendit des voix. Il se mit à ramper dans l'herbe et aperçut bientôt au creux d'un renfoncement deux matelots qui avaient empoigné une brebis et ses deux agneaux. Ils en avaient déjà égorgé un qui se vidait de son sang quand Sigurdur les interrompit. Un des marins avait mis son couteau sur la gorge de l'autre agneau qu'il s'apprêtait à saigner. Sigurdur se leva d'un bond et lui cria d'arrêter.

Les deux hommes sursautèrent, ils levèrent les yeux et le virent en surplomb, qui les observait d'un air menaçant. Aussitôt l'un d'eux sortit son mousquet de sa veste et visa Sigurdur en lui hurlant quelque chose dans sa langue maternelle. Craignant pour sa vie, Sigurdur recula. La brebis quitta le renfoncement sans toutefois trop s'en éloigner, bêlant douloureusement d'avoir perdu son petit. L'agneau survivant se débattait entre les griffes du matelot, puis parvint enfin à lui échapper et se précipita vers sa mère. Tous deux détalèrent et, bientôt, ils eurent disparu.

L'un des Français ramassa l'agneau qu'il avait égorgé en adressant quelques mots à son compagnon, puis tous deux prirent le chemin du retour, passant devant Sigurdur. Le fermier se contenta de les observer et leur dit d'une voix calme que, s'ils lui laissaient l'agneau, ils pourraient repartir sans problème, tout ce qu'il voulait, c'était cet agneau. Ils lui répondirent par quelques mots qu'il ne comprit pas, puis discutèrent entre eux tout en s'éloignant de lui en direction de leur barque. Le matelot continuait de pointer son arme sur le fermier qui les suivit en veillant à se tenir à distance respectable du canon.

Celui qui parlait au nom des deux avait une cinquantaine d'années et portait de grands favoris. C'était lui qui visait Sigurdur en lui criant des ordres incompréhensibles. L'autre, âgé d'environ vingt ans, le visage innocent, portait dans ses bras l'agneau ensanglanté qu'ils escomptaient voler. Ce n'était pas la première fois que Sigurdur surprenait des marins lassés de la viande salée consommée à bord, envoyés à terre en quête de viande fraîche, en évitant de la payer. En revanche, jamais aucun ne l'avait jusque-là menacé avec une arme.

L'homme aux favoris continuait à hurler contre le fermier, lui intimant de toute évidence de déguerpir. Il agitait son mousquet, comme prêt à faire feu, mais Sigurdur ne comptait pas renoncer. Il espérait seulement que l'homme était un piètre tireur. Il continua de leur parler d'une voix calme en leur indiquant par des gestes qu'ils devaient lui laisser l'agneau mort et qu'il ne leur demandait rien de plus, mais les deux matelots ne l'écoutaient pas.

Ils atteignirent leur barque. Sigurdur les avait rattrapés, ils n'étaient plus qu'à quelques pas de lui quand le plus jeune jeta l'agneau dans la chaloupe qu'il remit aussitôt à l'eau. Le plus âgé l'observait et il quitta un instant des yeux Sigurdur qui s'apprêta à bondir sur lui. Le Français se retourna soudain et fit feu sans hésiter. Sigurdur se figea et attendit que la balle le frappe en pleine poitrine, mais cela n'arriva pas. Interloqués, les deux hommes regardèrent le mousquet qui s'était enrayé. Le Français s'empressa d'appuyer une nouvelle fois sur la gâchette pour tirer sur Sigurdur, mais à nouveau l'arme s'enraya. Sigurdur reprit enfin ses esprits, courut vers le marin, attrapa le mousquet, l'envoya valdinguer et asséna un grand coup de poing à son assaillant qui s'effondra. Puis il se précipita vers la barque, y attrapa la carcasse de l'agneau et la ramena à terre. Le matelot le plus âgé avait eu le temps de se relever, il recula jusqu'à la barque et y sauta. Sigurdur regarda les deux pêcheurs ramer vers l'embouchure du fjord et les entendit crier des imprécations à son encontre, puis ils disparurent.

Il récupéra le mousquet qui gisait sous un rocher et se dit que c'était une belle prise même s'il n'avait, grâce à Dieu, pas fonctionné comme il l'aurait dû quand son propriétaire avait fait feu sur lui. Il lui semblait que les armes de ce type appartenaient à la flotte militaire française. C'était un objet de belle facture doté d'une crosse en bois finement sculptée. Il l'empoigna, pressa la gâchette sans réfléchir, le coup partit et il entendit la balle siffler tout près de sa tête.

Depuis ce jour, Sigurdur réserva une place de choix à ce mousquet dans sa maison, il le montrait à ses visiteurs et à ceux qui passaient par là en leur racontant ses démêlés avec les matelots français.

L'histoire ne tarda pas à être connue de tous et un certain nombre de gens faisaient le déplacement jusqu'à la ferme de Geirseyri, autant pour l'entendre relater ses exploits face aux étrangers que pour admirer le mousquet sculpté car il était fort rare de voir de si beaux objets dans ce lieu reculé. Peu après ces événements, le bailli Olafur de Hagi se présenta et se donna la peine d'entrer dans la pièce commune, vêtu de son habit officiel, en disant qu'il avait eu vent de l'aventure de Sigurdur avec les Français et en lui demandant s'il souhaitait entreprendre des poursuites. Sigurdur secoua la tête, il ne connaissait pas ces hommes et n'avait jamais vu le navire qui les avait amenés jusqu'ici. En outre, il avait récupéré l'agneau qu'ils avaient tenté de dérober et l'avait mangé, si bien qu'il n'avait pas subi grand dommage.

– Ces maudits Français ignorent ce qu'est la honte. Ils débarquent et volent notre bétail, déclara le bailli.

– Ils ont envie de viande fraîche, répondit Sigurdur, comme s'il comprenait le besoin de ces étrangers voleurs de moutons.

– On m'a dit que tu avais récupéré une arme française, reprit Olafur en se mouchant par terre.

Sigurdur alla chercher le mousquet. Le bailli le scruta un long moment puis lui demanda combien il en voulait. Le fermier répondit qu'il n'était pas à vendre et qu'il comptait le garder. Olafur eut beau tenter de le convaincre, Sigurdur ne plia pas. Agacé, Olafur répliqua qu'il n'avait pas imaginé qu'il fût si mauvais homme d'affaires. Mais, soit… Il répéta qu'il était prêt à offrir un bon prix pour le mousquet français et que, s'il venait à changer d'avis, il devait l'en informer.

Gudrun entra dans la pièce commune et vit le sol souillé par la morve du bailli.

– Est-ce là une manière de se comporter chez les gens ? demanda-t-elle.

Le bailli se contenta d'éclater de rire et remarqua que son ventre s'était arrondi.

– Puis-je t'adresser mes félicitations ? demanda-t-il. Décidément, tu n'as pas changé. Tu continues de te vautrer dans le péché à ta guise. À moins qu'on ait célébré des noces dont je n'ai pas entendu parler ?

Gudrun marmonna d'un ton peu avenant quelques mots que les deux hommes n'entendirent pas, puis quitta la pièce.

– C'est toi qui l'as mise enceinte ? demanda le bailli Olafur en regardant Sigurdur.

– Non.

– Dans ce cas, qui est le père ? Tu le sais ?

– Oui, il semble que c'est Thordur de la ferme de Kot, répondit Sigurdur.

17

Jon Sivertsen lança un regard en biais vers son souverain en se demandant ce qu'il avait entendu de son récit. Le roi en tenue de cavalier s'était réveillé dans son fauteuil et il lui avait fallu quelques instants pour se rappeler où il était exactement, puis il avait prié Jon de continuer à lui raconter la vie des gens du Breidafjördur. Sa Majesté semblait s'être à nouveau assoupie et, pour savoir si elle dormait ou veillait, l'Islandais frappa doucement à l'aide d'un petit clou les clochettes du psaume. Le roi ouvrit les yeux et demanda ce qu'était ce bruit.

– Pardonnez-moi, Sire, j'ai heurté par mégarde les clochettes d'Habrecht, répondit Jon, j'espère ne pas vous avoir réveillé.

– Je ferais mieux d'aller me coucher, répondit le roi d'un ton las. On peut dire que ton père ne s'est pas laissé faire par ces marins français.

– Il ne permettait pas qu'on le vole si facilement.

– Contrairement à moi ? C'est ce que tu penses ? demanda Christian VII comme s'il y voyait un reproche.

– Cela ne me viendrait pas à l'esprit, Majesté, démentit fermement Jon en se demandant comment le souverain avait pu se méprendre à ce point sur le sens de ses propos.

Le roi marmonna à part soi quelques mots que Jon n'entendit pas.

– En tout cas, ton père a menti aux autorités, n'est-ce pas ? ajouta-t-il.

– Oui, Sire, en effet, reconnut l'horloger. Cet enfant était en réalité le sien, Majesté.

– Et il avait convaincu cet homme d'endosser sa paternité ?

– Il a opté pour cette solution désespérée, comme je vous l'ai expliqué. Il savait qu'on ne le croirait pas s'il affirmait ne pas être le père d'Einar qui avait, lui aussi, eu un enfant avec Gudrun. Il ne voulait pas que les autorités sachent qu'il était le père de l'enfant de Gudrun. Car, si elles l'apprenaient, elles l'accuseraient d'avoir couché avec la mère de son petit-fils et ce crime était passible de la peine de mort pour lui et sa gouvernante.

Le roi fit claquer sa cravache dans sa paume.

– Sa seule faute était d'avoir demandé à Thordur de dire qu'il était le père de l'enfant, Sire, ajouta l'Islandais.

– C'est ta version de l'histoire, répondit le roi, tu l'arranges à ta guise.

– Sauf votre respect, Sire, je m'efforce de la raconter avec un grand souci de vérité et de précision.

– Oui, je ne vois pas pourquoi je devrais croire tout ça, rétorqua le roi, répétant des propos qu'il avait déjà tenus plusieurs fois.

– Majesté, en effet, vous n'avez que ma parole, convint Jon.

– Je devrais peut-être envoyer un plus grand nombre de navires de guerre vers cette île du septentrion, reprit le roi, ajoutant qu'il était fatigué avant de se lever, chancelant.

Jon dut s'empêcher de se précipiter vers lui pour le soutenir. Une chose le retenait : il était selon lui déplacé de porter la main sur son souverain.

– Histoire de mettre ces voleurs en déroute, ajouta Christian VII, reprenant son équilibre. Les eaux islandaises nous appartiennent de plein droit et nous devons préserver nos intérêts.

Le monarque resta un long moment silencieux devant les pièces de l'horloge, chaussé de ses grandes bottes, sa cravache à la main, les jambes aussi chancelantes que son pouvoir absolu. Il avait conservé sa couronne, même s'il était notoire qu'il n'exerçait plus aucune autorité réelle.

Fatigué après sa promenade à cheval et l'histoire des marins français, les yeux fixés sur les pièces de l'horloge, il demanda comme seuls les monarques absolus peuvent le faire de plein droit, dans un soupir ou peut-être un gémissement :

– Qu'est donc le temps ?

Ce serait mentir que d'affirmer que Jon Sivertsen ne s'était jamais penché sur la question, tant il avait passé d'heures dans sa vie à explorer les mécanismes destinés à la mesure du temps. Il en avait mis certains en route pour la première fois, il en avait réparé d'autres pour les faire repartir lorsqu'ils s'étaient arrêtés, il en avait réglé d'autres encore qui avançaient ou retardaient, et il en avait démonté certains entièrement avant de les remonter comme il le faisait maintenant avec l'horloge d'Habrecht. Mais c'était une autre affaire, beaucoup plus complexe, de répondre aux interrogations sur la nature même du phénomène, et il était dans l'embarras face à la question que le souverain avait posée comme incidemment, en passant.

Son maître d'apprentissage lui avait jadis parlé des théories d'Aristote et des interactions entre passé, présent et futur. Selon le philosophe grec, le temps n'avait ni début ni fin, il engendrait des changements et, en l'absence de ces changements ou transformations, il n'existait pas. Saint-Augustin, un des pères de l'Église, affirmait que Dieu avait créé le temps en façonnant le monde et qu'avant la Création le temps n'existait pas. La *Genèse* explique que le Tout-Puissant a d'abord fait le ciel et la terre et qu'il a poursuivi son œuvre les six jours suivants avant de se reposer le septième. C'est la première mesure temporelle. Mais que représentait une journée au royaume de Dieu ? Était-elle constituée de vingt-quatre malheureuses heures ? Et chacune de ces heures avait-elle une durée de soixante minutes ? Ou peut-être la plus petite fraction de seconde équivalait-elle à mille ans ? Et, par conséquent, une heure à une éternité extraite d'une autre éternité ? Le maître de Jon lui avait dit que le temps n'avait pas de réelle signification avant que l'être humain n'entreprenne de le mesurer, de le diviser en unités et de le cerner par l'usage du calendrier. Ces unités de mesure avaient toujours été des créations humaines et ce, dès le moment où les Chinois avaient mis au point le cadran solaire, mais serait-on un jour capable de définir la nature exacte, l'essence du phénomène ?

– C'est là une question difficile, Votre Majesté, répondit Jon Sivertsen.

– Ah bon ?

– Oui, et elle donne lieu à bien des débats.

– Des débats ? C'est-à-dire ?

– Eh bien, il existe plusieurs théories, reprit Jon, s'apprêtant à les exposer au monarque.

– Des théories ? s'étonna le roi, abasourdi. Tu as des théories sur la question ?

– Oui, Sire. Elles remontent à la *Genèse* et à la Grèce antique, et valent encore aujourd'hui.

Le roi regarda Jon. Il ne comprenait pas où l'horloger voulait en venir.

– De quoi parles-tu ?

– Votre Majesté m'a interrogé sur le temps.

– Je te demandais quelle heure il était, répondit le roi. Est-il tard ? Peut-être pourrais-tu me répondre ?

– Bien sûr, Sire, il est dix heures moins le quart, répondit l'horloger, comprenant que, malgré son étrange formulation, la question du roi n'exigeait pas qu'il se creuse la tête sur l'histoire ou sur l'essence du temps. Il est en effet assez tard, Majesté.

– Merci, répondit le souverain.

Il balaya du regard la salle des collections et s'arrêta sur les bustes de quelques-uns de ses prédécesseurs qui prenaient la poussière sur une table. Il y avait là celui de son père, Frédéric V. Le souverain scruta longuement son visage, attrapa un chiffon sale sur l'établi de Jon, puis retourna vers la table et en recouvrit le buste.

– Je ne l'ai jamais aimé, murmura le roi à l'horloger tout en le contournant pour sortir de la salle. Et c'était réciproque.

Jon se repencha sur les clochettes censées jouer le psaume en songeant à son souverain, à son prédécesseur et à cette question sur le temps qui l'avait plongé dans l'embarras. Il aurait aimé pouvoir interroger le poète de la vallée de Saudlauksdalur qui l'avait engagé à faire preuve de curiosité, à chercher des réponses et à penser le monde autrement qu'en termes de têtes de morues et de valeur des vaches. Il aurait voulu savoir ce qu'Eggert avait à en dire. Peut-être envisageait-il le temps comme variable et inconstant. Trop court pour certains tandis que d'autres avaient l'impression qu'il ne passerait jamais.

Hélas, Jon devinait la réponse du poète.

Le temps était toujours trop court.

18

Gudrun avait fini par accepter cette solution. Certes, elle n'en était pas satisfaite, mais, tout comme Sigurdur, elle n'avait pas trouvé d'autre moyen de les sortir de cette impasse et l'avait donc autorisé à aller en discuter avec Thordur. Jamais elle n'avait eu affaire à cet homme, elle le connaissait en tant que voisin et, selon elle, ce n'était pas une mauvaise idée de s'adresser à lui. Thordur était un solitaire qui ne s'était jamais marié, il avait travaillé ici et là comme ouvrier, puis s'était installé à la ferme de Kot dans l'intention de prendre femme et d'exploiter cette terre dont la valeur n'excédait pas celle d'une vache. Mais son rêve ne s'était pas réalisé. C'était un brave homme, déjà père d'un enfant né hors mariage qui vivait avec sa mère dans une ferme de Raudisandur. À en croire les ragots, il avait courtisé une servante travaillant dans le Talknafjördur, mais elle l'avait éconduit sans ambages. Gudrun ne savait rien de plus des affaires de cœur de l'ermite, si ce n'est qu'il était censé l'avoir mise enceinte.

Ni elle ni Sigurdur ne firent rien pour le dissimuler, bien au contraire. Un jour, elle se rendit en barque jusqu'à Kot, s'arrêta en chemin dans une ferme et, en discutant avec la maisonnée, expliqua qu'elle se rendait chez Thordur pour lui porter quelques vêtements. Ses talents de couturière étaient aussi réputés que prisés, l'épouse du pasteur de Saudlauksdalur lui avait dernièrement commandé une cape qui se fermait à l'avant par des broches d'argent serti d'or, un vêtement de la plus belle facture. Puis, en la voyant repartir avec les vêtements chez Thordur, les gens de la ferme avait compris qu'il y avait anguille sous roche et les dires de Gudrun n'avaient pas tardé à se répandre dans la région : Thordur et elle se voyaient régulièrement depuis quelque temps.

Thordur l'accueillit d'un air penaud quand elle se présenta chez lui. Sigurdur l'avait prévenu qu'il devait s'attendre à sa visite lorsqu'il lui avait apporté le gant de mer rempli de pièces jusqu'au pouce. L'ermite avait mis en vitesse un peu d'ordre dans sa masure en voyant Gudrun longer le rivage. Il l'invita dans la pièce commune, où elle passa à peu près deux heures, assise, les bras croisés sur son ventre, fuyant du regard la boîte à crachats posée dans un coin et essayant de ne pas respirer trop fort pour supporter la forte odeur qui émanait du morceau de requin faisandé accroché à une poutre du toit en tourbe.

Ils parlèrent de tout et de rien en une conversation courtoise, puis Gudrun en vint au fait en disant qu'il valait sans doute mieux qu'ils s'accordent sur quelques points de détail au cas où on leur demanderait des précisions sur les conditions de la conception de l'enfant. Thordur étant du même avis, ils inventèrent le récit de leur rencontre fortuite, ajoutant qu'ils ne prévoyaient pas de vivre sous le même toit. Ce fut Gudrun qui contribua le plus à la discussion, Thordur adhérait pleinement à ses propositions. Ils se turent ensuite un long moment, puis, considérant qu'elle était restée assez longtemps à Kot, Gudrun s'apprêta à partir. Thordur se leva également.

– Rien ne t'obligeait à venir jusqu'ici. Il suffira que j'affirme être le père de ton enfant, dit-il.

– Nous voulions faire les choses ainsi, répondit Gudrun.

– Tu peux me faire confiance, assura Thordur. Toi et Sigurdur, vous pouvez tous les deux me faire confiance.

– J'y compte bien, rétorqua Gudrun, ayant entendu l'histoire du gant de mer de la bouche de Sigurdur. Puis, craignant de s'être montrée ingrate, elle tenta d'y remédier. Je te remercie. Tu nous rends là un grand service.

– Je t'en prie, répondit Thordur. Je ferai peut-être bien de venir voir l'enfant à Geirseyri quand il sera né, disons, une seule et unique fois, je suppose que ce serait préférable. Puisque vous voulez faire comme ça.

– Si tu veux. Tu es toujours le bienvenu sous notre toit.

Sur quoi, ils prirent congé l'un de l'autre.

Le soir même, allongée aux côtés de Sigurdur, elle lui raconta sa visite chez l'ermite. Elle se blottissait contre lui comme lorsqu'il était rentré de la pêche au requin. Elle repensait souvent au moment où elle était allée ouvrir la porte, où il était tombé dans ses bras et où elle s'était allongée avec lui sous les couvertures. Elle avait agi promptement en voyant sa jambe entaillée. Sigurdur tremblait comme une feuille quand elle l'avait nettoyée. Elle avait pris sa meilleure aiguille, y avait enfilé du fil de soie que lui avait donné l'épouse du pasteur et avait recousu les deux blessures les plus profondes. Puis elle avait mis des herbes des montagnes à bouillir dans du lait jusqu'à ce qu'elles forment une gelée dont elle avait enduit les plaies avant de les bander. Ensuite, elle s'était entièrement déshabillée, s'était blottie contre son corps nu en le frictionnant pour le réchauffer et, peu à peu, il s'était senti mieux.

Il l'avait regardée agir avec diligence, sans embarras ni affectation et, quand il avait arrêté de claquer des dents, il lui avait raconté son aventure en détail en expliquant qu'il avait surtout été terrifié à l'idée de dériver jusqu'en haute mer et d'y disparaître, seul sur cette plaque de glace. Un jour, il avait entendu l'histoire d'un homme de la province des Strandir qui s'était retrouvé piégé ainsi, on avait vu le malheureux courir, désespéré, d'un bout à l'autre de ce radeau de fortune, puis il avait disparu à l'horizon. Refusant de se résoudre à un tel sort, Sigurdur avait préféré tenter de regagner la terre ferme. Peu à peu, le froid qui le tenaillait avait diminué, ses tremblements s'étaient atténués jusqu'à disparaître entièrement et, enfin, il s'était endormi.

Allongée à son côté après sa visite chez Thordur de Kot, Gudrun se demandait si un jour elle finirait par regretter d'être venue à la ferme de Geirseyri. Elle ne connaissait Sigurdur que comme le grand-père de son fils, mais il l'avait accueillie avec bienveillance, il s'était réjoui de l'arrivée de l'enfant et avait tout fait pour leur rendre la vie agréable pendant qu'ils s'adaptaient à ce nouvel endroit. Elle avait découvert en lui un maître de maison doux et affable, apprécié par tous ceux qui le connaissaient. Il figurait parmi les hommes de progrès du fjord et, tout comme Björn de Saudlauksdalur, s'essayait à la culture des légumes et mettait en œuvre de nouvelles pratiques prônées par le pasteur et Eggert qui considéraient qu'elles amélioreraient le quotidien des petites gens. Gudrun s'intéressait elle aussi à ces innovations, elle l'avait aidé à préparer le carré consacré aux expériences agricoles à Geirseyri.

Quand il lui avait dévoilé l'identité du véritable père d'Einar, quelque temps après son séjour périlleux sur la banquise, il avait tenu à lui raconter l'entière vérité sans rien lui cacher. Elle l'avait aussitôt cru et n'avait jamais douté de la véracité de ses dires. Lorsqu'elle avait perçu l'intérêt qu'il lui portait, elle lui avait fait savoir que jamais ils ne pourraient être en couple. Puisqu'elle était la mère de l'enfant de son fils, Einar, elle savait qu'une relation charnelle avec le père d'Einar, le grand-père de son enfant, risquait de leur coûter la vie à tous les deux.

L'aveu de Sigurdur avait tout changé. Elle s'était dite heureuse qu'il lui dévoile la vérité, lui avait juré qu'il pouvait compter sur sa discrétion et lui avait demandé si le moment n'était pas venu d'exposer la situation à Einar, qui avait lui aussi le droit de connaître l'identité de son véritable père. Sigurdur avait répondu qu'il voulait le faire depuis longtemps, mais la certitude d'Helga que, ayant bâti leur vie sur un mensonge, cette question de paternité risquait de leur nuire grandement, l'avait dissuadé d'en toucher mot à quiconque. Il comptait maintenant y remédier. Peu après avoir traversé la lande pour rencontrer Gunnar, il était allé trouver Einar, lui avait raconté l'affaire en détail et expliqué pourquoi il avait jadis déclaré être son père. Le jeune homme avait eu besoin d'un moment pour saisir les implications de ses paroles, Sigurdur s'était inquiété de sa réaction. Einar avait posé beaucoup de questions, abasourdi par la révélation. Sigurdur avait fait de son mieux pour répondre à ses interrogations, notamment sur la relation entre Helga et Gunnar. Le jeune homme était interloqué. Il ne connaissait pas Gunnar. Sigurdur lui avait parlé de sa visite dans le Talknafjördur et de sa rencontre avec cet homme qui avait nié cette paternité avec obstination, affirmant qu'il ne voulait rien savoir d'Einar. Pour finir, le jeune homme avait accueilli la nouvelle avec la réserve qu'il avait héritée de sa mère. Il avait ajouté que cela ne changeait rien à ses rapports avec Sigurdur, qu'il pouvait compter sur sa discrétion et que tout serait comme avant.

Gudrun écoutait la respiration tranquille du maître de maison. Blottie tout contre lui, elle se disait qu'elle n'avait aucun motif de regretter d'être venue à Geirseyri. Elle avait passé de bons moments avec cet homme qui s'abstenait de juger les femmes comme elle, leur faisait confiance et les considérait comme ses égales en toutes choses. Elle avait découvert ses qualités quand il lui avait enfin dévoilé la vérité sur Einar. Elle avait perçu son soulagement de ne plus devoir être seul à porter ce secret en silence. Il avait écouté ses conseils avec gratitude quand ils avaient cherché une issue à l'impasse où ils s'étaient mis tous les deux, et avait tout fait pour qu'ils puissent être ensemble. Cela avait montré à Gudrun qui était vraiment cet homme et elle s'était donnée à lui.

Elle le sentit bouger dans le lit, ouvrit les yeux et lui sourit quand il la regarda.

– Tu ne dors pas ? demanda-t-il.

– Je pensais à toi, à nous, à notre enfant.

– Tu es inquiète ? demanda-t-il en voyant son regard soucieux.

– Non.

– Tout ira bien.

– Je sais, répondit-elle en le caressant doucement, je sais.

19

La rainure où devaient défiler la Mort et le Christ portant l'oriflamme de la victoire était à sa place, mais Jon Sivertsen n'avait pas réussi à remettre en état les statuettes symbolisant les Âges de l'Homme, du berceau à la tombe. Celle qui représentait la Jeunesse avait le plus souffert, elle était brisée en trois morceaux et gravement endommagée. Il en manquait par ailleurs une partie que Jon comptait refaire et greffer sur les vestiges de l'original. La Vieillesse n'était pas vraiment en meilleur état, sale et érodée, les deux morceaux qui la constituaient étaient presque méconnaissables. Seuls la Jeunesse et l'Âge adulte avaient échappé aux ravages et n'exigeaient que de légères retouches. Jon avait dû faire confectionner des rails en grande partie neufs pour les réinstaller dans l'horloge mais, exactement comme pour les Rois mages, il avait toutes les peines du monde à remettre les statuettes dans la rainure et à faire fonctionner les rails comme il fallait. Cet enchevêtrement de dispositifs était pour lui impénétrable et, bien que doté d'esprit pratique, il ne parvenait pas à comprendre comment mettre en mouvement une machinerie si complexe.

Pour ne rien arranger, il était ces jours-ci obsédé par sa quête de la Vierge qu'il tenait par-dessus tout à retrouver. Il savait qu'elle avait un temps appartenu au tailleur Jens Martinsen même si ce dernier ignorait où elle était. La statuette avait sans doute brûlé dans l'incendie qui avait ravagé le domicile de l'artisan et, dans ce cas, il n'y avait plus rien à faire.

Un soir, alors qu'il pensait avoir restauré au mieux la figure de la Jeunesse, il retourna chez Martinsen pour l'interroger à nouveau sur la Mère de Dieu. Il trouva porte close et se rappela alors le patron de la Petite Pharmacie qui lui avait parlé des visites fréquentes de Jens Martinsen dans la rue Holmensgade.

Il emprunta d'abord la rue Rådhusstræde, puis descendit Gammel Strand et longea le Gymnase royal où il entendit les voix de courtisans dont les cris et les éclats de rire résonnaient dans la nuit. On pratiquait dans ce bâtiment extrêmement long le fameux jeu de paume dont Jon Sivertsen avait appris l'existence en arrivant à Copenhague. Il était réservé aux nobles de la cour en mal de distraction. Les joueurs se répartissaient en deux équipes postées chacune à une extrémité du bâtiment au centre duquel trônait une grosse pierre. Une des équipes lançait une balle à ses adversaires tandis qu'un de ses membres courait à toute vitesse jusqu'à la pierre avant de revenir à son poste. L'adversaire devait alors tenter de l'atteindre avec la balle pour le mettre hors-jeu. La partie s'achevait lorsqu'il ne restait plus qu'un seul joueur.

– Le jeu de paume, marmonna Jon sur un ton méprisant même si, en général, il n'avait cure du mode de vie de la classe privilégiée. Ces gens-là n'ont donc pas mieux à faire de leur temps ?

Il continua jusqu'au bout de la rue et arriva en un clin d'œil à celle de Holmensgade qui partait du canal et s'achevait sur la rue Ostergade. Des deux côtés de la chaussée étaient alignées des masures qui ressemblaient à des harems même s'ils n'avaient rien d'oriental, la plupart étaient des bâtisses délabrées et malodorantes d'un ou deux étages, certaines portaient un nom fort approprié au type de commerce qui y avait cours. Celles qui abritaient le moins de femmes étaient sans doute les plus innocentes. Postées aux fenêtres ou campées dans les embrasures des portes, des filles plus ou moins désirables offraient leurs charmes à Jon Sivertsen. Certaines, des ogresses bien en chair, lui criaient leurs propositions et baissaient les prix au fur et à mesure qu'il s'éloignait. D'autres, plus grossières, voyant qu'il ne les regardait même pas, lui souhaitaient de rôtir en enfer. D'autres encore, plus avenantes et élégantes, parfois les lèvres peintes, lui montraient leur poitrine et l'engageaient à la toucher pour avoir un avant-goût des délices qu'elles promettaient. Les passes se multipliaient au fur et à mesure que le soir avançait, les tavernes étaient bondées, le bruit des conversations envahissait la rue et la nuit, les hommes se délestaient de quelques pièces, ils choisissaient la fille qui les suivrait dans les étages puis on fermait les portes. Ainsi allait la vie dans cette rue-là.

Il jeta un œil dans les estaminets, en quête de Martinsen, et demanda aux clients s'ils savaient où le trouver, quelques-uns comprirent de qui il parlait et lui confirmèrent qu'il faisait partie des habitués du coin. Aucun ne l'avait croisé dernièrement, mais un souteneur l'informa que le tailleur avait comme amie une certaine Mme Isaksen, une mère maquerelle qui prenait souvent ses quartiers à la taverne du Cerf, plus bas dans la rue.

Jon s'y rendit aussitôt, entra dans une taverne sombre et exiguë, et demanda Martinsen. Miracle, on l'avait aperçu qui discutait quelques instants plus tôt avec Mme Isaksen, tenancière d'un petit établissement avec deux autres filles de joie et un maquereau, à trois maisons de là. L'horloger s'y rendit à grandes enjambées, entra dans une autre taverne, gravit l'escalier délabré et arriva dans un couloir dont le parquet craquait joliment. À l'instant où il était arrivé à l'étage, un jeune homme, sans doute un marin, avait ouvert une des trois portes d'un geste brutal en remontant son pantalon en vitesse, son affaire encore à moitié sortie de sa braguette, et l'avait salué. Celle que le jeune homme venait de quitter, dans le plus simple appareil en dehors de son corset, demanda à Jon si c'était elle qu'il venait voir. Il lui répondit que cela devrait attendre, il cherchait Mme Isaksen. La femme dans le lit, qu'il estima âgée d'une vingtaine d'années, l'informa que la patronne recevait à l'étage supérieur, dans la chambre du fond. Elle lui demanda si elle pouvait cependant lui offrir un peu de plaisir, elle voyait bien qu'il en avait envie et ça ne lui coûterait pas forcément grand-chose. Elle se leva alors du lit et s'approcha, enjôleuse. Jon se contenta de s'incliner devant la jeune sirène et prit congé en lui disant qu'il avait pour l'heure autre chose à faire.

Le parquet de l'étage supérieur craquait tout autant que celui du premier. Arrivé au fond du couloir, l'horloger entendit des halètements bruyants derrière une porte entrouverte. Il passa sa tête dans l'embrasure, vit une dame d'âge respectable allongée à plat ventre sur le lit, supposa que c'était Mme Isaksen que Jens Martinsen besognait frénétiquement. Le spectacle lui échappa toutefois un peu : sur la table de chevet à côté du couple trônait la Vierge Marie d'Habrecht, elle tenait l'Enfant Jésus dans ses bras et, par chance, avait les yeux fermés.

– Vous ? gémit le tailleur en maintenant le rythme de ses allées-venues.

– Jens, qui est cet homme ? s'alarma Mme Isaksen.

– Je vous prie de m'excuser mais la porte était ouverte, répondit Jon, sans parvenir à détourner les yeux de la Vierge tant convoitée.

Mme Isaksen envoya valser le tailleur et s'assit sur le lit en regardant Jon Sivertsen, furieuse.

– Qu'est-ce que vous venez faire ici ? Vous ne voyez pas que j'ai un client ? C'est Rolf qui vous envoie ? demanda-t-elle, parlant sans doute de son gardien.

– Ce n'est pas vous que je… c'est elle… c'est la Sainte Vierge, répondit-il en lui montrant la Mère de Dieu.

– C'est l'homme dont je t'ai parlé, soupira Jens, allongé sur le lit, agacé par cette interruption. C'est lui qui est venu me voir et m'a posé des questions sur la statue, il travaille pour le roi.

– Qu'est-ce que vous lui voulez, à cette statuette ? demanda Mme Isaksen sans prendre la peine de couvrir sa nudité. Elle m'appartient de plein droit. Je l'ai payée, ajouta-t-elle en tournant la tête vers le tailleur comme s'il était censé confirmer la transaction.

Jens murmura quelque chose que Jon n'entendit pas.

– C'est un élément irremplaçable d'une horloge qui appartient au roi, répondit Jon en s'efforçant de ne pas fixer la poitrine opulente de la tenancière dont l'épaisse crinière rousse retombait sur les épaules. Il avait l'impression qu'il lui manquait quelques dents. Le visage joliment ovale, les joues maquillées d'une épaisse couche de rouge, elle le contemplait d'un air suspicieux. Je vous serais extrêmement reconnaissant, ajouta Jon, et je suis certain que cela plaira à notre souverain, si vous me permettiez de la rapporter là où est sa place.

– Vous parlez du roi Christian ?

– Lui-même.

Mme Isaksen tendit le bras vers la statuette.

– J'y suis très attachée. Elle est à mes côtés depuis des années et, tous les soirs, je prie pour que mes filles ne soient pas battues, ne meurent pas de la syphilis ou ne connaissent pas un destin pire encore. J'ai l'impression de me sentir mieux après avoir passé un moment avec elle.

Jon comprit qu'elle était sincère. Cette femme éprouvait un authentique attachement pour la statuette qui lui apportait le réconfort que seuls les véritables croyants peuvent espérer du Tout-Puissant.

– Le chef-d'œuvre qu'est cette horloge ne saurait exister pleinement sans elle, répondit l'Islandais. Je suis certain que Sa Majesté est disposée à rétribuer votre sollicitude.

Le tailleur Jens Martinsen s'assit dans le lit, il était resté attentif.

– Combien le roi est-il prêt à en donner ? demanda-t-il.

– On peut sans doute trouver un accord, répondit Jon en s'adressant à Mme Isaksen. Mon intuition me dit qu'il préférerait cette solution plutôt que de vous l'arracher sans plus de formalités.

– En tout cas, je ne pourrai pas la garder, c'est bien ce que vous dites ? demanda-t-elle.

Elle inspirait à Jon de la compassion. Il la comprenait parfaitement et savait que la Vierge Marie était plus à sa place parmi le prétendu rebut de la société qui habitait la rue Holmensgade. Peut-être n'était-ce pas un hasard s'il l'avait justement trouvée là. Après tout, son Fils n'avait-il pas guéri les lépreux et les aveugles, n'avait-il pas été l'ami d'une prostituée ? Hélas, la statuette faisait également partie d'une sublime œuvre d'art. Il se résolut donc à lui avouer que, d'une manière ou d'une autre, elle devrait retourner au palais de Christiansborg.

– Sa place est sur cette horloge et nulle part ailleurs, répondit-il d'une voix douce. Si vous pouviez vous montrer compréhensive… L'horloge d'Habrecht a été conçue à sa gloire, qui disparaîtra si elle en est absente.

– Dans ce cas, prenez-la, répondit Mme Isaksen en lui tendant l'objet. Et dites au roi Christian que Dagmar Isaksen le salue bien et le remercie des bons moments passés jadis ensemble.

20

Tout en scrutant la statue qui avait retrouvé sa place sur l'horloge, le roi buvait les paroles de Jon. Il le pria de lui raconter à nouveau, et sans omettre aucun détail, comment il avait par miracle retrouvé la Vierge. Il y avait bien longtemps que le monarque avait parcouru ce quartier en compagnie de sa chère Catherine à la Bottine. Il posa à l'horloger une foule de questions sur les filles dont il avait jadis connu le nom, leurs souteneurs, les tavernes et les beuveries. Il lui semblait se souvenir vaguement de Dagmar Isaksen du temps de ses aventures avec Catherine, il était heureux qu'elle le salue, c'était la preuve qu'il n'avait pas tout à fait sombré dans l'oubli parmi les gens qui peuplaient les bas-fonds.

Jon expliqua qu'à une période de sa vie, le tailleur Martinsen avait traversé des difficultés financières et que la statuette de la Vierge lui avait permis d'obtenir un certain nombre de faveurs auprès de Dagmar et des filles qu'elle employait, si bien que celle-ci appartenait de plein droit à la tenancière. En revanche, dans sa générosité et sans doute parce qu'elle avait jadis connu le souverain, Mme Isaksen avait compris que la Vierge faisait partie intégrante de l'horloge. Elle avait donc autorisé Jon à l'emporter pour l'arracher à cet univers de luxure et, lorsqu'il l'avait rapportée au palais, il l'avait nettoyée, débarrassée du stupre, puis polie jusqu'à lui rendre sa splendeur. Il avait retrouvé la plate-forme où elle devait siéger, l'y avait installée et, désormais, elle attendait que les Rois mages défilent devant elle en s'inclinant, les bras chargés d'or, de myrrhe et d'encens, comme décrit dans le Livre.

C'était la première fois depuis un certain temps que Sa Majesté daignait passer à la salle des objets mis au rebut dans les collections royales pour savoir si l'horloger avançait dans sa tâche. Jon arrivait consciencieusement tôt le matin au palais qui lui était désormais familier. Il parlait avec les servantes qui officiaient dans les cuisines et lui offraient un peu de hareng fumé ou une tranche de lard, il échangeait deux mots avec les cuisinières et les domestiques quand il les croisait, discutait avec les valets et les jardiniers qui l'appréciaient et lui posaient des questions sur l'Islande dont tout le monde semblait ignorer où elle se trouvait exactement. Parfois, le calme régnait dans le palais, mais à d'autres moments tout était sens dessus dessous parce qu'on allait organiser un bal, recevoir des dignitaires étrangers ou célébrer un événement important à grand renfort de perruques poudrées, files de carrosses rutilants, cors et orchestres de chambre. Parfois, pendant les fêtes les moins grandioses, les convives buvaient et déambulaient dans les couloirs, chantant et criant à tue-tête. Tout cela n'avait pas échappé à Jon. La veille au soir, une apostille était venue s'ajouter à son excursion dans la rue Holmensgade : une comtesse corpulente avait entraîné une de ses jeunes servantes dans les collections et voulu se donner du plaisir avec elle à côté des cages à faucons. Elle avait eu le temps de remonter sa jupe et Jon avait alors cru bon de manifester sa présence. Fort heureusement freinée dans son élan, elle lui avait ordonné de les laisser seules. N'ayant pas d'autre choix que d'obtempérer, il était rentré chez lui en se disant que le sens moral régressait sans doute bien plus vite dans la Babylone du détroit d'Oresund qu'il ne l'avait jamais fait chez lui dans le Breidafjördur.

– Ah, quelle époque bénie ! soupira le roi, regrettant ses années de débauche avec Catherine à la Bottine. Hélas, elle est engloutie à jamais.

Submergé par la nostalgie, le monarque se fit taciturne. La joie et l'entrain qu'il avait éprouvés l'instant d'avant se muèrent en un soupir triste face à la fugacité du bonheur et la brièveté de la vie.

– Qu'est donc le temps ? demanda-t-il pour la deuxième fois, les yeux fixés sur l'horloge.

Jon jugea qu'il était plus sûr de garder le silence.

– Est-ce autre chose qu'une accumulation de souvenirs ? poursuivit tristement Christian VII en regardant les pièces du chef-d'œuvre éparpillées devant lui. Comme tous ces morceaux qui sont à l'intérieur de cette horloge ? Un passé que nous ne retrouverons jamais ? Maudit temps qui nous projette tous dans l'oubli !

– On peut envisager les choses sous cet angle, Sire, convint Jon. Je sais simplement que le temps passe plus ou moins vite. Souvent il avance si lentement qu'on le croirait immobile et, parfois, il est si rapide qu'on a l'impression qu'il nous échappe totalement.

– Toute chose périt et s'enfuit…

Comprenant que le roi était plongé dans de sombres pensées, Jon préféra lui épargner ses méditations sur la manière dont le temps finit par anéantir tout ce qui croise sa route. En réalité, il était inutile d'en faire état puisque le roi Christian semblait partager très exactement la même opinion.

– Y a-t-il des moments où il ne nous échappe pas ? demanda le monarque. Il passe, nous en saisissons quelques fragments épars avant qu'il ne sombre dans le passé puis ne disparaisse avec nous sans épargner rien ni personne. Absolument rien. Tout cela ne sert à rien.

Jon Sivertsen ne savait pas quoi répondre. Jusque-là, le roi n'avait jamais tenu de propos aussi pessimistes. L'horloger se taisait, espérant que sa mélancolie finirait par se dissiper et qu'il retrouverait bientôt une humeur plus joyeuse.

– Sa Majesté aurait peut-être envie d'en savoir davantage sur Thordur de Kot ? demanda-t-il. Et sur ce qu'il a fait avec l'argent que lui avait donné mon père.

Le roi soupira à nouveau. Il répondit qu'il avait à faire sans donner d'autres précisions, l'histoire de l'Islandais devrait attendre. Puis il quitta la salle des collections, accablé, plongé dans ses tristes méditations.

Le soir, quand Jon reprit le chemin de son atelier, fatigué après sa longue journée, il pensa à nouveau au temps et à l'éternité, comme l'avait fait son souverain quelques heures plus tôt. Bien sûr que la vie avait une valeur, se disait-il. Évidemment, l'humanité progressait avec le temps. Il en avait fait l'expérience dans sa profession. Il y avait toujours des évolutions.

Et alors qu'il marchait vers chez lui, rempli de ces pensées sur les souvenirs et le progrès, il prit conscience d'une chose à laquelle il n'avait jamais réfléchi. Chaque pas qu'il franchissait devenait aussitôt la proie du temps. Les autres passants le virent s'arrêter subitement sur le trottoir et rester immobile un moment avant de faire résolument un autre pas en avant. Puis il en fit encore un autre, s'arrêta une nouvelle fois, extrêmement pensif, et se remit en route comme si de rien n'était. Il avait alors compris que chaque pas qu'il faisait vers son domicile et vers sa boutique le ramenait un peu plus vers le passé.

21

Un dimanche, après le service religieux à Saudlauksdalur, l'épouse du pasteur offrit comme d'habitude une collation. Elle remercia Gudrun d'avoir chanté pendant l'office et de lui avoir confectionné une si belle cape. Souhaitant également lui commander une jupe, elle lui montra le tissu qu'elle avait reçu. Et, si cela n'était pas trop demander, elle voulait aussi qu'elle lui fasse un corsage à jabot et à franges. Gudrun répondit qu'elle acceptait ce travail en regardant Sigurdur discuter avec le pasteur et le poète Eggert Olafsson, sans doute de leurs expériences agricoles. Elle ne remarqua ni regards entendus ni chuchotements entre les convives, il régnait ici une joie amicale et l'épouse du pasteur était une hôtesse exquise. Puis chacun rentra chez lui.

Quelques jours plus tard, Eggert leur rendit visite à la ferme de Geirseyri. Il passa un moment à discuter avec le jeune Jon devant la maison, exécuta devant lui plusieurs bonds successifs, et lui expliquait une chose fort intéressante quand Sigurdur arriva. Eggert le salua joyeusement en disant qu'il venait voir son potager, comme il le lui avait promis après la messe. Le maître des lieux l'accompagna jusqu'au carré où le soleil scintillait sur les cultures d'un genre nouveau. Gudrun avait eu le temps de les rejoindre. Eggert se réjouissait de voir qu'étaient sorties du sol les plus prometteuses fanes de pomme de terre et de jolies feuilles de chou. Selon lui, Gudrun et Sigurdur avaient la main verte et leur potager était magnifique. Un navire marchand danois avait jeté l'ancre dans le fjord en contrebas de Vatneyri, on y chargeait de l'huile de foie de requin et d'autres denrées.

Eggert leur annonça qu'il repartait au Danemark le lendemain à bord de ce bateau.

Le jeune Jon, qui les avait suivis, fut heureux de l'entendre complimenter Gudrun et son père. C'était lui qui avait accueilli Eggert devant la ferme, il avait tenu son cheval pendant qu'il posait pied à terre. Eggert lui avait confié avoir eu écho de son excursion solitaire jusqu'aux falaises de Latrabjarg pour y voir la courbe du globe terrestre. Très fier que l'homme de science ait eu vent de son aventure, Jon lui expliqua qu'il y était allé secrètement et qu'il avait pu constater de ses yeux que la terre n'était pas plate, mais qu'elle décrivait une élégante courbe dans le lointain bleuté. Il avait plusieurs fois dessiné le globe sur le sable de Geirseyri, et il y avait une chose qui lui échappait : il était debout au sommet de la planète, mais comment diable se faisait-il que les gens qui vivaient de l'autre côté ne tombent pas dans le vide ? Et pourquoi les océans ne coulaient-ils pas, eux aussi, dans l'espace ? Eggert avait répondu qu'il n'était pas le seul à se poser la question et qu'une théorie venue d'Angleterre affirmait que la terre attirait à elle tout ce qui était posé à sa surface grâce à une force invisible.

Et pour lui prouver l'existence de cette force, le poète et homme de science s'était mis à sauter dans la cour de la ferme en disant que si ses pieds retombaient sur le sol, c'était parce que la terre l'attirait à lui. En l'absence de cette force, il aurait été éjecté dans les hautes sphères avec les sept océans et y aurait aussitôt disparu.

Après avoir passé un moment à admirer le potager, Sigurdur et Gudrun invitèrent Eggert à entrer dans la maison. Il refusa, arguant qu'il ne pouvait pas s'attarder et qu'il avait encore deux-trois choses à voir concernant l'agriculture avec Sigurdur qu'il entraîna à l'écart. Il s'avéra que le poète n'avait pas du tout l'intention de discuter de moutarde et de radis.

– Tu es au courant pour Thordur ? demanda-t-il.

– Qu'est-ce qui lui arrive ? s'étonna Sigurdur, méfiant.

– On raconte qu'il a mis la main sur une grosse somme.

– Ah bon ?

– Il est venu avec des riksdales chez le commerçant. Il a acheté de l'eau-de-vie et des bottes neuves. Et une bonne quantité de tabac. On dirait qu'il a fait fortune, et très rapidement.

– Thordur ?

– Oui.

– Qui t'a dit ça ?

– Ce sont juste des bruits qui courent. Des envieux, évidemment. Toi et Gudrun n'en avez pas entendu parler ?

– C'est toi qui me l'apprends, répondit Sigurdur en toute honnêteté. Peut-être a-t-il fait fortune en vendant son requin ?

– C'est possible, répondit Eggert. Les gens parlent aussi de la visite que Gudrun, ta gouvernante, lui a rendue à Kot. Selon eux, c'est après son passage qu'il s'est enrichi.

Sigurdur s'efforçait de dissimuler sa surprise. Lorsqu'il avait apporté le gant rempli de pièces à Thordur, il l'avait pourtant prévenu qu'il devait attendre au moins un an avant de se servir de cet argent et n'en dépenser qu'avec parcimonie. Il valait mieux patienter deux ou trois ans avant d'ouvrir ce gant. Thordur semblait avoir parfaitement compris et avait promis de ne pas commettre d'imprudence. Conscient des enjeux, il ne voulait pas faire quoi que ce soit qui puisse nuire à Sigurdur et Gudrun. Il l'avait promis solennellement, avait craché dans sa paume et serré la main de Sigurdur pour sceller leur pacte.

– Vous feriez peut-être mieux d'aller lui parler, suggéra Eggert.

– Et pourquoi le ferions-nous ? demanda Sigurdur d'un ton à la fois hésitant et méfiant.

– C'est un conseil, répondit Eggert. Je ne sais rien de cette histoire et cela ne me regarde pas, mais je tenais à vous prévenir, toi et Gudrun, avant de m'embarquer pour le Danemark. Voilà tout. Je ne suis pas un colporteur de ragots, Sigurdur. Je suis venu vous voir avec les meilleures intentions.

– Mais je suppose que tu imagines que nous avons quelque chose à voir avec tout ça, insista Sigurdur. Puisque tu viens nous en parler.

– J'ai simplement entendu ce que disent les gens, répondit Eggert en allant chercher son cheval pour se remettre en selle. Tôt ou tard, ces ragots arriveront aux oreilles du bailli et de sa femme à Hagi et là, il sera trop tard. Il y aura bien quelqu'un pour demander pourquoi Gudrun est toujours gouvernante chez toi alors que Thordur est le père de l'enfant qu'elle porte. Tout le monde a remarqué que tu t'entends bien avec elle, tout le monde semble persuadé de savoir qui lui a fait cet enfant et pourquoi Thordur a pu s'offrir de nouvelles bottes.

– Cet enfant, il l'a reconnu, plaida Sigurdur.

– En effet, mais la jalousie ignore le bien et le mal, répondit Eggert. La médisance ne s'interroge pas sur le juste et l'injuste. Je tenais à ce que vous sachiez ce qui se murmure. Vous avez le droit d'être au courant. Je ne voulais pas quitter l'Islande sans avoir eu cette conversation avec toi.

Sigurdur le remercia d'avoir pris la peine de venir, Eggert reprit la route sur son cheval, puis le fermier alla informer Gudrun de la véritable raison de la visite du poète. Elle répondit que ça ne l'inquiétait pas vraiment : les gens racontaient des tas de choses, des histoires ou des ragots, il suffisait d'attendre, ils auraient bientôt d'autres sujets de discussion.

– Tu crois que je devrais aller voir Thordur ? demanda Sigurdur.

– Il n'en est pas question. Nous avons peut-être eu tort de nous adresser à lui, mais ce qui est fait est fait et nous verrons. Il suffit qu'il s'en tienne à notre accord et tout ira bien.

– Tu ne veux vraiment pas que j'aille lui parler ? insista Sigurdur. Lui rappeler ce que je lui ai dit et lui interdire de faire le malin ? Peut-être que tu n'aurais pas dû lui rendre visite et rendre votre prétendue relation publique. C'était peut-être une erreur.

– Non, c'était juste une manière de confirmer certaines choses, répondit Gudrun. La question du père de l'enfant aurait de toute manière fait jaser. Cette visite n'était qu'une tentative de couper court aux médisances.

Elle garda le silence un long moment, l'air soucieux.

– Thordur de Kot, soupira-t-elle. Il n'est décidément pas très fin !

Le dimanche d'après, ils se rendirent au service religieux à Saudlauksdalur et rien n'avait changé. L'épouse du pasteur offrit une collation, Sigurdur discuta avec l'homme d'Église, le bailli et sa femme étaient là, tout comme un grand nombre de paroissiens. Le pasteur et son épouse étaient très appréciés et les prêches de Björn engageaient ses ouailles à méditer quand ils rentraient chez eux. Attentive, Gudrun ne remarqua pas le moindre changement d'attitude envers elle ni envers Sigurdur.

Hormis cet incident juste avant leur départ : l'épouse du pasteur prit Gudrun à part et lui annonça qu'en fin de compte, elle ne voulait plus de ce corsage ni de cette jupe. Cela devrait attendre un moment plus propice, dit-elle, ajoutant que, finalement, elle n'avait pas vraiment besoin du corsage et qu'elle pourrait remettre à plus tard la fabrication de la jupe. Gudrun lui répondit qu'elle les avait déjà commencés, mais la femme du pasteur la pria de mettre ça de côté, elle enverrait une servante chercher le tissu dans les prochains jours.

Et la discussion fut close.

22

Furieuse, Halldora regardait son mari qui gisait au sol, ivre mort, devant la maison. Elle lui asséna un coup de pied en lui ordonnant de se lever. Les domestiques avaient vu le bailli arriver, pour ainsi dire endormi, affalé sur son cheval, puis il était tombé devant la porte. Ils étaient sur le point de l'aider, mais Halldora était sortie en leur intimant de retourner au travail. Puis elle s'en était pris à son époux, elle avait eu beau empoigner sa veste et lui donner des coups de pied, rien n'y faisait. Le bailli restait inerte comme une pierre.

Elle rentra dans la maison et revint avec une jatte remplie d'eau qu'elle vida sur lui et, enfin, il réagit. Il ouvrit les yeux, la regarda d'un air ahuri, comme depuis un autre monde.

– Tu es allé voir cette sale bonne femme ? hurla Halldora, pensant aux infidélités dont le bailli se rendait coupable avec Ragnheidur, une veuve de Midhlid qui n'était pas la première ni la dernière des maîtresses du respectable fonctionnaire.

– Qu'est-ce que c'est que cette histoire… ? marmonna Olafur en essayant de se redresser. Il empestait l'eau-de-vie et le tabac, il avait uriné dans son pantalon pendant le trajet, on distinguait une tache sombre à l'entrejambe de son uniforme de bailli.

– Où étais-tu passé ? s'emporta Halldora.

– Je… j'étais en mission. En mission officielle, figure-toi, répondit-il, adossé au mur en regardant sa femme qui le fixait d'un air menaçant en secouant la tête, consternée.

– Regarde un peu de quoi tu as l'air ! Tu n'es qu'un porc ! Tu fais là un beau bailli, soûl comme un cochon à courir les jupons ! Ce n'est pas étonnant que l'indécence s'épanouisse dans nos campagnes quand les gens voient comment tu te comportes, pauvre type ! le railla-t-elle.

– Quelle indécence ? demanda le bailli en cherchant la flasque qu'il pensait avoir dans sa veste d'uniforme. Il avait beau fouiller, il ne la trouvait pas, il plongea sa main dans ses poches, elle n'était pas là. Il crut alors se souvenir à travers les brumes de l'alcool qu'il l'avait sans doute finie en revenant de Midhlid où il était effectivement allé profiter des faveurs de la veuve Ragnheidur, il avait dû jeter la bouteille en pleine nature.

– Tu fais bien de me poser la question, espèce de maquereau ! rétorqua Halldora. Thordur de Kot est tout à coup riche comme Crésus sous tes yeux et il s'avère qu'il aurait fait un enfant à Gudrun de Geirseyri. Thordur de Kot ?! Est-ce que toi, tu le laisserais te monter dessus ? Est-ce que tu lui permettrais de te toucher, espèce de pauvre type ?!

Le bailli regarda sa femme, son cheval qui s'était réfugié dans le pré, effarouché par les hurlements, les domestiques qui faisaient de leur mieux pour s'épargner le spectacle de la dispute entre le fonctionnaire et son épouse, puis les étendues bleues du Breidafjördur, constellées d'îles et de récifs. Que n'aurait-il pas donné pour une gorgée d'eau-de-vie, se disait-il en essayant de se rappeler ce qu'était devenu le fût qu'il avait caché quelque part. Hélas, il n'arrivait pas à s'en souvenir.

– Allons, arrête, ma chère Halldora. Je ne me sens pas bien du tout. Des hommes bien plus laids que Thordur ont des enfants, dit-il avant de franchir en titubant la porte de la maison.

Halldora le suivit en continuant à déverser sur lui insultes et jurons, il alla se coucher dans le lit conjugal où il s'endormit aussitôt.

– Il faut que tu ailles l'interroger, continua sa femme. Elle ôta ses bottes, lui enleva son pantalon trempé d'urine, déboutonna sa veste et retira sa chemise. Puis elle lui caressa les cheveux. Maudit ivrogne, conclut-elle en étendant sur lui une couverture.

Deux fûts d'eau-de-vie étaient tombés dans l'escarcelle du bailli qui avait déjà vidé le premier. Halldora avait caché le second. La semaine précédente, un paysan du Talknafjördur était venu à Hagi, il avait traversé la lande de Midvörduheidi par un vent déchaîné et des pluies torrentielles, ces fûts arrimés sur le dos, et avait souhaité voir le représentant des autorités. Olafur était sorti dans la cour et avait aussitôt reconnu Thorlaugur. Il lui avait demandé ce qui l'amenait au domaine. Ruisselant de pluie, Thorlaugur s'était délesté de son fardeau et avait très humblement sollicité une audience concernant le crime dont le bailli l'avait inculpé quelque temps plus tôt, espérant qu'ils pourraient trouver un arrangement qui leur serait profitable à tous les deux.

Olafur avait pris les fûts pour aller les cacher, puis il avait invité Thorlaugur à le suivre dans le salon et avait fermé la porte. Il avait ensuite sorti des papiers qu'il avait fait crisser d'un air dédaigneux.

– Deux enfants adultérins, n'est-ce pas, Thorlaugur ? avait-il grogné.

Âgé d'environ cinquante ans, les épaules tombantes sous le poids d'un labeur éreintant, Thorlaugur avait hoché la tête. Il portait de pauvres vêtements et des chaussures en peau tout usées. Une barbe maigre lui tapissait çà et là le visage et ses deux auriculaires étaient comme paralysés, rentrés vers l'intérieur de sa paume.

– C'est vrai, avait-il avoué en reniflant, adressant au fonctionnaire un regard implorant. L'eau qui gouttait de ses haillons avait formé une petite flaque sur le sol.

Un de ses voisins lui avait conseillé de se rendre à Hagi pour voir s'il pouvait arranger la situation s'il ne voulait pas perdre ses terres avec tout ce qu'elles comportaient. Ce voisin lui avait dit qu'il devait remplir deux conditions : faire preuve d'une grande humilité devant le bailli Olafur qui aimait voir les gens ramper à ses pieds, et lui apporter de l'alcool, car s'il y avait une chose à laquelle cet homme était sensible, c'était bien l'eau-de-vie, surtout si on lui en offrait sans qu'il ait un sou à débourser.

– Donc tu viens avouer ton crime ? avait demandé Olafur en tripotant ses papiers.

– Oui, je l'avoue, avait répondu Thorlaugur. C'était un accident.

– Les deux accidents ont eu lieu avec la même femme, avait souligné le bailli.

– Oui, avec Sigurlaug, ma fille de ferme, la pauvre. Elle m'a été d'un tel soutien depuis que ma femme a été emportée par cette épidémie. Je me suis dit, veuillez me pardonner mon impertinence, j'ai pensé que le très clément bailli consentirait peut-être à accepter de moi, de nous, ces deux fûts qui pourront vous procurer quelque réconfort dans votre besogne quotidienne.

– Un fût pour chaque crime ? avait demandé Olafur.

– Je… notre gratitude envers les autorités serait éternelle… Nous n'arrivons pas à nous résoudre à l'idée que notre famille soit éparpillée, que nos enfants soient placés dans d'autres fermes. Si, dans votre clémence, vous consentiez à…

Olafur avait longuement contemplé le paysan. Il connaissait la ferme de Thorlaugur et savait qu'il n'y avait vraiment pas là de quoi payer l'amende dont il était redevable. Que cet homme ait trouvé deux fûts d'eau-de-vie relevait en soi d'un miracle. Mais ce qui réjouissait le plus Olafur, c'était qu'il avait traversé la lande et franchi toute cette distance par un temps déchaîné. Voilà un comportement exemplaire, avait-il pensé avant de faire montre de la grandeur et de la clémence avec lesquelles les autorités traitaient les gens de la région.

– Allez, va-t'en ! avait-il conclu. Et laisse tes fûts ici !

Le bailli se réveilla tard le soir, toute la maisonnée était endormie. Il avait affreusement mal à la tête et le corps perclus de douleurs sans qu'il sache pourquoi. Il avait oublié qu'il était tombé de cheval plus tôt dans la journée. Mort de soif, il se rendit, chancelant, jusqu'à la cuisine, plongea la tête dans le seau d'eau posé sur la table et en but de grandes gorgées. Puis il s'assit, l'esprit encore confus, sentit une forte odeur d'urine et comprit qu'elle venait de lui.

Mon Dieu !

Il se souvenait de la colère d'Halldora à la porte de la maison.

Il avait mal à l'épaule. Était-il tombé de sa monture ?

Qu'avait-elle raconté au sujet de Thordur ? Que venait-il faire là-dedans ?

Où était passé le second fût ? pensa Olafur en balayant la cuisine du regard. À quel endroit cette maudite bonne femme l'avait-elle donc caché ?

23

Le roi n'apprécia guère cette partie du récit. Il fixa longuement Jon Sivertsen et lui conseilla à nouveau de modérer ses propos. Dépeindre un fonctionnaire du royaume de manière si désobligeante risquait de lui nuire. L'horloger devait se garder de dresser des autorités un tableau exagéré dans ce récit qui le touchait lui-même intimement. Jon ne voulait pas se disputer avec le monarque. Il s'était déjà interrogé sur sa responsabilité en tant que narrateur, sur la manière dont il devait raconter les événements en restant fidèle à la vérité, et il considérait que, dans les grandes lignes, il ne s'était pas écarté de la réalité même s'il l'avait parfois un peu distordue. Ses descriptions étaient-elles trop croustillantes ? Peut-être. Son auditeur avait tendance à s'endormir dans son fauteuil. Pour maintenir son attention, il recourait à un remède fort innocent qui consistait à pimenter un peu l'histoire pour faire battre plus vite le cœur du roi. Peut-être avait-il exagéré dans la manière dont il avait dépeint le bailli et sa femme, peut-être les critiques du souverain étaient-elles justifiées. Il se disait cependant qu'il n'en était rien lorsqu'il repensait combien ce couple avait été détesté par les gens de chez lui. Certes, cette histoire le touchait intimement, mais en réalité il s'appliquait à relater les faits conformément à la vérité jusque dans leurs moindres détails.

– On peut toujours mieux faire, Sire, répondit-il, mais je ne vois vraiment pas comment je pourrais m'abstenir d'évoquer l'atmosphère qui régnait au domaine de Hagi les derniers jours du pouvoir d'Olafur.

– Les derniers jours ?

– Oui, il accomplissait alors ses ultimes missions officielles en tant que bailli. Il a quitté son poste peu après, Majesté, et un jeune diplômé en droit, Davíd Scheving, l'a remplacé.

Jon regarda son roi en se retenant de lui demander où il avait passé son temps et ce qu'il avait fait depuis sa dernière visite. Des questions si familières étaient peu appropriées. Cela dit, on n'avait pas aperçu le roi dans les couloirs du palais depuis plus de deux semaines et, pendant tout ce temps, il n'était pas venu voir Jon Sivertsen. L'horloger s'était discrètement renseigné auprès du régisseur des collections, mais ce dernier n'avait pas été en mesure de lui répondre. Du côté des cuisines, souillons et servantes, cuisinières, valets et domestiques ne savaient pas non plus où était le roi. Quelqu'un croyait avoir entendu des cris en pleine nuit dans l'aile du palais où se trouvait sa chambre et, apparemment, plus personne n'y était admis en dehors de ses proches. Un autre affirmait avoir aperçu dans cette aile des médecins, des infirmières et même le dauphin, accompagné de ses conseillers les plus éminents. D'après lui, le prince héritier Frédéric était sorti furieux de la chambre de son père, ses conseillers marchant derrière lui à la queue leu leu. Un autre encore pensait que le roi Christian avait été conduit nuitamment dans son palais d'été de Marselisborg, sur les rives du fjord d'Arhus.

Arrivé à grands pas et témoin de la conversation, le maître-queux consterné avait ordonné à tous de cesser leur caquetage. Le souverain était malade, il lui portait à manger sur un plateau qu'il déposait lui-même dans sa chambre trois fois par jour et qu'il récupérait, vide, des mains du chambellan de Sa Majesté. Jon avait alors pensé que des problèmes de santé mentale affligeaient à nouveau le roi, ce qui expliquait qu'il reste à l'écart. Mais que diable lui prenait-il de se perdre en conjectures sur la santé du souverain ou sur la manière dont les choses allaient dans le palais ?

Puis un jour, tôt le matin, Jon arriva pour se mettre au travail et le roi l'attendait dans son fauteuil. Christian VII l'avait salué, lui avait demandé s'il avançait et s'il voulait bien continuer à lui raconter ses histoires d'Islandais. Le monarque avait bonne mine, bien que l'air un peu fatigué. Il ne dit pas un mot concernant son absence et Jon savait qu'il n'était pas censé l'interroger. En revanche, Sa Majesté se montrait plus critique que jamais, depuis que Jon lui avait raconté la suite des événements qui s'étaient produits en Islande.

– En tout cas, tu devrais faire preuve d'un peu plus de modération quand tu décris le bailli et sa femme, reprit le roi d'un ton grave, balayant d'un revers de main ses tentatives de justification.

– Quand j'ai commencé à raconter cette histoire, je me suis promis de m'en tenir à la stricte vérité, Sire, répondit Jon. Il me semble n'avoir pas trahi ma promesse.

– Tu es intimement impliqué dans tout cela, je te l'ai déjà dit.

– Certes, Majesté, c'est pourquoi je me sens d'autant plus responsable de mes propos. Si vous me permettez, ce n'était pas ma volonté que de me remettre ces choses-là en mémoire pour vous les raconter, et je dois même vous avouer, Sire, que j'aurais préféré m'en abstenir. Sauf votre respect, ce récit réveille en moi des souvenirs douloureux. Mais puisqu'il en est ainsi, je raconte de mon mieux ce qui s'est produit. Bien sûr, un autre pourrait dire tout autre chose du bailli, de sa femme et de l'ensemble de ces événements, mais comme vous le soulignez à juste titre, c'est mon récit et j'essaie de le façonner conformément à la vérité qui est la mienne.

– La vérité? rétorqua le roi, l'air supérieur.

– Je m'efforce de l'honorer, Sire. Et je tiens d'ailleurs à signaler qu'Halldora, l'épouse du bailli, faisait parfois preuve de bonté. Par exemple, je peux vous dire que lorsqu'un enfant était baptisé à l'église de Hagi...

– Il y a une église là-bas ? s'étonna le roi.

– Bien sûr, Sire. Le domaine de Hagi en abrite une depuis longtemps, mais ce que je voulais vous dire, c'est qu'Halldora était connue pour offrir à tous les enfants qu'on y baptisait une tenue complète, ce que tout le monde jugeait très généreux.

À nouveau, le roi se rengorgea.

– C'est un jeu d'enfant d'arranger la vérité à notre guise, reprit-il.

– C'est tout à fait vrai, Majesté, convint Jon Sivertsen.

– Mais dans ce cas, de quel genre de vérité s'agit-il ? N'y a-t-il qu'une seule et unique vérité, extérieure à ceux qui pensent le mieux la connaître ?

Jon n'avait aucune réponse à de telles questions.

– D'après eux, j'ai encore fait une crise, reprit le roi en se levant. Ils disent qu'il est préférable pour le royaume que je me déplace le moins possible. C'est comme ça. Ils disent que la royauté n'était pas respectée de mon temps. Pendant mes années de débauche. Les années Struensee. Caroline et Louise Augusta. C'était une époque difficile. Est-ce que je t'ai parlé de Caroline-Mathilde ? Elle avait quinze ans quand on nous a mariés. Nous n'étions que deux enfants qui n'avaient rien à faire ensemble. Ce n'est pas étonnant qu'elle ait succombé à ses charmes. Aux charmes de mon médecin allemand. Puis elle est morte, à vingt-trois ans.

Jon ne savait pas quoi répondre. C'était la première fois que le roi parlait ainsi de la reine défunte ou qu'il nommait sa fille, Louise Augusta, qui vivait elle aussi au palais.

– Je ne suis pas censé le dire, mais Struensee n'a toujours voulu que mon bien, reprit le souverain qui semblait encore porter le deuil d'un vieil ami. Il n'a toujours fait que me servir. Et servir les Danois. Il avait beaucoup… beaucoup de bonnes idées. Évidemment, il était désinvolte, il s'est servi de notre amitié et, par conséquent, oui, c'était une crapule, un traître… Ma chère Louise Augusta, pauvre petite…

Le roi plongea ses yeux dans ceux de Jon.

– Monsieur l'horloger promet de me dire la vérité, mais la vérité, qu'est-ce que c'est ? Est-ce que tu le sais ? Y a-t-il quelqu'un qui le sache ? demanda-t-il.

Il s'interrompit. Jon chercha quelque chose de profond à dire à ce sujet, mais le monarque reprit la parole, la voix toujours teintée de regrets.

– Ils l'ont affreusement torturé, reprit-il. Ils m'ont interdit de le voir. Ils m'ont fait monter dans un carrosse d'or et m'ont promené dans tout Copenhague comme pour prouver que j'étais enfin libéré des traîtres à la nation. Après son exécution, ils ont empalé son corps sur une pique en guise d'avertissement.

Le roi avait presque des sanglots dans la voix en évoquant cette époque délétère. Puis il se reprit et, aussitôt, se mit à parler de l'étrange phénomène qu'était l'attraction terrestre, s'adressant plus à lui-même qu'à son horloger. Oui, y compris les océans, marmonna-t-il, tout en se dirigeant vers la porte. Christian, septième du nom, s'arrêta deux ou trois fois en route pour faire de petits bonds fort peu royaux, comme s'il voulait éprouver dans sa chair les théories d'Isaac Newton sur les lois de l'attraction terrestre, depuis longtemps communément admises.

24

Par une journée sans soleil, sous un ciel couvert et menaçant, Thordur était sur le rivage en contrebas de Kot et observait les nuages en se demandant s'il allait pleuvoir. Il urina dans l'eau qui moussa abondamment et entendit derrière lui les sabots d'un cheval. En se retournant, il découvrit le bailli Olafur de Hagi qui posait pied à terre. L'air important et digne, il avait revêtu son uniforme à épaulettes et son chapeau de fonction était légèrement incliné sur sa tête. Thordur s'essuya les mains sur son tricot. C'était la première fois qu'il recevait la visite d'un personnage aussi important. Il commença par s'en étonner, mais ne tarda pas à soupçonner ce qui l'amenait et la peur le submergea.

– Bien le bonjour, mon cher Thordur, lança le représentant de la loi d'un ton affable sans prendre la peine de lui tendre la main. Alors, quelles nouvelles ? demanda-t-il en resserrant la boucle de sa selle de deux crans.

– Oh, rien que du vieux. J'ai bien l'impression qu'il va pleuvoir.

– Je pourrais peut-être entrer ? suggéra Olafur en regardant vers la ferme dont le toit en tourbe était en cours de réfection.

– Bien sûr. J'ai du requin faisandé et un peu d'eau-de-vie, si monsieur le bailli veut bien se donner la peine d'y goûter.

– Je dois laisser l'eau-de-vie de côté pour l'instant, répondit Olafur avec un sourire. Pour le requin, c'est autre chose. Il est bien fait ?

– Aussi doux que la laine, assura Thordur.

Il remarqua que le fonctionnaire regardait ses bottes neuves à la dérobée. Les deux hommes remontèrent vers la ferme, Olafur suivit Thordur à l'intérieur et, même s'il était habitué à ce genre de chose, il se boucha machinalement le nez en traversant le passage couvert qui menait à la pièce principale tant la puanteur était insupportable. Il se demandait ce qui lui agressait ainsi les narines, un mélange d'excréments humains et de poisson faisandé. Thordur prit un couteau, coupa un morceau de la pièce de requin suspendue à la poutre au-dessus de sa couche et le tendit au bailli. Olafur l'avala promptement en confirmant qu'il était excellent et parfaitement à point même s'il refusa d'en prendre un autre morceau.

Le fonctionnaire prenait tout son temps, ils abordèrent divers sujets, la saison, le temps, la pêche au requin, le prix de l'huile fabriquée avec son foie, le nombre de têtes dans le troupeau de Thordur. Le fermier s'était apaisé, il commençait à croire que le représentant de la loi s'était accordé chez lui une simple halte pour se reposer et qu'il allait repartir d'ici peu. Thordur regrettait de ne pas pouvoir lui offrir un petit verre d'eau-de-vie, sachant qu'il n'en manquait pas et qu'il aurait pu se mettre dans les faveurs de son visiteur en le régalant convenablement.

– Eh oui, eh oui, dit Olafur, voyant que la conversation tarissait. Il regardait Thordur qui, assis au bord de son lit, bourrait sa pipe et tenait à la main une grosse blague à tabac qu'il reposa sur sa couche.

– Eh oui, répéta Thordur.

– J'ai pourtant entendu dire qu'il se passait à Kot des choses qui valent le détour.

– Oh non, pas vraiment, répondit Thordur. Je dirais plutôt qu'il ne se passe pas grand-chose ici. Vraiment pas.

– Vois-tu, si j'ai bien compris, tu vas avoir un enfant avec Gudrun Valdadottir, annonça le bailli. Ce n'est pas rien. À moins qu'il ne s'agisse d'un malentendu.

– Hein ? Ah… Non, en effet, c'est bien vrai. Nous avons fait un bébé ensemble. Elle est enceinte de plusieurs mois.

– Et si je puis me permettre, comment est-ce arrivé ?

– Ah, voilà la question, répondit Thordur en essayant de se rappeler tout ce qu'il était censé dire. Je passais à proximité de la ferme de Geirseyri où j'ai fait une halte et c'est Gudrun qui m'a accueilli… Ensuite, de fil en aiguille… Permettez-moi de vous dire que cette chère Gudrun est une brave femme, une très brave femme.

– Et tu as couché avec elle, c'est cela ?

– Hélas, hélas.

– Oui ou non ?

– Oui, je l'ai fait. Nous avons passé un moment ensemble, un moment d'une grande douceur pour tout vous dire. C'était une bien belle journée.

– Et maintenant Gudrun porte ton enfant et, si j'ai bien compris, vous n'êtes pas mariés ?

– En effet.

– C'est une atteinte à la décence, fit observer le bailli. Tu en as conscience. Un crime passible d'une amende.

– Oui, je sais.

– Et tu reconnais que tu es coupable ?

– Hélas, c'est la deuxième fois que cela m'arrive, vous deviez le savoir, sauf votre respect et le respect que je porte à votre éminente charge.

– Il y a des témoins ? demanda Olafur.

– Non, aucun.

– Donc il n'y a personne pour confirmer votre… votre rapprochement ?

– Non, nous étions seuls à la ferme quand c'est arrivé.

– Et ça ne s'est produit qu'une seule fois ?

– Oui, une seule fois.

– Est-ce que toi et Gudrun comptez remédier à la situation ?

– La situation, comment ça, si je puis me permettre ? C'est que je dois vous dire que je n'entends plus très bien.

– Est-ce que vous comptez vous marier ?

– Non, nous n'avons pas abordé la question, répondit Thordur, abasourdi.

– Et pourquoi donc ?

– Non, non, non. Nous n'en avons pas parlé et ça n'arrivera pas.

Olafur regarda le morceau de requin suspendu à la poutre. Thordur l'avait presque totalement mangé et il ne mentait pas sur sa qualité. Ce requin faisandé fondait sous la langue.

– J'ai cru entendre qu'il y a peu, tu t'es acheté des vêtements chez le marchand, reprit-il. Je vois que tu as là de belles bottes. Et tu ne manques pas d'eau-de-vie. Et cette pipe, elle est neuve, n'est-ce pas ?

– Je suis sorti en mer sur les barques des frères de Hænuvik, répondit Thordur, conformément à la vérité.

– Ils font bonne pêche. On m'a dit que l'huile de foie de requin coulait à flots par chez eux.

– Oui, ce sont d'excellents pêcheurs et ils n'acceptent pas n'importe qui dans leurs équipages, répondit fièrement Thordur.

– Tu as là une belle blague à tabac, reprit Olafur en sortant sa pipe de sa poche.

– Je vous en prie, servez-vous, répondit Thordur en attrapant la blague. Il la tendit au bailli et cracha dans un coin quelque chose qu'il avait dans la bouche.

Olafur entreprit de bourrer sa pipe. Il regarda dans le coin de la pièce, regarda le morceau de requin grisâtre suspendu au-dessus du lit avec quelques poissons mis à faisander. Il devait aussi y avoir quelque part un cadavre de macareux moine. Il regarda Thordur et sa barbe clairsemée en se demandant comment diable il était possible que Gudrun Valdadottir, pour laquelle il n'avait pourtant pas grande considération, ait permis à cet homme de coucher avec elle.

– Qu'est-ce qui est écrit là ? demanda-t-il en rendant la blague à Thordur. Elle est marquée à ton nom ?

Le fermier regarda le bailli comme s'il n'avait pas bien entendu.

– Ce ne sont pas tes initiales qui sont gravées là, n'est-ce pas ? souligna Olafur.

– Non, répondit Thordur, soulagé de le voir aborder un autre sujet que ses relations avec Gudrun. C'est ce brave Sigurdur de Geirseyri qui m'a donné ça.

25

Deux jours plus tard, visiblement en mission officielle, le bailli arriva à cheval devant la ferme de Geirseyri. Il était presque midi et la seule personne présente dans la cour pour l'accueillir était le jeune Jon qui rapportait de l'eau puisée dans le ruisseau à proximité. Le gamin se débarrassa des deux seaux pour tenir le cheval du représentant de la loi tandis que ce dernier posait pied à terre. Olafur se redressa et lui tapota la tête en demandant à qui il avait l'honneur. Jon se présenta. Le bailli voulut ensuite savoir si son père était à la maison, mais Sigurdur s'était absenté avec ses ouvriers. Les seules personnes présentes au logis étaient Gudrun, deux servantes, Jon lui-même et son frère Thorarinn.

– Mon petit, veux-tu bien dire à Gudrun qu'Olafur, le bailli de Hagi, souhaiterait s'entretenir avec elle ?

Jon obéit aussitôt, il récupéra les seaux, les déposa dans la cuisine et alla voir la gouvernante, occupée à ses travaux d'aiguille, pour lui transmettre le message. Gudrun ne s'alarma pas le moins du monde et pria Jon de le faire entrer. Elle ne se leva même pas pour accueillir le fonctionnaire. Il l'avait déjà réprimandée pour sa légèreté de mœurs lorsqu'elle avait eu un enfant hors mariage avec Einar. Elle avait été retenue prisonnière à Hagi et s'était acquittée de l'amende à laquelle le bailli l'avait condamnée en travaillant comme simple fille de ferme au domaine. Une seconde infraction à la loi édictée par le Jugement suprême était également passible d'une amende, mais désormais elle avait les moyens de la payer.

– Bonjour, Gudrun, déclara Olafur d'une voix douce en entrant dans la pièce. Il ôta son chapeau et attrapa la sacoche qu'il portait à l'épaule. Qu'est-ce que tu fais ?

– C'est le gilet de Jon, le petit qui vous a conduit ici, je le reprise au niveau des coudes.

– Je pourrais peut-être m'asseoir ? demanda le bailli en balayant les lieux du regard. Pour être clair, je viens ici en mission officielle et je crains fort que tu ne soupçonnes ce qui m'amène. Sauf si tu nies avoir commis un péché de chair avec Thordur de Kot.

– Oui, je vous en prie, asseyez-vous, répondit Gudrun sans même lever les yeux de son ouvrage en lui indiquant la couche face à elle. Olafur s'installa au bord du lit même s'il n'y était pas à son aise. Je reconnais mon crime, poursuivit Gudrun comme s'il n'y avait rien de plus naturel et comme si cet aveu relevait d'une simple formalité.

Le bailli sourit. Il ne discernait pas la moindre trace de regret ou de pénitence dans les paroles de la coupable.

– Eh bien, dans ce cas, l'affaire est réglée. Qui est le père de l'enfant ? Je dois l'entendre de ta bouche.

– Le père, c'est Thordur de Kot.

– Très bien, c'est ce qu'il dit aussi, répondit Olafur en prenant sa sacoche. Il en sortit quelques papiers qu'il posa sur le lit et la referma.

– Vous l'avez donc interrogé ? demanda Gudrun en levant les yeux.

– Oui, c'est ce que j'ai fait.

– D'accord.

– J'ai ici tes aveux concernant ton crime précédent, déclara le bailli. Commis avec Einar Sigurdsson, le fils de Sigurdur de Geirseyri. Il me suffit de modifier le nom et d'écrire Thordur à la place d'Einar, n'est-ce pas ? demanda-t-il en lui tendant les documents. Tu es capable de lire ces papiers, je suppose ?

Gudrun s'arrêta de repriser le gilet, regarda le bailli puis les documents, les prit et lut le compte rendu de ses anciens péchés en se demandant ce qu'Olafur cherchait en les lui montrant.

– Faites comme vous voulez, répondit-elle en les lui rendant, peu m'importe.

– Parfait. Peu t'importe. Tu me confirmes que ce procès-verbal sur tes relations avec Einar est authentique et conforme à la vérité ?

– Oui, je vous le confirme.

– Parfait. Einar, le fils de Sigurdur de Geirseyri, est le véritable père de ton fils.

– En effet.

– Dans ce cas, l'affaire est close, se félicita le bailli. Si je puis me permettre, où est cet enfant ?

– Avec son grand-père… puis-je savoir pourquoi vous m'interrogez à nouveau sur cette affaire ? Pourquoi me montrer ces documents ? Je croyais que c'était du passé. J'ai purgé ma peine. Je reconnais que l'enfant que je porte est celui de Thordur de Kot. Ce sont deux infractions indépendantes qui n'ont aucun lien entre elles.

– Indépendantes, oui et non. Le crime est le même. Tout comme l'entêtement à le commettre. L'administration tient à ce que tout soit en règle. Tu peux t'attendre à devoir t'acquitter d'une amende. Je suppose que, cette fois, tu n'auras pas besoin de venir travailler chez moi à Hagi pour la payer.

– Donc, l'affaire est close ? demanda Gudrun.

– Disons que certaines choses aiguisent ma curiosité, répondit Olafur. Apparemment, Thordur de Kot connaît une très subite prospérité. Tu sais pourquoi ?

– Je n'en ai aucune idée.

– Je vois, en tout cas il semble être un bien meilleur parti, maintenant que votre mariage s'apprête à être célébré.

– Notre mariage ? s'étonna Gudrun.

– Il dit que vous en avez parlé.

– Ah, vous voulez dire… oui, nous verrons.

– Il dit qu'il t'a fait sa demande.

– Je n'ai rien fait pour aller dans ce sens.

– Mais il t'a bien demandé ta main ?
– S'il le dit, je suppose que oui.
– Donc tu le reconnais ?
– Oui, je suppose.
– Grand merci pour ces réponses !

Olafur se leva et reprit sa sacoche sur son épaule.

– Je t'informerai ultérieurement du montant de ton amende, conclut-il.

– Au revoir, répondit Gudrun sans lever les yeux du gilet qu'elle reprisait.

Sur le point de sortir, Olafur se tourna vers elle comme s'il avait oublié de mentionner un détail insignifiant.

– Thordur est très content de son cadeau, annonça-t-il. Il m'a demandé de saluer Sigurdur très chaleureusement.

Gudrun se contenta de hocher la tête en disant qu'elle transmettrait au maître de maison, et le bailli prit congé.

Gudrun avait passé la journée à se faire du mauvais sang après la visite d'Olafur. Sigurdur rentra à la ferme dans la soirée. Elle lui relata la conversation, soulignant qu'Olafur s'était montré étrangement courtois et qu'il lui avait posé des questions auxquelles elle n'avait pas su répondre. Par exemple, cette histoire de demande en mariage l'avait interloquée. Il n'avait jamais été question d'épousailles et elle n'avait pas su comment réagir aux propos du bailli.

– Il était tellement mielleux, dit-elle, morte d'inquiétude. Tellement poli. Je suis certaine que ce salaud prépare quelque chose.

– Je crois que tu te fais du souci pour rien, tenta de la rassurer Sigurdur.

– Il m'a posé des questions sur ma relation avec Einar. Pourquoi donc ?

– Il faisait juste son travail de fonctionnaire, n'est-ce pas ? Il était soûl ?

– Non, il n'avait pas bu. Quel est ce cadeau que tu lui as offert ? demanda Gudrun.

– Un cadeau ? À qui ?

– À Thordur. Tu lui as offert quelque chose. Qu'est-ce que c'est, Sigurdur ? Qu'est-ce que tu lui as donné ?

26

Chaque jour, la manière dont l'horloge avait été assemblée apparaissait plus clairement à Jon. Il comprenait de mieux en mieux le fonctionnement et l'articulation de ses différents éléments. La façon dont le mouvement des aiguilles engendrait d'autres mouvements à l'intérieur de l'édifice, lesquels se propageaient jusqu'aux clochettes jouant le psaume et au coq qui chantait au sommet. Par exemple, il avait maintenant saisi comment le déplacement des Rois mages et celui, très lent, des figurines qui représentaient les Âges de l'Homme et le cadran qui affichait les jours de l'année fonctionnaient de concert pour constituer l'harmonieuse symphonie de l'exacte mesure du temps. Et plus il perçait les mystères de l'œuvre, plus le travail d'Habrecht suscitait son admiration. Le fait que l'horloge soit en outre âgée de deux cents ans venait encore ajouter à sa magnificence et au mérite de son concepteur.

La nuit était tombée, le silence régnait au palais de Christiansborg. Jon avait terminé sa journée et s'apprêtait à rentrer chez lui. Quelque chose le retenait toutefois auprès de l'horloge. De vieux souvenirs avaient refait surface. Une ancienne mélancolie dont il ne s'était jamais vraiment débarrassé. Depuis qu'il avait entrepris de raconter au roi Christian les événements survenus dans le Breidafjördur au milieu du siècle, il retournait en pensée sur les terres de sa jeunesse lorsqu'il était seul, et particulièrement en ce moment.

Cela arrivait souvent lorsqu'il se retrouvait devant les pièces de l'horloge par une soirée silencieuse comme celle-là et, même si le temps avait passé, il sentait encore les larmes lui monter aux yeux quand il pensait à son père, à Gudrun, mais également à son bienfaiteur, le poète Eggert Olafsson, et au sort funeste qui l'attendait quinze ans après les événements qu'il relatait au monarque. Eggert, cet homme qui avait tant voulu œuvrer pour son pays et lui avait composé une ode. Béni sois-tu, sois béni. Qui aurait pu savoir que l'Islande entaillée de baies et de criques, comme il le disait dans son poème, allait lui préparer un tombeau dans les profondeurs du Breidafjördur ?

Jon avait un jour reçu une lettre de son frère Thorarinn qui l'avait informé de cet événement tragique, il l'avait gardée avec lui et il lui arrivait de la sortir pour la relire. Chaque fois, une immense tristesse l'envahissait, aussi profonde que celle qu'il avait ressentie en recevant cette missive qu'il connaissait désormais par cœur.

Geirseyri, au mois de juin
de l'an de grâce 1768

Mon frère bien-aimé, qu'à jamais la paix de notre Seigneur t'accompagne.

Sont ici advenus des événements qui resteront longtemps gravés dans nos mémoires et il m'échoit la lourde tâche de te les faire savoir. Nous connaissons tous la haute estime dans laquelle tu tenais Eggert et nul n'ignore qu'il fut ton bienfaiteur lorsque tu résolus de quitter l'Islande pour aller étudier. Chacun est abasourdi dans nos campagnes après l'affreux accident survenu dans le Breidafjördur, et qui a coûté la vie à Eggert, à sa femme chérie et à ceux qui les accompagnaient. La nouvelle s'est répandue comme une traînée de poudre dans la région, et à vrai dire dans tout le pays.

Nous gardons encore un souvenir précieux du mariage d'Eggert et d'Ingibjörg, l'automne dernier à Saudlauksdalur, où les jeunes mariés nous ont reçus et ont donné une fête si joyeuse et si délicieuse que c'était grand plaisir d'y venir pour assister au spectacle de leur félicité. Ils ont passé l'hiver chez le pasteur et sa femme, Eggert avait choisi de s'installer à Hofsstadir dans le canton de Miklaholtshreppur, il y est parti en emportant l'ensemble de ses effets à la fin du mois de mai. Il avait choisi pour le transport le plus fiable des hommes, Gissur Palsson, patron de pêche à Keflavik, aux commandes de la plus grande et plus solide barque à huit rames qu'il a pu trouver ici. Le groupe s'est d'abord rendu à Saurbær où Björn de Saudlauksdalur a donné un très bel office religieux pour la fête de la Sainte-Trinité en terminant par un poème de circonstance qu'il avait lui-même composé. Ensuite, le couple est allé à Keflavik où tous leurs effets, un chargement conséquent évalué à environ six cents riksdales, les attendait sur la barque à huit rames. D'après certains, le poids de cette cargaison est peut-être à l'origine de la catastrophe. Il y avait là des manuscrits islandais, des livres rares et des objets anciens rangés dans d'imposantes malles sur lesquelles on avait entassé de gros ballots de laine destinés à être transportés sur l'autre rive du fjord.

Une seconde barque accompagnait la première, avec Jon Arason pour capitaine. Ils se sont accordé une halte à Skor avant de traverser le Breidafjördur. Un grand vent s'est alors levé, aussi violent qu'il peut l'être ici au printemps. Mais Eggert n'a rien voulu savoir quand on lui a annoncé qu'il fallait retarder le départ et les deux barques ont quitté Skor. Jon Arason s'est vite réfugié à terre quand le temps s'est déchaîné. On ignore ce que sont devenus Eggert et tous les autres qui ont disparu dans le noir de la tempête. Seules les vagues sont en mesure de conter cette tragédie.

Outre les membres d'équipage se sont noyés avec Eggert sa femme Ingibjörg Gudmundsdottir, 34 ans, Ofeigur Vernhardsson, étudiant, 24 ans, et Valgerdur Jonsdottir, 18 ans.

Mon frère bien-aimé, nous sommes plongés dans une si profonde affliction que les mots sont impuissants. On peut dire à juste titre que la mer nous a privés de la plus belle fleur du pays, notre lumière et notre espoir, notre joie.

À jamais ton frère aimant,
Thorarinn

Une immense douleur avait accablé Jon Sivertsen la première fois qu'il avait lu cette missive. Longtemps, il avait rêvé de son bienfaiteur, debout sur le rivage, regardant le Breidafjördur tout hérissé de vagues et décidait de le traverser en dépit des voix qui l'enjoignaient à y renoncer. On eût dit que rien ne pouvait retenir cet homme. Comme s'il était invincible, le poing levé face au destin. Jon connaissait d'autres histoires de gens qui avaient refusé d'écouter ceux qui les avaient mis en garde face aux éléments, mais ces derniers avaient poursuivi leur route, ignorant les voix de la raison, et on ne les avait jamais retrouvés. On disait d'eux qu'ils étaient voués à une mort certaine et qu'aucun pouvoir humain n'aurait pu les sauver. C'était là une piètre consolation pour ceux qui les avaient perdus et qui pensaient peut-être n'avoir pas agi assez vigoureusement pour les arrêter.

Cela aussi, c'était le lot quotidien de Jon l'Islandais.

27

Perdu dans ses pensées, Jon n'avait pas entendu la jeune femme entrer à pas de loup dans la salle des collections et se diriger vers l'endroit où il travaillait. Silencieuse, elle ne le dérangea pas et regarda l'horloge ou plutôt les divers éléments qui la constituaient, éparpillés autour du vieil artisan. Elle l'observa un moment : ses épaules tombantes, son air fatigué, son tablier sur le ventre, son esprit à des lieues du palais de Christiansborg.

– C'est qui ? La Sainte Vierge ? demanda-t-elle d'une voix forte en désignant le chef-d'œuvre.

Brutalement arraché à sa solitude, Jon sursauta et poussa un cri en entendant la voix de la jeune femme, puis il se reprit.

– Je n'avais pas remarqué votre présence, dit-il.

– Toutes mes excuses, je ne voulais pas t'effrayer, je suis à la recherche de mon père. Sais-tu où il est ? demanda la jeune femme avec un sourire.

– Votre père ? Je crains de ne pas le connaître. Hélas, il n'y a ici personne d'autre que moi.

– Il me semble que tu le connais quand même, répondit la jeune femme d'un ton résolu, c'est le roi Christian VII.

– Ah bon ? C'est… ? Vous voulez dire que… ?

– Il n'est pas passé te voir ?

– Je vous prie de m'excuser… vous êtes donc… vous êtes…

– Louise Augusta. On m'a dit que mon père passait de longues heures avec toi devant cette horloge.

– Veuillez m'excusez, Votre Altesse, je… je ne vous avais pas reconnue, bredouilla Jon en se maudissant.

N'ayant jamais vu la princesse, il ignorait à quoi elle ressemblait. Il avait pensé qu'il s'agissait d'une noble dame richement vêtue. Les mains gantées, elle portait une belle robe et une ceinture de soie rose, sa jolie chevelure était ornée d'un élégant voile sous lequel scintillaient des boucles d'oreilles serties de diamants.

– En effet, poursuivit l'horloger, Sa Majesté m'a plusieurs fois fait l'honneur de sa visite et elle fait montre d'un grand intérêt dont je me réjouis pour l'horloge que voici.

La princesse regarda l'œuvre d'Habrecht.

– Elle n'est pas cassée ? demanda-t-elle.

– Elle est très endommagée, Votre Altesse.

– Mon père dit qu'elle ne fonctionnera plus jamais. D'après lui, tu perds ton temps.

– Je… nous verrons bien, répondit Jon, blessé d'apprendre que le souverain n'avait aucune foi dans le travail qu'il avait entrepris et, par conséquent, aucune foi en lui. Je ne vous dirai pas que c'est chose aisée de remettre en état une pièce d'horlogerie aussi ancienne et complexe, mais je fais de mon mieux.

– Oui, dit Louise Augusta comme si la question l'indifférait. Une horloge est une horloge, n'est-ce pas ?

Jon Sivertsen aurait voulu lui dire que toutes les horloges ne se valaient pas, loin de là, et que la merveille conçue par Habrecht le prouvait de manière éclatante. Il se contenta cependant de répéter qu'il ignorait où était le père de la princesse et s'inclina devant elle, craignant d'avoir oublié de le faire lorsqu'elle s'était présentée à lui.

– Peux-tu lui dire que je le cherche ? demanda Louise Augusta.

– S'il vient ici, je n'y manquerai pas, Votre Altesse, répondit Jon.

Il examina avec un peu plus d'attention la fille du roi maintenant qu'il s'était remis des émotions que lui avait occasionnées cette visite inattendue. On disait le couple formé par Louise et le duc Frédéric d'Augustenborg fort mal assorti. Secret et timide, d'une nature plutôt maussade, l'époux affectionnait peu les réjouissances et passait son temps plongé dans les livres. Joviale et spontanée, la princesse savait en revanche jouir de la vie, elle était le cœur et l'âme de tout ce qui avait trait aux distractions à la cour. Cela lui avait valu rien moins que le surnom de Vénus du Danemark. Le bruit courait qu'elle prenait des amants pour se distraire de son mariage ennuyeux avec le duc à qui on l'avait donnée, à en croire la rumeur, pour renforcer le pouvoir du roi et éviter qu'elle n'épouse un membre honni de la famille royale de Suède. Jon avait également entendu dire qu'elle s'entendait très bien avec son frère, le prince-héritier Frédéric, qu'elle le soutenait dans tout ce qui concernait les affaires du royaume et que c'était grâce à elle que son père avait été maintenu au pouvoir, du moins sur le papier.

– Mon père m'a dit que tu viens d'Islande, reprit Louise Augusta en agitant l'éventail qu'elle tenait dans sa main gantée.

– En effet, Votre Altesse.

– Il y fait affreusement froid, n'est-ce pas ?

– Oui, Altesse, il fait très froid en Islande à la mauvaise saison. Il y a là-bas de grands glaciers, c'est le royaume de l'hiver.

– Et en été aussi, à ce qu'on m'a dit.

– En effet, les étés peuvent être froids eux aussi, surtout comparés à ceux de votre opulent Danemark… madame… je veux dire, Majesté… pardon, je voulais dire, Votre Altesse.

Jon Sivertsen finissait par se perdre dans les titres. Louise Augusta éclata de rire, comme si cet horloger islandais l'amusait. Elle frôla de son éventail la joue de l'artisan, tourna les talons et se dirigea vers la porte. L'artisan la suivit du regard, elle s'arrêta, déplia à nouveau son éventail et fit demi-tour.

– Mon père m'a dit que tu lui avais beaucoup parlé de l'Islande, reprit-elle avec un sourire poli quand elle l'eut rejoint. De ta famille. Des repris de justice, si j'ai bien compris. Des infortunés qui avaient enfreint les lois.

– En effet, mais ce n'est pas à mon initiative que je lui ai raconté tout cela, Altesse, c'est lui qui m'a demandé de lui parler des miens, en Islande, et de cette région du Breidafjördur, complètement à l'ouest de l'île.

– Des histoires d'inceste, de paternité usurpée et de relations hors mariage.

– Non, on ne peut pas réellement parler d'inceste, Votre Altesse, mais en effet d'usurpation de paternité et de relations hors mariage, il s'agissait plutôt de ce genre de choses.

– Ce sont des pratiques fréquentes en Islande ?

Jon ne savait pas vraiment comment répondre à la question de la fille du roi.

– La population est très peu nombreuse et, d'après pas mal de gens, les corpus de lois ne sont pas assez souples et donc, oui, on peut dire que les relations hors mariage sont assez répandues.

– Et on tue les enfants ainsi engendrés ? demanda Louise Augusta.

– Dans certains cas, ces relations coupables débouchent sur cette solution extrême, en effet, reconnut Jon.

– Mon père t'a-t-il interrogé avec insistance à ce propos ?

– Non, pas vraiment, répondit Jon, déconcerté par la rafale de questions que lui posait la princesse. Votre père a manifesté de l'intérêt pour bien d'autres sujets. La vie chez moi, dans l'ouest de l'Islande, et les personnages impliqués dans cette histoire, ajouta-t-il.

– Comme par exemple ?

– Eh bien, la pêche au requin, Altesse.

– Voilà qui est bien. Tu devrais peut-être t'en tenir à ce genre de sujets. Je ne suis pas certaine que cela soit bon pour mon père d'entendre le récit de relations extra-conjugales, déclara Louise Augusta. Il est très influençable et parfois imprévisible, tout dépend de la manière dont on lui présente les choses. Tu sembles être parvenu à le captiver d'une manière qui l'attire irrésistiblement vers toi et cette horloge. J'espère que tu ne profiteras pas de la bienveillance dont il fait preuve à ton égard.

– Je ne vois pas comment je pourrais en profiter, respectée princesse, répondit Jon en toute honnêteté en se rappelant la conversation similaire qu'il avait eue avec le chambellan. Il semblait que la cour s'inquiétait de plus en plus des visites régulières du souverain dans la salle des collections.

– Parfait, nous tenons par-dessus tout à lui épargner les émotions fortes. Il a tendance à s'enthousiasmer à l'excès, ce qui le conduit ensuite à sombrer dans une profonde mélancolie comme cela s'est produit l'autre jour. Ce que je te dis là est confidentiel. Nous ne voudrions pas en arriver à lui interdire de venir te voir ici.

– Bien sûr, répondit Jon.

Sur quoi, la princesse tourna les talons et quitta les collections, abandonnant Jon à son désarroi. Il s'affaissa sur sa chaise, espérant qu'il n'avait pas commis d'impair. Il lui semblait cependant qu'il avait fait preuve de la plus grande politesse et qu'il avait répondu aux questions de la princesse avec sérieux. Il comprit tout à coup, à son grand désespoir, qu'il avait apparemment semé la panique parmi les proches du roi. Oh, comme il regrettait d'avoir parlé au monarque de son père et de Gudrun Valdadottir ! Si seulement il avait pu se retenir, cela lui aurait évité d'avoir à mentionner le bailli Olafur de Hagi, le poète Eggert Olafsson, Thordur de Kot, les frères de Hænuvik, le pasteur de Saudlauksdalur et sa femme, les marins français et les pauvres enfants morts qu'on allongeait sur les portes pour en faire l'autopsie.

Ah, mon bavardage me perdra, pensa Jon, inquiet, regrettant d'être entré dans cette salle où l'on gardait les objets ayant appartenu aux anciens rois ou ayant été conçus par des maîtres-horlogers qui avaient sombré dans l'oubli.

Il scruta les éléments du chef-d'œuvre qu'avait jadis manipulé Habrecht. Une fois encore, il pensa à son cher poète et à son affreux destin. Il pensa au temps en imaginant qu'il détenait un certain pouvoir sur le phénomène. Que tes rêves soient lumière, murmura-t-il en attrapant un des rouages dentelés. Il le scruta et le fit tourner entre ses doigts dans le sens inverse des aiguilles d'une montre en se disant que ce serait tellement merveilleux de pouvoir réassembler cette horloge de manière à ce que ses aiguilles le ramènent jusqu'à ce jour funeste. Il pourrait alors dissuader son ami de quitter le mouillage de Skor, il lui dirait d'attendre et de laisser le temps accomplir son œuvre. Il lui dirait de patienter jusqu'au lendemain, jusqu'à ce que le vent déchaîné se calme, pour pouvoir traverser le fjord, en voguant vers de nouvelles victoires et de nouvelles réussites, dans l'amour et la paix du Seigneur.

28

Le bailli Olafur fit prévenir Thordur de Kot qu'il était convoqué par les autorités à Hagi pour être interrogé sur ses relations hors mariage avec Gudrun Valdadottir. Le fonctionnaire l'informait par ailleurs qu'il prendrait une décision quant aux suites à donner à cette affaire après l'avoir entendu. Thordur se demanda comment interpréter cette précision et n'eut pas le temps de vérifier si Gudrun était elle aussi convoquée. Le régisseur du domaine de Hagi, l'homme venu le chercher chez lui, lui répondit qu'il l'ignorait et qu'il savait seulement qu'il devait le suivre sur-le-champ.

Comprenant qu'il était inutile de renâcler, Thordur sortit seller sa vieille rosse, le seul cheval qu'il possédait. Pendant ce temps, le régisseur l'attendait dans la maison et, à son retour, le fermier constata qu'il avait mangé une bonne partie de son requin faisandé.

Ils atteignirent le domaine de Hagi à la nuit. Le bailli les accueillit dans la cour, les pans de sa chemise sortis sur le pantalon de son uniforme. Il faisait chaud, une douce brise soufflait du Breidafjördur. Le fonctionnaire salua sèchement Thordur et ordonna à son régisseur de l'emmener à la bergerie où il attendrait d'être interrogé. Thordur tenta de protester, mais Olafur agita la main : le régisseur prit le fermier de Kot par le bras pour le conduire dans la bergerie basse de plafond, à quelques encâblures de la maison du fonctionnaire.

Il faisait sombre, Thordur mit quelques instants à s'habituer à l'obscurité. Il distingua bientôt deux ou trois brebis, des selles, des harnais, des outils et un pauvre homme qui dormait, allongé par terre. Le régisseur lui asséna un coup de pied qui le réveilla, c'était Hrolfur, un vagabond arrêté pour mendicité. Il lança un regard agacé aux deux hommes qui venaient d'entrer avant de se redresser pour s'adosser à une des parois en bois de la bergerie et demanda si on allait lui donner quelque chose à manger.

Thordur le reconnut immédiatement. Aux dernières nouvelles, Hrolfur avait travaillé dans des fermes du Talknafjördur. Le fermier de Kot avait entendu dire qu'il avait écumé tout le rivage de Raudisandur, jusqu'à l'île de Flatey et celles de Svefneyjar où il avait dormi dans les fermes, causant des problèmes à leurs habitants. Cet homme misérable et décharné, originaire du Kroksfjördur, et qui n'avait nulle part où aller, avait été arrêté sur ordre du bailli. Sa femme et ses deux enfants avaient été emportés par une épidémie, il avait renoncé à exploiter sa ferme, s'était fait journalier et vagabond, mendiant sa pitance et quémandant le gîte.

– Tu es bien Thordur de Kot ? demanda-t-il lorsque le régisseur eut quitté les lieux. Pourquoi t'ont-ils amené ici ?

– En toute honnêteté, ils ne m'ont donné aucune explication, répondit Thordur.

– Eh, moi non plus, j'ignore ce que le bailli peut bien vouloir à un homme comme moi, un pauvre gueux de rien du tout. Tu as du tabac ? demanda Hrolfur.

– Tout s'est passé si vite, je n'ai rien emporté d'autre que les vêtements que j'ai sur le dos.

– Je meurs de faim. La dernière fois que j'ai mangé quelque chose, c'était une petite noix de beurre chez des gens des îles de Svefneyjar, observa Hrolfur. Ils t'ont donné à manger ?

– Je viens d'arriver, répondit Thordur. Il y a longtemps que tu es ici ?

– Depuis avant-hier. Personne ne s'est occupé de moi. Je les ai suppliés de me donner un tout petit peu de bouillie de farine de seigle, avec quelques grains, et peut-être un morceau du poisson faisandé que j'ai aperçu à la cuisine, mais la maîtresse de maison est arrivée et m'a ordonné de déguerpir, elle m'a fait emmener… elle a exigé qu'on me conduise ici en disant que je ne méritais pas d'être dans une maison.

Voyant que Thordur gardait le silence, rongé par l'inquiétude, le mendiant changea de sujet.

– Alors, quelles nouvelles de toi et de Gudrun ?

– De Gudrun et moi ?

– Oui, Gudrun Valdadottir.

– Comment ça, quelles nouvelles ?

– Elle porte ton enfant, n'est-ce pas ?

– Comment le sais-tu ?

– J'ai entendu parler de vous, de toi et de Gudrun. Partout où je suis allé, on m'a parlé de vous. C'est vrai ? C'est bien vrai, ce qu'on raconte ?

– Qu'est-ce qu'on dit ? Qu'est-ce qui se dit sur nous ?

– Eh bien, que vous êtes ensemble, répondit Hrolfur. Je crains… je crains fort que le couple que vous formez ne semble très curieux…

La porte de la bergerie s'ouvrit. Olafur entra avec son régisseur et deux de ses ouvriers. Toujours vêtu d'une tenue peu digne de son statut de bailli, il ordonna à Hrolfur de se lever. Le vagabond se mit péniblement debout et demanda si on allait lui donner à manger. Olafur lui répondit de se taire. Il lui donna ensuite lecture des délits qu'on lui reprochait et semblaient conformes à la réalité puisqu'il avait avoué avoir commis quelques larcins et être un simple vagabond. Puis Olafur lui annonça la sentence et le châtiment auquel il le condamnait. Hrolfur recevrait sur-le-champ vingt coups de fouet sur son dos dénudé.

Le tribunal se résumait à cette simple bergerie. Les brebis étaient les témoins silencieux du procès qui s'y déroulait. Hrolfur demanda grâce au nom du Seigneur, de son Fils et du Saint-Esprit, il promit de s'amender, jurant que plus jamais il ne s'abaisserait à mendier sa nourriture à des gens qui n'avaient eux-mêmes pas grand-chose à se mettre sous la dent.

Olafur refusa d'écouter ses supplications, il saisit la cravache accrochée à un mur, la tendit à un de ses ouvriers en lui ordonnant d'exécuter la sentence. Hrolfur fut alors emmené, on lui ôta sa chemise toute trouée, deux hommes le maintenaient immobile contre une paroi en bois de la bergerie tandis que le bourreau faisait pleuvoir les coups sur son dos. Le condamné hurla dès le premier, ses cris résonnèrent dans le fjord jusqu'à la fin du supplice. Il maudissait le bailli et ses hommes, qui crurent l'entendre murmurer des anathèmes après que s'était abattu sur lui le dernier coup. Étouffe-toi donc, démon, ou des imprécations de ce genre.

Pâle et tellement décharné qu'on lui voyait les côtes, son dos lacéré ruisselait de sang. On le remit debout. Olafur alla le voir et lui demanda ce qu'il avait marmonné pendant qu'il recevait les coups de fouet, il osait espérer qu'il ne lui avait pas jeté un sort. Hrolfur ne répondit pas. On le laissa là, épuisé. Des femmes qui avaient entendu ses hurlements arrivèrent et l'emmenèrent pour panser ses blessures. L'attitude du bailli montrait à quel point il désapprouvait leur entreprise, mais il les laissa faire.

Thordur de Kot observa le spectacle en retrait. Puis, l'air grave, Olafur lui fit signe de le suivre dans la maison. Il lui indiqua une chaise face à la sienne dans son cabinet et remarqua qu'il avait sur sa chemise blanche une tache de sang qui devait être celui du vagabond. Il balaya ce détail d'un revers de main, mais Thordur la fixa en se disant que ce n'était sans doute pas par hasard que le mendiant avait subi son châtiment au moment même où il était arrivé au domaine de Hagi.

29

Olafur toussota et marmonna quelques mots à peine audibles, maudissant les mendiants et les vagabonds, puis sortit des papiers, une plume, un encrier et son sceau de bailli qu'il disposa soigneusement sur la table de travail avec la solennité du fonctionnaire. Thordur se contentait de le regarder. Si le représentant de la loi avait eu l'intention de l'effrayer en usant de tout ce cérémonial et en appliquant sous ses yeux le châtiment auquel il avait condamné le vagabond, il avait vraiment atteint son but.

– Je tiens d'abord à t'informer, Thordur, que tout faux témoignage devant la respectable institution que je représente est sévèrement puni, commença le bailli. Je te conseille d'y réfléchir avec soin avant de t'écarter du chemin de la vérité pendant l'interrogatoire qui va suivre. Il va sans dire qu'un tel choix aurait pour toi de sérieuses conséquences. Tu as bien compris ?

Thordur hocha la tête.

– Commençons par cette blague à tabac, reprit Olafur. Est-ce que tu l'as sur toi ?

– Hélas, je n'ai eu le temps de rien emporter, votre régisseur m'a dit…

– D'accord, je vais te demander de me donner des réponses brèves, interrompit le bailli d'un ton acerbe. D'après toi, pourquoi Sigurdur t'a-t-il offert cette blague ?

– Il m'a dit que je pouvais la garder, répondit Thordur. C'est lui qui peut répondre à votre question…

– Pour quelle raison Sigurdur est-il venu te voir ?

– Il était allé à Saudlauksdalur, chez Björn, et il a fait une halte chez moi, mais ce n'était qu'une visite brève.

– De quoi avez-vous parlé ?

– De choses et d'autres, de tout et de rien, si je me souviens bien.

– T'a-t-il parlé de sa gouvernante, Gudrun Valdadottir ?

– C'est bien possible, répondit Thordur en pensant au chemin de la vérité et en s'efforçant de ne pas fixer la tache de sang sur la chemise blanche du bailli.

– Qu'est-ce qu'il t'en a dit ?

– Qu'elle était très courageuse, si j'ai bonne mémoire.

– T'a-t-il posé des questions sur vos relations ?

– Nous avons sûrement abordé le sujet.

– Et que lui as-tu répondu ?

– Eh bien, la même chose qu'à vous, qu'elle était enceinte de mes œuvres.

– Et cette réponse est conforme à la vérité ?

– C'est notre vérité, répondit Thordur.

– Et qu'en est-il de votre mariage ?

– Comment ça, notre mariage, si vous me permettez ?

– Elle affirme que c'est prévu et que tu lui as demandé sa main. Tu me dis au contraire que ce mariage n'aura pas lieu. Où est donc la vérité ? L'un de vous ment aux autorités.

Thordur ne savait pas quoi répondre. Le bailli semblait avoir trouvé une faille dans leurs témoignages. Thordur savait qu'il n'avait jamais été question entre eux de mariage, mais il semblait que Gudrun ait affirmé le contraire.

– Si je… en y réfléchissant, reprit-il, il n'est pas impossible que nous ayons abordé le sujet, mais dans ce cas… je l'ai oublié.

– Oublié une demande en mariage ?

– Je suppose que ce n'est pas la première fois que cela arrive.

– Je me permets d'en douter, mais tu comprends le problème auquel je suis confronté. Gudrun et toi n'êtes pas d'accord sur un point important et on se demande fatalement ce qu'il faut en penser.

– C'est peut-être un malentendu de la part de Gudrun, suggéra Thordur.

– Laissons cela de côté pour l'instant, répondit le bailli en ouvrant un tiroir de son bureau pour en sortir le gant de mer de Thordur qu'il posa sur la table.

– Est-ce que tu reconnais ce gant ?

Subitement effrayé, Thordur s'efforça de n'en rien laisser paraître.

– Il me semble que oui.

– J'ai demandé à mon régisseur de fouiller un peu chez toi et il y a trouvé cet objet, caché sous le matelas. C'est une cachette des plus banales, mais toi aussi, tu es un homme des plus banals, n'est-ce pas ?

– Vous allez me le confisquer ? s'alarma Thordur, les yeux rivés sur le gant, comprenant que le régisseur ne s'était pas contenté de se régaler avec son requin faisandé, mais qu'il avait aussi cherché dans sa maison les preuves d'un mensonge et d'une tromperie.

– Tu ne crois pas que le moment est venu de m'avouer toute la vérité dans cette affaire ? éluda le bailli.

– J'ai gagné cet argent à la sueur de mon front, répondit Thordur. C'est l'argent de mes campagnes de pêche que j'ai économisé durant des années.

Olafur gardait le silence. Il se pencha vers lui pardessus son bureau et le fixa un long moment. De plus en plus inquiet, le fermier de Kot regarda tour à tour le gant et le bailli tandis qu'il repensait aux visites de Sigurdur et de Gudrun et à tout ce que le représentant de la loi venait de lui dire sur la demande en mariage et la blague à tabac. Il revoyait le vagabond immobile contre la barrière en bois dans la bergerie. Il revoyait la cravache qui s'abattait sur son dos. Son regard s'arrêta sur le sang dont la chemise du bailli était maculée.

– Thordur, je t'ai prévenu qu'il valait mieux t'abstenir de raconter des sornettes à l'institution que je représente, déclara Olafur. Je te pose à nouveau la question. Le moment n'est-il pas venu de m'avouer toute la vérité ? D'où provient cet argent ? Pourquoi Sigurdur t'a-t-il offert cette blague à tabac ?

– Par gentillesse, répondit Thordur, d'un ton tellement hésitant que son affirmation sonnait plutôt comme une question.

– Est-ce également Sigurdur qui t'a donné cet argent ?

Thordur se taisait.

– Est-ce Sigurdur ?

Thordur fit un hochement de tête infime que le bailli perçut à peine.

– T'ai-je vu hocher la tête ? demanda-t-il.

Le fermier de Kot fit à nouveau le même mouvement presque imperceptible en guise de confirmation.

– Pour quelle raison Sigurdur t'a-t-il donné une somme pareille ? insista le bailli en secouant le gant de mer. Quel service lui as-tu rendu en échange de tout cet argent ? Peux-tu me répondre, Thordur ? Est-ce que tu peux me répondre ?

Le fermier gardait le silence.

– Était-ce pour que tu déclares être le père de cet enfant ? Est-ce en échange de cette déclaration qu'il t'a donné cet argent ?

Une fois encore, Thordur hocha la tête si discrètement que le bailli n'en était pas sûr.

– Enfin, parle ! Dis ce que tu as à dire et cesse de te comporter de cette manière ridicule ! hurla-t-il sur l'ermite de Kot en se dressant sur sa chaise.

Thordur sursauta, effrayé par la violence du représentant de la loi.

– Oui, répondit-il à voix basse.

– Oui, quoi ? hurla le bailli.

– Il m'a payé pour mentir, murmura Thordur. Il m'a demandé de dire que j'étais le père de son enfant. De l'enfant qu'il va avoir avec Gudrun. Il m'a demandé de lui rendre ce service et m'a payé au nom de Dieu. Je n'ai jamais voulu enfreindre la loi. Cela n'a jamais été mon intention, plaida l'ermite de Kot, les larmes aux yeux.

– Maudit maroufle, grogna Olafur en se rasseyant sur sa chaise.

30

Après la visite de la princesse Louise Augusta, on ne laissa plus l'horloger en paix. Le régisseur des collections vint importuner Jon Sivertsen en lui demandant si son travail avançait et s'il en avait encore pour longtemps. Le moment n'était-il pas venu de faire diligence ? Dans l'impossibilité d'apporter des réponses précises, Jon expliqua qu'il avait désormais récupéré les éléments les plus importants du chef-d'œuvre et qu'il entrevoyait de plus en plus clairement le rôle de certaines pièces. D'autres, plus complexes, lui posaient problème, et la compréhension de leur fonctionnement nécessitait du temps. Il envisageait même de prendre conseil auprès d'un astronome et de consulter les cartes du ciel à la bibliothèque royale pour mieux appréhender le grand cadran qui affichait les jours de l'année et les phases de la lune : il avait du mal à relier l'astre de la nuit aux autres mécanismes de manière à ce que ces derniers reproduisent son mouvement à la perfection. Lorsqu'il eut fait état de tous ces problèmes, le régisseur lui promit de voir s'il pouvait trouver quelques astrologues attachés à la cour.

Dérogeant à son habitude, le fonctionnaire s'attarda devant l'horloge, il interrogea longuement l'Islandais sur son fonctionnement et ses mécanismes puis changea de conversation. Il croyait savoir que le souverain passait son temps auprès de Jon et de cette machinerie, surtout le soir. Le régisseur voulait connaître la teneur de leurs conversations, mais répugnait à interroger directement l'artisan comme une vulgaire commère. Tournant autour du pot, il comprit assez vite que ledit Jon Sivertsen n'avait pas l'intention d'alimenter rumeurs et ragots.

– Tu sais qu'il n'a pas toute sa tête et depuis bien longtemps, avança prudemment le fonctionnaire.

Jon convint qu'il en avait en effet entendu parler.

– Est-ce qu'il t'a giflé ? demanda le régisseur. C'est une habitude chez lui. Il le fait sans crier gare.

Certes, Christian VII avait donné un soufflet à Jon, mais l'Islandais refusait de s'engager dans cette voie, il souhaitait juste mettre un terme à cette conversation et reprendre son travail. Cela lui déplaisait de parler du roi de pareille manière. Mais le régisseur s'entêtait, il faisait tout pour l'amener à raconter des anecdotes sur le monarque et sur la manière dont ce dernier se comportait en sa compagnie. N'ayant rien à reprocher à son souverain, Jon n'avait à en dire que du bien.

– Lui arrive-t-il de faire des cabrioles ici ?

– Des cabrioles ? s'étonna Jon. Non, jamais.

Le régisseur aborda ensuite le problème des sautes d'humeur de Sa Majesté dans une tentative qui visait à tirer les vers du nez de l'Islandais, disant que le roi semblait parfois euphorique, débordant de joie et d'entrain, mais qu'à d'autres moments il s'enfermait dans le silence, sombrait dans la mélancolie et quittait à peine son lit. Le fonctionnaire continua sur cette lancée, sans mesurer combien Jon désapprouvait sa médisance. Selon lui, le roi était victime d'hallucinations, il avait couché dans sa jeunesse avec des hommes et des femmes, et bien souvent, particulièrement au début de son règne, des membres de la cour l'avaient surpris… le régisseur se pencha vers Jon et mit sa main devant sa bouche… en train de s'adonner au plaisir solitaire, un comportement qui n'avait pas été sans poser de graves problèmes à l'époque.

– Oui, je voudrais bien me remettre au travail, déclara Jon pour mettre fin à la discussion.

Comprenant que cette conversation ne le menait nulle part et qu'il ne tirerait rien de l'artisan, le fonctionnaire lui demanda de garder pour lui tout ce qu'il lui avait dit et prit congé d'un ton sec, ajoutant qu'il tenterait de lui trouver un astrologue.

Peu après son départ, le roi était arrivé, il s'était s'installé dans son fauteuil, avait demandé à Jon s'il avançait dans son travail et l'avait prié de continuer à lui raconter les événements advenus un demi-siècle plus tôt dans l'ouest de l'Islande. C'est alors que l'artisan lui avait parlé du pauvre vagabond affamé que le bailli avait fait fouetter pour larcins et mendicité, puis de l'interrogatoire de Thordur qui, en larmes, avait reconnu s'être rendu coupable d'usurpation de paternité.

Le roi l'avait écouté en silence, l'air grave et pensif. Jon s'était demandé s'il devait poursuivre ou si le souverain en avait assez entendu comme ça. La seconde hypothèse avait paru se vérifier, le roi s'était levé en disant qu'il devait aller se réunir avec ses conseillers. Il semblait toutefois hésitant, comme tracassé, il s'était attardé devant l'horloge, le visage rembruni, puis avait toussoté.

– Je me souviens des coups de fouet, avait-il murmuré.

Jon n'était pas sûr d'avoir bien entendu.

– Mon père croyait beaucoup à la vertu des châtiments corporels, avait repris le souverain en regardant l'horloge. Pour les moindres broutilles. Il suffisait que je fasse une petite erreur sur les offenseurs et les offensés dans le Notre-Père pour qu'il me fasse donner cinq coups de fouet. Il faisait venir les servantes des cuisines et les palefreniers pour les mettre en garde, mais surtout pour que mon humiliation soit…

Le roi avait caressé la statuette de la Vierge du bout des doigts.

– Puis il demandait à son intendant de baisser la culotte du petit prince et lui ordonnait de m'asséner les coups de fouet. Et veille à ce qu'il lui entaille les chairs, disait-il.

Jon n'osait rien répondre, se contentant de baisser la tête. C'était la première fois que le souverain évoquait devant lui le souvenir douloureux des mauvais traitements que lui avait infligés son père. Il s'était demandé s'il n'était pas allé trop loin dans la description du supplice qu'avait subi Hrolfur. Le roi n'avait pas tardé à changer de conversation et lui avait demandé si sa fille, Louise Augusta, lui avait rendu visite récemment. Jon Sivertsen avait acquiescé et le souverain l'avait interrogé sur le motif de sa visite. L'artisan avait répondu qu'après s'être intéressée à l'horloge d'Habrecht, elle lui avait ensuite posé des questions sur les histoires islandaises qu'il racontait à Sa Majesté, son père.

– Pourquoi donc ? avait demandé Christian VII.

L'horloger s'était trouvé dans l'embarras. Il se souvenait que Son Altesse, la princesse Louise Augusta, lui avait dit, ou plus précisément, ordonné, de ne pas trop aborder avec son père les conséquences délétères des amours dissolues des Islandais, mais de se concentrer sur des thèmes tels que la pêche au requin et ce genre de choses. L'artisan ne voulait pas jouer les délateurs entre le roi et sa fille.

– Je l'ignore, Sire, avait répondu Jon, préférant taire la conversation déplaisante qu'il avait eue avec la princesse.

– Tsss, avait soufflé le roi avant de quitter la salle des collections, pensif, sans lui dire au revoir ni le remercier pour ses histoires, dérogeant à son habituelle courtoisie.

Deux jours avaient passé sans que les représentants de la royauté ou les astrologues rendent visite à l'horloger qui reçut en revanche celle du principal conseiller du dauphin Frédéric, lequel prendrait les rênes du royaume après son père, ce qu'il avait du reste déjà fait de manière officieuse. Jeune, svelte et distingué, le conseiller avait à peu près l'âge du prince et représentait la génération montante au palais. C'était un homme intelligent et cultivé, exempt de l'arrogance qu'affichaient certains nobles de la cour envers les petites gens comme Jon. Il avait renoncé aux fanfreluches et falbalas tels que les perruques, la poudre de riz, et ne se rehaussait pas le teint en se colorant les joues de rouge contrairement à la plupart des gentilshommes âgés qui ne pouvaient pas imaginer s'en passer.

Il s'intéressa au mécanisme de l'horloge et posa un certain nombre de questions sur des détails qui piquaient sa curiosité avant d'en venir au véritable motif de sa visite, semblable à celui qui avait conduit Louise Augusta à rendre visite à l'artisan. Pourquoi donc le roi vient-il vous voir si souvent ici ? Jon s'efforça de répondre avec application, comprenant que la cour puisse s'inquiéter pour le souverain. Il expliqua que Sa Majesté s'était prise de passion pour la vieille horloge d'Isaac Habrecht et qu'elle désirait assister à la progression du travail de restauration, en outre, elle semblait beaucoup apprécier que Jon lui parle des lieux où il avait passé ses jeunes années, complètement à l'ouest de l'Islande.

L'horloger s'abstint de faire état des liens qu'il entretenait avec ces récits ou avec leur matière, considérant que cela ne concernait personne en dehors de lui et du souverain lui-même.

– De quoi lui parles-tu ? s'enquit le jeune conseiller, refusant de laisser l'artisan se tirer d'affaire à si bon compte.

– Des gens que j'ai connus là-bas, de mes parents, de ma famille, de mes amis, des petites gens et des personnages importants de la région.

– J'ai cru comprendre que tu lui relates également en détail de vieilles affaires judiciaires.

– Il nous arrive certes d'aborder le sujet, reconnut Jon.

– Des histoires d'enfants mis au monde en secret, de paternité usurpée et de lois destinées à les réprimer.

– En effet. Ce corpus de lois porte en Islande le nom de Jugement suprême, votre grâce.

– Oui, répondit le conseiller d'un ton réticent. Le roi Christian est un homme fragile et il semble que certaines des choses que tu lui racontes le plongent dans un état, comment dire, dans une grande agitation.

– Je ne vois pas ce que cela pourrait être.

– Non, d'ailleurs, ce n'est pas ton affaire. Je te prie de bien vouloir cesser d'aborder de tels sujets avec le roi. Je sais que Son Altesse, notre dauphin, t'en saura gré.

– Le dauphin ?

– Oui. Son Altesse, le prince Frédéric, est au courant de ces visites et c'est lui qui m'a prié de venir m'entretenir avec toi.

– Une grande agitation, qu'est-ce à dire ? s'inquiéta Jon.

– Je te le répète, ce n'est pas ton affaire, éluda le conseiller qui, malgré son jeune âge, avait déjà adopté le ton doux, bienveillant et patient de ceux qui exerçaient sa charge depuis longtemps.

– Je ne voudrais surtout pas lui attirer des ennuis, convint Jon en se rappelant l'instant où le monarque lui avait donné une gifle en hurlant et la mélancolie qui l'envahissait lorsqu'il pensait à ses années dorées.

– Très bien.

– Mais s'il m'interroge ? Que dois-je lui répondre ?

– Raconte-lui tout ce que tu veux, mais parle-lui le moins possible de relations hors mariage et de paternité usurpée.

– Je ferai de mon mieux, promit Jon Sivertsen en se demandant pourquoi le dauphin lui-même envoyait quelqu'un le sermonner et lui expliquer la manière dont il devait se comporter face au roi, son père.

Il n'avait pas imaginé que les visites du monarque dans la salle des collections éveilleraient la curiosité, et encore moins qu'elles puissent susciter chez ses enfants une inquiétude qui les conduirait à se mêler de leurs conversations. Pour l'heure, on ne leur interdisait pas de se voir, l'horloger espérait que c'était le signe que ces entrevues étaient plus bénéfiques à Sa Majesté qu'elles ne lui nuisaient. Christian passait parfois de longs moments à l'écouter avec attention et à lui poser une kyrielle de questions. D'autres fois, il se contentait d'une brève visite, par exemple, pour lui demander de plus amples explications concernant un détail auquel il avait réfléchi depuis leur dernière discussion. Il arrivait aussi qu'il passe tout le temps que durait sa visite à dormir. Parfois, il était d'humeur guillerette après être allé manger quelques restes dans les cuisines où il avait pris une bouteille de vin de Madère. À d'autres moments, triste et taciturne, il ne disait pas un mot et s'abstenait de toute remarque sur la manière dont l'artisan dépeignait le bailli, ne posait aucune question sur les marins français ni sur les frères de Hænuvik.

Jon avait maintenant compris que les enfants du roi Christian avaient eu vent d'une grande partie de leurs échanges et qu'ils se souciaient de la teneur de leurs conversations. Sans que Jon sache exactement comment, leur père semblait s'être comporté de telle manière qu'ils avaient jugé nécessaire de prier l'horloger de s'exprimer avec une plus grande prudence. Qu'aurait fait mon cher Eggert ? pensa Jon, ne sachant plus à quel saint se vouer. Eggert n'avait jamais eu aucun problème lorsqu'il avait parlé de l'Islande à son roi. Dans sa bouche, ces histoires s'étaient transformées en contes merveilleux qui mettaient en scène des héros invincibles, leurs amours grandioses et leurs destinées sublimes. Cela n'avait rien à voir avec les récits mélancoliques et inquiétants dépeignant le quotidien de simples fermiers confrontés à des conditions de vie difficiles dont il abreuvait son souverain, et qui semblaient avoir pour effet de lui rendre l'existence plus pesante.

Jon Sivertsen soupira et lissa son tablier. Il aurait mieux fait de ne jamais prononcer le nom de son père. Le récit des événements survenus dans l'ouest de l'Islande avait gravement perturbé le roi Christian VII. Cela avait plongé ses deux enfants dans un tel émoi qu'ils avaient voulu savoir ce qui se tramait exactement autour du chef-d'œuvre d'Habrecht. Je n'aurais sans doute jamais dû prononcer le nom de mon père, pensa à nouveau Jon en rentrant chez lui, inquiet et angoissé tout en comptant les pas qui le ramenaient vers son passé.

31

Soucieux de s'acquitter méticuleusement de sa tâche, Olafur recueillit auprès de Thordur un témoignage précis et circonstancié. Le fermier de Kot expliqua que Sigurdur était venu le voir, porteur de la requête inhabituelle consistant à endosser la paternité de l'enfant qu'il avait conçu avec Gudrun Valdadottir. Thordur s'était d'abord montré réticent, mais Sigurdur avait tellement insisté qu'il avait fini par céder et par accepter le paiement d'une importante somme d'argent en échange de ce service. Pendant l'interrogatoire, il apparut que Sigurdur avait affirmé ne pas être le père d'Einar, fils de la regrettée Helga Jonsdottir, contrairement à ce que tout le monde avait toujours pensé. En réalité, Sigurdur n'avait jamais entretenu avec Helga de relation coupable, mais il était certain que personne ne le croirait après toutes ces années, et surtout pas le très respectable bailli de Hagi. Sigurdur avait tenté de convaincre le véritable père d'Einar de reconnaître sa paternité, mais ce dernier l'avait éconduit et avait refusé de lui porter le moindre secours. Désemparé, Sigurdur était alors venu à Kot et Thordur n'avait pas eu le cœur de refuser ce service à son cher voisin, que le Seigneur Dieu tout-puissant lui pardonne ce manquement.

– Allons, mon brave, ce sont surtout les riksdales qu'il t'a offerts qui ont pesé dans la balance, observa Olafur. Il avait fait venir son secrétaire pour consigner la déposition de Thordur mot pour mot.

– C'est là mon point faible, reconnut volontiers Thordur. Je ne sais pas ce qui m'a pris, d'ailleurs, autant que je sache, les gens de ma famille n'ont jamais été bons gestionnaires. Loin de là, nous n'avons jamais connu que la détresse et l'indigence. Je ne dis pas cela pour me chercher des excuses. Mon geste est honteux. J'en ai tout à fait conscience. C'est une véritable honte. Je suppose que je devrais aussi me séparer de mes bottes ? s'inquiéta-t-il.

– Que veux-tu dire quand tu prétends que Sigurdur n'est pas le père d'Einar ? demanda Olafur. Qu'est-ce que c'est que ces sornettes ?

– Il me semble qu'il en est lui-même convaincu, répondit Thordur de Kot. Il m'a dit qu'il était allé voir le véritable père d'Einar, Gunnar Thorleifsson du Talknafjördur, mais que Gunnar avait catégoriquement refusé de reconnaître sa paternité après toutes ces années.

– Dérobades et faux-fuyants, grommela Olafur. Ces gens… ces gens sont capables de toutes les ruses. Tu dois bien t'en rendre compte. Ils ne reculent devant rien. Quant à elle, cette honte ambulante, elle se gonfle d'orgueil face à moi, elle fait la maligne devant les autorités, cette bonne femme, s'enflamma-t-il. Thordur supposait qu'il parlait de Gudrun Valdadottir. Elle n'est que morgue et mépris. Tu parles d'une femme respectable ! Ce n'est qu'une sale menteuse.

Thordur continua à confesser les crimes et les mensonges dont il s'était rendu coupable. Il raconta la visite que Gudrun lui avait rendue pour accorder leurs violons, et reconnut volontiers qu'ils avaient mis au point tout une combine. La fin justifiant les moyens, ils devaient s'arranger pour que l'usurpation de paternité soit parfaitement crédible, mais évidemment, armé de sa grande perspicacité, monsieur le bailli les avait démasqués et, désormais, le petit fermier était assis sur le banc des accusés et se demandait ce qui allait advenir de lui. Peut-être aurait-il droit au fouet.

– Tu as commis une imprudence en dépensant une partie de l'argent que contenait ce gant de mer, pauvre imbécile, répondit Olafur, impitoyable. Il vaut mieux que je te retienne prisonnier ici, à Hagi, le temps d'enquêter sur cette affaire. Ce n'est qu'ensuite que je déciderai du châtiment que tu mérites pour avoir participé à ce complot.

Le bailli se félicitait ouvertement d'avoir agi avec diligence et ce succès indéniable. Il rayonnait en lisant la déposition accusant les tourtereaux de Geirseyri qui se croyaient si clairement au-dessus des lois et des règles de la société. Tu parles de gens respectables, marmonna-t-il. Son secrétaire toussota, Olafur lui indiqua qu'il était inutile de prendre note de cette dernière observation.

Il raconta l'interrogatoire à Halldora dans la soirée, alors qu'ils étaient au lit. Sigurdur et Gudrun avaient commis de multiples crimes et délits. Le plus grave était que le fermier de Geirseyri avait couché avec la mère du fils d'Einar, son propre fils, et qu'il l'avait mise enceinte, ce qui était en soi passible de la peine de mort. Ils avaient également enfreint la loi en entretenant des relations hors mariage. Ils avaient en outre, dans un projet parfaitement prémédité, tenté d'abuser les autorités en demandant à Thordur d'endosser la paternité de leur enfant et en le rétribuant.

– Sigurdur possède un grand et beau troupeau à la ferme de Geirseyri, fit remarquer Halldora.

– En effet, convint Olafur.

– Ils diront qu'ils n'ont rien fait de mal, reprit Halldora. Ces gens ne reculeront devant rien puisqu'ils ont été capables de ça. De cette machination, de ces duperies. Ils ont pris grand soin de s'arranger pour te berner et empêcher que justice soit faite.

– Je ne te le fais pas dire, et encore, tu ne sais pas tout.

– Comment ça ?

– Thordur raconte que Sigurdur affirme ne pas être le père d'Einar, lui-même père du fils de Gudrun.

– Ah bon ?

– Oui, d'après Thordur, Sigurdur jure que son véritable père est un certain Gunnar.

– Évidemment, répondit Halldora. Bien sûr qu'il dit ça. N'est-ce pas un mensonge tout à fait fréquent en pareil cas ?

– Un misérable faux-fuyant, confirma Olafur qui sentait la main d'Halldora lui caresser les flancs sous la couette tant elle était heureuse de la tournure que prenait cette affaire.

Le bailli soupirait de satisfaction en pensant à ses récentes visites à la ferme de Geirseyri et au mousquet que Sigurdur avait refusé de lui céder. C'est vraiment un très bel objet, se dit-il, guilleret, en pensant qu'en fin de compte il finirait peut-être par atterrir dans son escarcelle.

– Tu as fait du bon travail, Oli, reprit Halldora. Le sang coule donc encore dans tes veines.

Olafur se sentit envahi d'un regain de pugnacité et, pour montrer à sa femme qu'elle ne devait sous-estimer ses capacités dans aucun domaine, il se tourna pour grimper sur elle, non sans difficulté.

– Tu es un peu trop empâté pour la bagatelle, n'est-ce pas ? se désola sa femme en le regardant se démener.

– Ah, tais-toi donc, souffla Olafur, renonçant à son entreprise. Il se tourna sur le côté et se mit à ronfler avant même qu'Halldora ait le temps de lui répondre.

32

Sigurdur franchit à nouveau le col de Lambeyrarhals pour aller voir Gunnar une seconde fois. Après leur discussion concernant la visite du bailli, Gudrun et lui craignaient le pire. Elle était persuadée qu'Olafur en savait plus qu'il ne laissait paraître et qu'il avait eu vent de sa visite chez Thordur, ce qui risquait de leur nuire. Elle le devinait à son attitude et à ses propos sur le cadeau. Tout cela avait éveillé leurs soupçons et Gudrun n'était pas tranquille. Sigurdur jugeait inutile de retourner chez Gunnar après le refus catégorique de ce dernier à sa requête, mais Gudrun l'avait encouragé à le faire en disant que c'était la seule solution envisageable si les choses s'envenimaient.

La visite d'Olafur l'avait terrifiée, elle n'arrivait pas à trouver le sommeil, obsédée par l'attitude du bailli. Elle se répétait dans sa tête ses propos, essayant de déceler l'erreur qu'ils avaient pu commettre. De ce qu'ils avaient bien pu dire au représentant de la loi et dont il ne manquerait pas de se servir s'il avait l'intention de les traduire en justice. N'était-ce pas d'ailleurs le but de sa visite ? Leur intenter un procès ? Elle disséquait ses paroles et parvenait toujours à la même conclusion. La blague à tabac et le mariage.

Elle avait senti Sigurdur bouger dans le lit.

– Tu dors ? avait-elle murmuré.

– Non. Toi non plus ? avait demandé Sigurdur en se tournant vers elle.

– Je réfléchis à cette visite. Je ne crois pas qu'il nous laissera tranquilles. Pourquoi est-il allé voir Thordur ? Quelle raison aurait-il de lui rendre visite ? Thordur n'est rien pour lui. Ce n'était sans doute pas une visite de courtoisie. Il en sait plus qu'il ne le dit. J'en suis sûre !

Allongés dans le lit, ils écoutaient les ronflements discrets de la maisonnée en discutant à voix basse. Sigurdur avait tenté de rassurer Gudrun en lui disant que Thordur pouvait parfaitement s'en être tenu à la version qu'ils avaient mise au point et qu'il était inutile de s'inquiéter d'avance. Pour sa part, elle était bien plus pessimiste. Les questions qu'Olafur lui avait posées sur Einar sonnaient encore à ses oreilles.

– Dans ce cas, pourquoi m'a-t-il parlé d'Einar ? avait-elle dit. Pourquoi m'a-t-il parlé comme si je m'apprêtais à épouser Thordur ? Parlé de sa prospérité ? En faisant de lourds sous-entendus. Il s'amuse. Je connais sa façon de penser. J'ai vécu chez lui, à Hagi. Je sais comment il agit. Je sais comment il se comporte quand il pense avoir la loi de son côté.

À nouveau, Sigurdur avait tenté de la raisonner, en vain.

– Nous aurions peut-être mieux fait d'être honnêtes dès le début, de dire que tu n'es pas le vrai père d'Einar, avait murmuré Gudrun. Peut-être qu'alors il nous aurait crus, désormais il n'y a aucune chance qu'il le fasse. Quoi qu'on puisse lui dire.

– Nous serions exactement dans la même situation, avait assuré Sigurdur. Il ne m'aurait jamais cru.

– Il faut que tu retournes voir Gunnar, avait repris Gudrun après un silence pesant. Si le bailli entreprend de donner des suites à cette affaire, c'est notre seul recours. Notre unique planche de salut, Sigurdur. Il faut que retournes lui parler pour le convaincre de reconnaître sa paternité. Je crois que nous n'avons pas d'autre solution. Nous pouvons régler le problème des mensonges et du jeu de dupes que nous avons mis au point avec Thordur, mais si les choses s'enveniment, cette histoire de paternité nous enverra à une mort certaine.

Conscient de la détresse et de l'effroi de Gudrun, Sigurdur l'avait prise dans ses bras en lui murmurant des paroles de réconfort. Il retournerait voir Gunnar qui ne manquerait pas de comprendre leur situation et sa responsabilité. Il s'était efforcé de la convaincre que cette situation inquiétante ne les conduirait pas forcément au désastre. Il irait plaider leur cause auprès de Gunnar qui irait ensuite tout expliquer au bailli. Si cela échouait, ils pourraient faire appel auprès d'autorités plus clémentes. Il lui avait parlé ainsi pendant un moment puis l'avait sentie qui s'endormait dans ses bras.

Sigurdur avançait rapidement vers le col de Lambeyrarhals. Plus il approchait de sa destination, plus il marchait vite, obsédé par les possibles conséquences de ses actes et par l'idée de réussir à convaincre Gunnar de se ranger à ses côtés.

Il trouva Gunnar chez lui, à Hvanneyri, occupé à réparer ses filets sur la plage en contrebas de sa ferme avec deux autres hommes. Sigurdur les salua et leur demanda des nouvelles, puis après une brève conversation pria Gunnar de l'accompagner un peu le long du rivage, car il avait quelque chose à lui dire. Gunnar se montra d'abord réticent, prétextant qu'il était occupé, mais finit par se laisser convaincre et, une fois assez loin pour que les deux autres hommes n'entendent pas leur discussion, Sigurdur se tourna vers lui : il devinait sans doute le motif de sa visite, il venait de nouveau le consulter concernant cette histoire de paternité et souhaitait savoir s'il pouvait l'amener à changer d'avis.

– Je me suis douté que tu allais faire une seconde tentative en te voyant arriver de ce pas résolu, répondit Gunnar.

– Le bailli s'en mêle, il ne nous laisse pas tranquilles, expliqua Sigurdur, ajoutant que les choses avaient pris mauvaise tournure depuis leur dernière entrevue. Gudrun et lui avaient toutes les raisons de croire que le représentant de la loi les soupçonnait de plusieurs délits, ils risquaient de vivre des heures pénibles qui pouvaient se conclure d'affreuse manière.

Gunnar l'écouta silencieusement, comme la première fois, mais sa réponse ne varia pas.

– Pourquoi viens-tu ici me parler de tes soucis ? Ces histoires ne me concernent pas. C'est toi-même qui t'es passé la corde au cou. Je ne te dois rien. Rien du tout.

– Ma chère Gudrun est embarquée dans le même navire que moi, je te demande de le faire, ne serait-ce que pour elle.

– Tu imagines peut-être que le bailli Olafur me croira même si je vais le voir ? N'est-il pas déjà trop tard ? N'est-ce pas là une excuse de plus pour vous dédouaner de vos manigances ? N'est-ce pas ainsi qu'il l'entendra ? Un mensonge de plus ? Je ne veux pas me mêler de tout cela. Vraiment pas. En outre, comme je te l'ai déjà dit : qu'est-ce que je sais de l'identité du véritable père d'Einar ?

– Gunnar…

– Je n'ai aucune honte de le dire, mais je vous ai haïs, interrompit Gunnar. Toi. Le père d'Helga. Ses oncles. Et je vous hais encore. Ma chère Helga n'a jamais eu son mot à dire, mais je sais de quoi elle rêvait et ce qu'elle désirait. On nous l'a volé. On nous l'a volé puis on m'a chassé en me traitant comme un moins que rien. Ces hommes me méprisaient, ces hommes qui se sont enrichis en vendant leur huile de foie de requin. Aujourd'hui me voilà devenu important. Je suis devenu à tes yeux un homme d'une grande valeur. Mais je ne peux rien pour toi. Je n'en ai pas envie. C'est toi qui t'es mis dans ce bourbier et c'est à toi seul de t'en tirer. Ce n'est pas mon affaire.

Sigurdur refusait d'abandonner.

– Et si je te rétribue ?

Gunnar le dévisagea.

– Je peux te payer grassement, précisa Sigurdur.

– On ne m'achète pas si facilement. Je ne veux rien recevoir de toi.

– Et Gudrun ? répéta Sigurdur. Elle ne t'a rien fait de mal. Elle ne t'a jamais causé le moindre tort. Elle subira le même sort que moi. Que fais-tu d'elle ?

Gunnar garda le silence.

– Tu le sais. Tu sais ce qui se passera. Que répondras-tu si le bailli t'interroge ? Que lui diras-tu ?

– Je ne peux rien changer à cette histoire. Il est beaucoup trop tard. Tu ferais mieux de partir. Tu n'as rien à faire ici, conclut Gunnar avant de retourner vers les hommes qui raccommodaient les filets.

33

Olafur se rendit au domaine de Geirseyri pour la deuxième fois en peu de temps. Sigurdur venait de rentrer du col de Lambeyrarhals, il était arrivé juste à temps pour pouvoir l'accueillir dans la cour de sa ferme. En voyant le bailli approcher à cheval, Gudrun et lui avaient aussitôt pris peur et s'étaient regardés, inquiets. L'un et l'autre savaient que les visites d'Olafur ne présageaient généralement rien de bon. Il était accompagné de son régisseur, l'homme qui avait emmené Thordur à Hagi.

– Bonjour, mon cher Sigurdur, salua Olafur en descendant de sa monture et en la caressant avant d'en venir au fait puisqu'il n'était pas venu faire une visite de courtoisie. Je dois absolument avoir une conversation avec Gudrun et toi. Séparément. Cela concerne Thordur de Kot…

– Vous voulez parler de la blague à tabac que je lui ai donnée ? demanda Sigurdur.

– Nous ferions mieux d'aller à l'intérieur, non ? suggéra le fonctionnaire. Je ne peux pas t'exposer la raison de ma venue ici, dans la cour de ta ferme.

– Oui, bien sûr, soyez le bienvenu, mais s'il s'agit de la blague à tabac, c'est une affaire des plus banales. J'ai cru comprendre que vous vous y intéressiez. Je l'ai oubliée chez Thordur et je n'ai pas pris la peine d'aller la chercher. Je me suis dit que rien ne pressait. Je finirai bien par le faire un jour. Et ça ne m'étonne pas qu'il ait dit qu'elle lui appartenait. C'est…

– Mon cher Sigurdur, répondit Olafur d'un ton agacé. Allons plutôt nous asseoir à l'intérieur, si ça ne te dérange pas.

Sigurdur hocha la tête. Il ne pensait pas pouvoir se débarrasser du bailli si facilement, mais décida tout de même d'essayer. Il accompagna les visiteurs dans la maison, Gudrun salua le fonctionnaire sans lui souhaiter la bienvenue. Sigurdur et elle échangèrent un regard. Il avait tout juste eu le temps de lui raconter qu'il rentrait bredouille de sa visite à Gunnar, elle lui avait répondu qu'elle ne comprenait pas comment cet homme pouvait leur refuser un service si évident. Sigurdur n'essayait pas de comprendre la façon de penser de Gunnar, il avait toutefois expliqué à sa gouvernante qu'il était vexé et en colère, spécialement contre lui et les frères de Hænuvik qui s'enrichissaient en faisant commerce de l'huile de foie de requin, et qu'il n'y avait pas moyen de le faire revenir sur sa décision.

Le bailli s'installa au même endroit qu'à sa précédente visite, puis demanda qu'on le laisse seul avec Sigurdur et chercha dans sa sacoche les notes qu'il avait préparées concernant les éléments qu'il souhaitait vérifier. Il toussota et regarda Sigurdur.

– Il m'a semblé comprendre, et je souhaiterais que tu m'en apportes confirmation ici et maintenant, que ton fils, Einar, a eu un enfant avec ta gouvernante, Gudrun Valdadottir, c'est bien ça ?

Sigurdur ne répondit pas immédiatement.

– Tu as besoin d'y réfléchir ? s'étonna Olafur.

– Non, répondit Sigurdur, mais je ne vois pas en quoi cela concerne l'administration.

– Je préférerais que tu répondes à mes questions, pour le reste c'est à moi d'en juger.

– Einar a un enfant avec Gudrun, en effet, convint Sigurdur.

– Et tu es au courant depuis le début ?

– Oui, en effet, répondit Sigurdur. La chose n'a jamais été secrète. Le petit est ici, à Geirseyri, avec sa mère.

– De qui est l'enfant que porte Gudrun en ce moment ?

– Vous m'avez déjà posé la question. À ma connaissance, Thordur de Kot a reconnu qu'il était le père.

– Ah oui, Thordur, répondit le bailli, en effet tu as déjà mentionné ce nom. Il s'avère que je l'ai interrogé à Hagi où il est en ce moment détenu, et il m'a raconté une histoire bien étrange. Nous l'avons consignée dans une déposition sous serment.

Il scruta longuement Sigurdur qui ne manifestait aucune réaction.

– Tu sais ce qu'est une usurpation de paternité, n'est-ce pas ? demanda le fonctionnaire.

Sigurdur ne savait pas quoi répondre.

– C'est un crime lourdement sanctionné, reprit Olafur. Thordur nous a avoué que tu étais allé le voir au sujet d'un problème qui vous concerne, Gudrun et toi. Cela te dit quelque chose ?

Sigurdur préférait en dire le moins possible.

– Il faudra bien que tu finisses par me répondre, Sigurdur, et le plus tôt sera le mieux. Thordur a fait un témoignage sous serment dans lequel il déclare que tu es venu le voir à Kot il y n'a pas longtemps pour lui demander d'endosser la paternité de l'enfant que porte Gudrun, le poussant ainsi à enfreindre la loi avec toi. Thordur affirme qu'il était très réticent, mais que tu lui as offert ta blague à tabac en lui promettant que tu lui donnerais bien plus que cela, puis qu'ensuite tu lui as rapporté son gant de mer rempli de riksdales. Est-ce que tu peux le confirmer ?

Sigurdur n'avoua pas plus qu'il ne nia. Tout cela était pourtant bien vrai. Thordur avait cédé et dévoilé toute la vérité. Il était le seul à être au courant de l'argent dans le gant de mer. Sigurdur ne voyait aucune raison de mettre en cause les propos du bailli. Le subterfuge qu'il avait mis au point avec Gudrun venait d'être découvert.

– Je ne suis pas le père d'Einar, déclara-t-il.

– Que dis-tu ? Je commence à devenir dur d'oreille.
– Einar n'est pas mon fils.
– Ah bon ?
– Non, et je l'avoue ici et maintenant.
– Qu'est-ce que c'est que ces sornettes ?
– J'avoue cette imposture. Cette usurpation de paternité. Je l'avoue de mon plein gré et j'avoue de mon plein gré avoir dissimulé la vérité, y compris à mon entourage. Ma regrettée Helga de Hænuvik, mon épouse défunte, a eu Einar avec un des ouvriers employés par son père et ses oncles. Cet homme s'appelle Gunnar et vit maintenant à Hvanneyri. Les trois frères de Hænuvik ont refusé qu'Helga épouse Gunnar. Il n'était pas assez bien à leurs yeux. Elle est donc venue me voir pour m'exposer son problème. J'ignore si elle l'a fait à la demande de son père et de ses oncles, mais ils ont accepté notre mariage. J'étais amoureux d'Helga, j'ai donc reconnu Einar et nous avons convolé en justes noces. Nous avons vécu heureux jusqu'à la mort d'Helga, j'ai élevé Einar comme mon propre fils sans jamais dire à personne qui était son vrai père. Même les deux autres fils que j'ai eus avec Helga ne connaissent pas cette histoire. Voilà la vérité, voilà toute la vérité de cette histoire.

Le bailli eut un sourire.

– Et pourquoi juges-tu nécessaire d'en parler maintenant ? demanda-t-il.

– Parce que je tiens à ce que tous les éléments de cette affaire soient clairs, répondit Sigurdur. Puisque vous avez décidé de diligenter une enquête sur ce qui s'est passé, il me semble évident qu'il faut vous dire toute la vérité. Pas seulement une partie, mais sa totalité. J'ai toujours eu à cœur de préserver avant tout la réputation d'Helga, mais il y a aujourd'hui d'autres priorités.

– Dis-moi, Sigurdur, est-ce que tu imagines que l'administration va croire pareilles balivernes ?

– C'est pourtant la stricte vérité.

– Je ne sais pas ce que je dois penser, Sigurdur, d'une telle impertinence. Oui, j'appelle ça de l'impertinence et de l'irrespect à l'égard de ma charge de bailli.

– Mon intention n'était pas de vous manquer de respect, répondit Sigurdur, mais seulement de vous informer de la vérité. Et cette affaire est le fruit d'une longue histoire.

– Je t'ai pris en flagrant délit de mensonge, rétorqua Olafur. Qui plus est, tu as échafaudé toute une machination destinée à dissimuler ta fourberie en impliquant Thordur de Kot, ta gouvernante et Dieu sait qui encore ! Tu ne penses pas que cela suffit ? Tu ne penses pas qu'il serait temps d'arrêter ? À moins que tu ne préfères t'entêter dans cette spirale de mensonges ? Tu as couché avec la mère de l'enfant de ton fils, tu l'as mise enceinte, et c'est une affaire extrêmement grave, je sais que tu en as parfaitement conscience. Si tu t'évertues à tenter de nous abuser en racontant des sornettes, c'est ta responsabilité.

Sigurdur s'apprêtant visiblement à protester, Olafur lui enjoignit d'attendre pour cela les témoignages formels sous serment et le pria de quitter la pièce. Sur ce, il demanda à son régisseur d'appeler Gudrun. Il l'informa que Sigurdur venait d'avouer ses crimes en l'accusant elle-même de relations hors mariage et de tentative de dissimulation de paternité. Puis il lui demanda si elle aussi reconnaissait sa culpabilité et si elle avait quelque chose à ajouter pour sa défense.

– Il savait que vous ne le croiriez jamais, répondit Gudrun après avoir confirmé sans équivoque les paroles de Sigurdur.

– Tu n'es plus aussi hautaine ! fit remarquer le bailli.

– Sigurdur n'est pas le père d'Einar. Je vous l'assure.

– Mensonges !

– Vous n'écoutez que vous, quoi que nous puissions dire. Il n'avait pas tort !

– Pas tort ?

– Vous n'êtes nullement en quête de la vérité. Vous n'auriez jamais cru Sigurdur s'il vous avait dit cela plus tôt. Il le savait. Voilà pourquoi les choses se sont passées ainsi.

– Ça vous ressemble bien de me faire porter le chapeau de vos crimes, rétorqua le bailli en riant.

Gudrun se leva.

– Vous avez obtenu ce que vous vouliez, lança-t-elle. Et maintenant ?

Le bailli referma sa sacoche sans se presser et tapota son pantalon pour en ôter la poussière.

– Maintenant ? Je vais faire consigner vos témoignages sous serment, convoquer les témoins et juger cette affaire, répondit-il. Tu resteras ici et tu n'en bougeras pas jusqu'au procès. J'emmène Sigurdur à Hagi où je le placerai en détention. J'espère pouvoir régler cette affaire avec diligence.

– Sigurdur n'est pas le père d'Einar. Nous n'avons rien fait de mal !

– Oui, oui, parfait, répondit le fonctionnaire, indifférent, en regardant le mousquet français. Ah, te voilà !

Il le prit, le glissa dans ses vêtements et, peu après, quitta la ferme avec son régisseur en emmenant Sigurdur qu'il avait mis aux fers.

34

Comme si Jon Sivertsen n'avait pas déjà reçu assez de têtes couronnées auprès de l'horloge d'Habrecht, le prince Frédéric, le dauphin en personne, vint également lui rendre visite. Il arriva en compagnie de son jeune conseiller et sans s'être fait annoncer, apparaissant subitement devant l'œuvre qu'il contempla un moment sans dire un mot. Désormais habitué, Jon ne savait pas vraiment quoi faire, il resta debout là, risquant quelques regards dérobés en direction du prince. Il distinguait dans ses traits l'expression fragile de son père même si les deux hommes étaient bien différents. L'héritier du trône semblait lymphatique, ou peut-être simplement blasé et terne, comme ceux qui ont toujours vécu dans le luxe et l'abondance, et qui ont perdu leur capacité à s'enthousiasmer.

– C'est donc cela ? s'étonna-t-il. Jon se demandait s'il s'adressait à lui ou à son conseiller. En réalité, ces paroles n'étaient destinées à personne et relevaient plutôt de la simple observation.

Le dauphin regarda son conseiller qui hocha la tête en guise de réponse, puis Jon d'un air légèrement méprisant en lui demandant s'il était à l'origine de ce désordre et qui lui avait donné la permission de venir ici. Jon s'inclina respectueusement et répondit que le père du prince, le roi Christian, l'avait autorisé à restaurer le chef-d'œuvre d'Isaac Habrecht, un maître-artisan suisse qui avait été, en son temps, le plus grand de sa profession, comme en témoignait l'horloge astronomique de la cathédrale de Strasbourg.

– Ah bon ? répondit le dauphin en regardant à nouveau l'objet en morceaux devant lui. Vous ne semblez pourtant pas beaucoup avancer.

– Le mécanisme est d'une grande complexité, Votre Altesse, plaida Jon. Et il manque des pièces, ce qui explique que le travail n'a progressé que lentement et difficilement. Je suis toutefois persuadé que je serai en mesure de l'achever de manière à ce que cette horloge retrouve sa splendeur passée.

Le prince regarda d'un air entendu son conseiller qui continuait à se taire. Il scruta l'horloge, la Sainte Vierge et les Rois mages qui avaient retrouvé leur place sur leurs rails, les clochettes que Jon était parvenu à restaurer et à faire à nouveau tinter, comme elles l'avaient fait deux cents ans plus tôt.

– Qu'est-ce qu'il vient faire ici ?

– Votre Altesse ?

– Peux-tu me dire ce que mon père vient chercher ici ? précisa le prince d'un ton peu amène.

La manière dont le dauphin avait posé la question plongea Jon dans l'embarras, elle était arrivée si soudainement, de la bouche de l'homme le plus puissant du royaume de Danemark. L'Islandais pouvait y répondre de plusieurs manières. Le monarque s'ennuyait dans son immense palais et, pour se distraire, il venait passer des moments avec l'artisan. Il se passionnait réellement pour l'horloge elle-même et pour son histoire. Il appréciait d'assister à sa restauration et s'y intéressait de plus en plus au fur et à mesure que le travail progressait, ce qui était du reste tout à fait vrai. En outre, Jon était peut-être la seule personne extérieure au palais avec laquelle le souverain avait le sentiment de pouvoir parler puisqu'il n'avait rien à voir avec toute cette ribambelle de comtes, ducs, généraux, courtisanes et princesses dont regorgeait la cour. En fin de compte, le roi n'avait jamais été plus heureux qu'en compagnie du petit peuple qu'il avait fréquenté pendant ses années dorées. On pouvait aussi ajouter que les histoires que Jon lui racontait, directement liées au prédécesseur du souverain, l'intéressaient de plus en plus : le roi Christian n'avait-il pas connu une jeunesse difficile et douloureuse sous la férule du très pieux et très autoritaire Frédéric V, son père ?

Toutes ces réponses se bousculant dans sa tête, il n'était pas étonnant que l'Islandais soit embarrassé. Il opta pour la plus simple, espérant pouvoir mettre un terme rapide à cette visite.

– Sa Majesté manifeste un grand intérêt pour l'horloge d'Habrecht et la progression de sa restauration, Votre Altesse.

– Ah oui, répondit le prince d'un ton peu convaincu, comme s'il n'avait pas l'intention de le laisser s'en tirer à si bon compte. Je dois dire que je ne comprends pas ce qui suscite un tel intérêt dans ce chaos. Ce n'est même pas une véritable horloge, ce n'est rien de plus qu'un entassement d'éléments disséminés de partout.

– Si je puis me permettre… commença Jon, aussitôt interrompu par le prince qui leva la main pour lui signifier qu'il refusait d'entendre un mot de plus.

– Je crois savoir que tu l'abreuves de tas de récits sur la région où tu as passé tes jeunes années, en Islande.

– Sa Majesté m'a interrogé sur mes origines, Votre Altesse, reconnut Jon.

– Non, je dirais plutôt que tu l'échauffes en lui parlant d'affaires judiciaires découlant de votre mode de vie dégoûtant, de votre duplicité et de vos fourberies. Et j'ai cru comprendre que les représentants du roi se voient vivement critiqués. Est-ce vrai ?

– Votre Altesse, répondit Jon en choisissant ses mots avec soin, c'est Sa Majesté le roi Christian en personne qui m'a demandé de lui raconter l'histoire de mon père, fermier dans un fjord à l'ouest de l'Islande, qui a eu de graves démêlés avec la justice à cause de ses amours. Je me suis efforcé de retracer les événements en toute honnêteté. J'espère n'avoir calomnié personne, ajouta-t-il en pensant au bailli Olafur, craignant de s'être laissé emporter par son récit en dépeignant le personnage.

– En effet, reprit le prince, irrité, c'est bien ce que j'avais compris, tu lui racontes l'histoire de vulgaires paysans qui déclarent tantôt être et tantôt ne pas être pères d'enfants conçus avec telle ou telle gouvernante ou fille de ferme, et qui essaient ensuite par toutes sortes de stratagèmes insensés d'abuser le bailli et d'échapper à leur châtiment.

– À l'époque, les relations hors mariage étaient très sévèrement réprimées, Votre Altesse. Grâce à Dieu, les choses se sont assouplies, je veux dire, les châtiments sont moins sévères.

– Et ton père en a fait les frais ?

– Oui, Votre Altesse, tout comme sa gouvernante, et si je puis me permettre, elle peut-être même plus encore que lui.

– Il semble que certains de ces récits aient perturbé l'équilibre de mon père, reprit le dauphin en regardant son conseiller qui n'avait toujours pas ouvert la bouche depuis leur arrivée. Quelle est donc l'expression qu'il répétait constamment, usurpation de paternité ?

Le conseiller hocha la tête.

– Mon père n'a vraiment pas besoin d'entendre pareilles idioties, reprit le prince.

– Votre Altesse, je suis navré de vous avoir occasionné des inquiétudes. Cela n'a jamais été mon intention, j'ai seulement voulu me plier à la volonté de Sa Majesté en lui relatant cette vieille affaire judiciaire. Je n'aurais jamais imaginé que cela puisse perturber l'équilibre de notre roi.

– J'ai donc décidé, répondit Frédéric comme s'il n'avait pas entendu un mot de la plaidoirie de Jon, que ta tâche ici est désormais terminée… quel que soit ton nom…

Le prince lui adressa un regard interrogateur.

– Jon Sivertsen, Votre Altesse.

– Parfait ! Ta présence en ces lieux n'est plus désirée. Tu peux rassembler ce qui t'appartient et rentrer chez toi. Tu es désormais interdit de séjour ici, sous peine de châtiment. J'ordonne également que toutes les conversations que tu as eues avec le roi soient placées sous le sceau du secret et, au cas où j'en aurais des échos hors de ces murs, je t'enverrais chercher et te ferais mettre aux fers. C'est compris ?

Abasourdi, Jon en oublia de répondre.

– Est-ce que c'est compris ? répéta le prince.

– Mais… Votre Altesse, ce n'est pas moi qui ai voulu raconter tout cela, plaida l'Islandais. Je voulais juste restaurer l'horloge d'Habrecht. C'est à la demande de Sa Majesté que je lui ai raconté ces histoires. Permettez-moi de vous dire humblement que tout cela n'a rien à voir avec la restauration de ce chef-d'œuvre.

– Je n'ai pas envie de batailler avec cet horloger, dit le prince à son conseiller, ne daignant même plus regarder l'artisan, tout cela n'apportera rien de bon.

– Mais…

Jon était de nouveau sur le point de protester. Le conseiller fit un pas en avant et lui fit signe d'agir avec précaution. Le prince continuait d'observer les élements de l'horloge, puis il regarda Jon et ses yeux s'arrêtèrent à la table sur laquelle étaient posés les bustes des anciens rois de Danemark. Il remarqua le torchon sale qui recouvrait l'un d'eux.

– Qu'est-ce que c'est que ça ? demanda-t-il en s'approchant du buste de son grand-père et en ôtant le torchon qu'il jeta par terre. Qui a fait ça ?

Il regarda Jon d'un air accusateur.

– Sa Majesté, le roi Christian, Votre Altesse, est venu ici un jour et… commença Jon.

– Mon père ? C'est son œuvre ?

– Il m'a confié qu'ils ne s'entendaient pas, Altesse.

– Comment ça ?

– Il n'a rien dit de plus.

– Ce vieux fou, grommela le dauphin de Danemark en lançant un regard furieux à son conseiller avant de tourner les talons pour quitter la salle des collections.

– Sais-tu où se trouve le roi ? demanda le conseiller.

– Pardonnez-moi, Excellence, où il se trouve ? répéta Jon, comme s'il n'était pas sûr d'avoir bien entendu tant la décision du prince le bouleversait.

– Nous avons fouillé tout le palais de Christiansborg pour lever tous les doutes, mais Sa Majesté n'y est pas, il semble que le roi ait disparu hier. Tu sais où il est ?

La question déconcertait Jon.

– Hélas, je crains fort qu'il ne soit pas venu ici depuis un certain temps, répondit-il.

– Tu ne l'as pas vu au cours des dernières vingt-quatre heures ?

– Non, Excellence, je ne l'ai pas vu. Vous pensez qu'il va bien ?

– Espérons, répondit le conseiller. Sa disparition n'a pas encore eu le temps de s'ébruiter et c'est mieux ainsi. J'espère que nous ne tarderons pas à le retrouver. Nous avons envoyé des hommes en ville à sa recherche. Il n'en est pas à sa première fugue. La dernière fois, il est rentré au palais de lui-même sans que personne ne remarque sa présence hors des murs du palais. Nous préférerions qu'il en soit ainsi également cette fois-ci.

– Est-ce que cela signifie que je peux continuer à travailler sur l'horloge d'Habrecht ? demanda Jon, inquiet du sort de son souverain, de son propre sort, mais surtout de la progression de la restauration.

– Non, ta tâche ici est terminée, répondit le conseiller d'un ton bienveillant, rentre chez toi.

35

Accroupie au pied d'un mur, Halldora aperçut un cheval qui approchait du domaine. Olafur et elle s'attendant à l'arrivée du nouveau bailli bientôt, elle supposa que c'était ce jeune et fringant cavalier dont elle admirait l'allure. Il est svelte, il se tient droit sur sa monture et c'est un bel homme, pensa-t-elle en se relevant et en lissant sa jupe, espérant qu'il ne l'avait pas vue uriner.

Elle s'avança dans la cour, le salua et lui demanda s'il était bien Davíd Scheving, celui qu'ils attendaient. Le jeune homme posa pied à terre et confirma timidement son identité, puis salua Halldora d'une poignée de main et scruta le paysage qu'offrait le Breidafjördur, fasciné par sa beauté sous le soleil estival. L'air était parfaitement immobile, il baissa les yeux vers la mer lisse comme un miroir, toute parsemée d'îles, de presqu'îles et d'écueils. Sur l'autre rive du vaste fjord, la chaîne de montagnes du cap de Snæfellsnes, les jolis cônes du volcan de Helgrindur et le glacier de Snæfellsjökull surgissaient des flots, rougeoyants dans le soleil du soir. Au loin, on entendait le bêlement des moutons, le chant des oiseaux des tourbières et les cris des mouettes. Des oies volaient audessus du fjord, si près de la surface qu'on eût dit qu'elles l'effleuraient du bout de leurs ailes. Davíd Scheving resta un moment debout à côté de son cheval, captivé par le spectacle qui s'offrait à lui. Quel endroit magnifique, pensa-t-il, enthousiaste, en remerciant la providence de l'avoir conduit jusque-là par cette belle soirée d'été.

Halldora lui demanda s'il était seul, il répondit que sa famille le rejoindrait d'ici peu. Il avait souhaité arriver en premier pour apprivoiser les lieux, se familiariser avec le fonctionnement du domaine de Hagi et se mettre au fait des affaires judiciaires en cours. Eh bien, lui répondit Halldora, tu ne manqueras pas d'occupation. Laisse-moi te dire que le domaine est florissant et que mon cher Olafur n'est pas resté les bras croisés les derniers mois de son office. Nous détenons ici depuis un certain temps un prisonnier qu'il a mis aux fers, un condamné à mort, Sigurdur de Geirseyri, un scélérat, tu en as sûrement entendu parler, quant à sa racaille de gouvernante, elle aussi condamnée à la même peine par notre bon bailli Olafur, elle est en détention à la ferme de Geirseyri. Vois-tu, ils sont coupables de monstrueuses relations hors mariage, et ils ont fomenté une diabolique machination. Ils ont tenté d'attribuer la paternité d'Einar, le fils de Sigurdur, à un certain Gunnar qui a catégoriquement nié. Le procès a eu lieu ici même, à Hagi, on a convoqué des témoins et ces deux criminels ont été condamnés. Le parlement de l'Althingi a déjà confirmé la sentence qui a été transmise sans délai à notre bien-aimé souverain le roi Frédéric V au palais de Christiansborg pour qu'il la signe à son tour, ensuite il ne restera plus qu'à l'exécuter, tâche qui échoira à notre nouveau bailli. Ce sera une affaire rondement menée, mon garçon, mais où ai-je donc la tête à bavarder comme ça, tu ne veux pas voir la maison ?, Olafur aurait voulu t'accueillir avec plus de panache, mais il est cloué au lit par la maladie, c'est à peine s'il a quitté sa couche ces derniers jours.

Davíd Scheving ne s'était pas attendu à ce que l'épouse du bailli lui dresse un rapport aussi précis, à peine arrivé dans la cour du domaine, dans la quiétude du soir, face à toute cette magnificence. Il se contenta de lui adresser un sourire et de la remercier, sans s'engager dans une discussion avec elle. Il avait eu vent de cette affaire, la dernière qu'avait traitée son prédécesseur, et il supposait qu'elle suivrait son cours même s'il répugnait à se charger des exécutions, comme il l'avait confié au gouverneur Magnus Gislason. Dès le début de ses études de droit, il avait considéré le Jugement suprême comme d'un autre temps et les châtiments qu'il préconisait lui semblaient aberrants, hélas il n'y avait pas grand-chose à faire tant que cette loi n'était pas abolie, et cela Scheving ne pouvait pas l'accomplir seul, ni dans ce domaine ni ailleurs.

Halldora le conduisit à Olafur qui, fiévreux, souffrant de douleurs dans la poitrine, reposait dans son lit qu'il n'avait pas quitté de la journée. Le bailli en titre était désolé de ne pouvoir accueillir plus convenablement son successeur, mais sa santé déclinait, il n'était plus très vaillant. Davíd lui dit de ne pas s'inquiéter et de s'employer à guérir au plus vite. Olafur expliqua qu'avec Halldora, ils avaient passé les dernières semaines à mettre en ordre les affaires administratives pour lui passer le relais, ils avaient également rangé leurs effets personnels dans de grandes malles et partiraient dès que sa santé le permettrait. La plupart des domestiques et des ouvriers resteraient au domaine, c'étaient de braves gens, et une partie du troupeau de moutons resterait sur place, de même bien sûr que toute la bibliothèque et les archives administratives.

Ils discutèrent ainsi de menus détails jusqu'à ce que, fatigué, Olafur déclare qu'il avait besoin de dormir. Il était tard, Davíd prit congé, sortit dans la cour et fit le tour de la maison, constatant qu'il devrait remettre en état un certain nombre de choses. Puis il se dirigea vers la bergerie et les hangars et vit qu'eux aussi nécessitaient des travaux de réfection. Il entendit une voix chantonner dans la bergerie, s'arrêta et tendit l'oreille. Quelqu'un chantait des couplets rimés, des *rimur*, il entra et vit un homme assis à côté d'une botte de foin, les mains attachées par des fers. Il présuma qu'il s'agissait de Sigurdur de Geirseyri, le condamné à mort du bailli.

– Qui est là ? demanda Sigurdur en le voyant hésiter à la porte.

– Je m'appelle Davíd. Je suppose que tu es Sigurdur.

– Oui, c'est mon nom mais, si je puis me permettre, qui êtes-vous ?

– Je viens prendre la succession d'Olafur, répondit Davíd Scheving. Je suis le nouveau bailli. On m'a dit que tu étais en détention ici. Est-ce que tu es bien traité ?

– Je n'ai pas à me plaindre. Cependant, j'aimerais bien qu'on m'enlève ces fers, ils me gênent. Le bailli et sa femme craignent que je ne m'enfuie à la première occasion, mais je n'en ai pas l'intention. Si je pouvais partir, je retournerais à Geirseyri auprès de ma chère Gudrun. Elle me manque affreusement.

– Ta gouvernante ?

– Vous connaissez donc notre histoire ?

– Je ne suis pas au courant des détails, répondit Davíd. Mais je vais m'y plonger maintenant que je prends mes fonctions et je te promets de l'examiner avec la plus grande ouverture d'esprit. Pour l'heure, le roi n'a pas confirmé ta peine, la sentence n'est donc pas encore irrévocable. Gudrun et toi devez attendre et voir ce qui adviendra.

– Olafur a déjà emmené mes brebis à Hagi, informa Sigurdur. Une trentaine de mes jolies agnelles m'ont suivi dans cette bergerie. Mais ce n'est pas tout ce que le bailli et sa femme m'ont pris, ils ont aussi confisqué mon argent et les plus beaux objets que je possédais à la ferme de Geirseyri. Ils ont juré notre perte, à ma chère Gudrun et moi. Nous n'avons pourtant rien fait, ils refusent de nous croire, ils sont aussi cupides qu'inflexibles. Ils ne sont que haine envers nous. Je ne vois pas comment appeler ça autrement. Ils détestent surtout ma chère Gudrun. Ils se sont entêtés à interpréter de la pire manière tout ce que nous avons tenté de faire pour échapper au châtiment. Ils n'ont pas écouté un mot…

– Oui, interrompit Davíd. Je t'interrogerai à nouveau dès que j'aurai consulté les documents. Je compte les examiner avec le plus grand soin, je le promets, ensuite nous en reparlerons.

– Je me sentais moins seul en compagnie de Thordur de Kot, reprit Sigurdur. Mais on l'a libéré, d'ailleurs, son seul crime était d'avoir porté secours à son voisin. Je crois qu'il s'en est tiré sans avoir à subir de châtiment. Le pauvre, il était tellement désolé d'avoir trahi sa promesse, effrayé par le bailli, mais ce n'est pas sa faute. Loin de là. Il avait menti pour moi et je l'avais payé pour le faire. Puis est arrivé ce qui devait arriver. Évidemment, l'argent que je lui avais donné a servi à payer la forte amende à laquelle le bailli l'a condamné. C'est ainsi.

– Oui, dit Davíd Scheving, je vais réfléchir à cette histoire de fers, mon brave, mais je ne pourrai t'en débarrasser que lorsque j'entrerai en fonction.

– Je serais heureux si vous pouviez transmettre mes meilleures salutations à ma Gudrun et à mes fils, reprit Sigurdur. En dehors de cela, je ne me plains pas. Je n'ai aucune raison de me plaindre.

– Tant mieux.

– Ici, j'ai tout mon temps pour réfléchir et, dans ma solitude, je pense beaucoup à ma regrettée Helga.

– Helga ?

– Elle avait prédit tout cela.

– Helga, c'est… ?

– Mon épouse qui a été emportée par une épidémie. Elle avait tenté de me dissuader d'endosser la paternité du fils qu'elle portait en disant que cela risquait de me nuire par la suite. Je ne sais pas comment elle pouvait voir si loin dans l'avenir, mais sa prédiction s'est réalisée.

Sigurdur leva les yeux vers Davíd en lui adressant un sourire, comme s'il ne comprenait pas la manière de penser de sa défunte femme.

– J'ignore comment elle pouvait voir si loin dans l'avenir.

Davíd prit congé. En quittant Sigurdur, il pensa à ses nouvelles fonctions au domaine de Hagi et à la sentence qui attendait encore d'être confirmée par le roi, il lui semblait qu'une ombre venait déjà ternir la magnificence du Breidafjördur.

36

Jon Sivertsen était sur le point de regagner le petit appartement qu'il occupait au-dessus de son atelier quand il entendit une voix appeler son nom. Il était tard, il marchait à grandes enjambées, plongé dans ses pensées. Il avait rassemblé toutes ses affaires dans un grand balluchon qu'il portait sur son dos puisqu'on venait de le remercier en lui disant que le roi se passerait désormais de sa présence, mais pire encore, on avait honteusement mis un terme à sa tâche au service d'Habrecht. La voix répéta deux ou trois fois son nom avant qu'il entende qu'on l'appelait pour lui parler. Bien que sorti de ses réflexions, il n'y prêta pas attention et pressa encore le pas, craignant la racaille qui traînait dans la rue. Une femme plantureuse sortit alors d'un coin sombre, l'attrapa par le bras et tenta de l'arrêter.

– Tu ne me reconnais donc pas ?

Jon l'examina tout en s'efforçant de se libérer puis comprit qu'en effet, il la connaissait, c'était la patronne d'un des bordels de la rue Holmensgade, Mme Dagmar Isaksen en personne.

– Toi ?! s'écria Jon. Qu'est-ce que tu viens faire ici ?

– Chut ! Ne fais pas de bruit, murmura Mme Isaksen en l'entraînant dans son sillage. Il m'a demandé d'aller te chercher. Tu dois m'accompagner.

– Qui ça ? De qui parles-tu ?

– Je l'ai remarqué qui errait seul dans les rues la nuit dernière et je l'ai aussitôt reconnu, il a tenu à m'accompagner chez moi, c'est là-bas qu'il est en ce moment. Il ne lui est rien arrivé de fâcheux, mais il voulait que j'aille te chercher. Ne me demande pas pourquoi.

– Il ? Tu veux dire…

– Sa Majesté le roi Christian est chez moi, il est plongé dans une grande mélancolie et veut te parler, coupa Mme Isaksen, agacée de voir que Jon mettait si longtemps à comprendre.

– Tout le monde le cherche au palais, le dauphin et ses conseillers…

– J'imagine, répondit Dagmar Isaksen, en entraînant Jon et en attrapant son balluchon. Il résista et protesta qu'il devait d'abord passer chez lui et qu'elle allait devoir l'attendre. Dagmar refusait de l'écouter, mais Jon ne céda pas, il alla en vitesse déposer ses outils dans son atelier qu'il referma soigneusement avant de courir rejoindre la messagère. Puis ils se rendirent ensemble dans la rue Holmensgade.

Sur le trajet, elle lui raconta ses pérégrinations avec le roi depuis l'instant où il s'était attablé devant un bock de bière à la taverne du Cerf, seul et désorienté, vêtu d'un grand manteau à capuche pour ne pas être reconnu. L'aubergiste et les clients commençaient toutefois à soupçonner son identité. Craignant de se faire remarquer, il avait quitté la taverne et était alors tombé sur Mme Isaksen qui l'avait immédiatement reconnu et s'était inclinée en une profonde révérence avant de se présenter. Le souverain se souvenait de son nom depuis l'époque où il avait écumé ces lieux en compagnie de son amour, Catherine à la Bottine. Dagmar Isaksen disait qu'elle avait bien connu Catherine. Un attroupement commençait à se former dans la rue, les gens les observaient et regardaient surtout le roi. Elle lui avait demandé si elle pouvait faire quelque chose pour lui, le souverain avait répondu qu'il souhaitait l'accompagner chez elle si ce n'était pas déplacé.

C'est là qu'il était depuis lors. Il lui avait beaucoup parlé de sa chère Catherine et de ses bottines, il s'était rappelé les années dorées qu'ils avaient passées à faire la fête dans ces rues. Mme Isaksen se souvenait bien de leur couple et de leur bande d'amis, il avait été heureux qu'elle lui dise du bien de son ancienne amie. Dagmar lui avait donné à manger puis il s'était mis au lit, il avait voulu qu'elle le rejoigne sous les draps et lui avait interdit d'informer le palais de sa présence chez elle.

Ensuite, il avait sombré dans un profond sommeil avant de se réveiller le soir, un peu plus joyeux et moins désorienté. Il s'était alors souvenu de son horloger et des histoires que ce dernier lui racontait, récits qui l'avaient conduit à réfléchir à des questions qui ne lui avaient pas effleuré l'esprit depuis des années. Il avait demandé à Mme Isaksen si elle pensait pouvoir trouver Jon et le lui amener. L'Islandais était sans doute plongé dans la restauration de sa chère horloge et elle pouvait peut-être lui transmettre un message. Tout avait fonctionné à merveille. À peine arrivée devant le palais, Dagmar avait vu Jon en sortir à grands pas et l'avait suivi jusqu'à ce qu'on ne puisse plus les voir depuis le château. Ils arrivaient maintenant rue Holmensgade.

Craignant que le monarque ne soit endormi, ils gravirent à pas de loup l'escalier qui montait à la chambre de Mme Isaksen et ouvrirent doucement la porte. Le roi s'était levé, il les accueillit dans le plus simple appareil sans chercher à cacher sa nudité lorsqu'ils s'inclinèrent tous les deux face à lui.

– Ah, te voilà, Jon Sivertsen, dit-il, de bien meilleure humeur que lorsque Dagmar l'avait quitté. Merci d'être venu. Si tu avais une goutte de vin, madame Isaksen, elle serait fort à propos, et peut-être aussi quelque chose à manger, vois-tu, j'ai grand faim.

Dagmar s'inclina à nouveau, promettant de faire de son mieux pour le satisfaire. Jon s'autorisa à ramasser quelques-uns des vêtements du roi pour qu'il puisse couvrir son intimité. Sur quoi, le monarque s'installa devant un petit guéridon en disant qu'il avait passé la journée à songer aux affreuses conséquences que pouvaient avoir en Islande de banales relations sexuelles lorsqu'elles débouchaient par malheur sur la conception d'un enfant.

– Si mes récits vous ont troublé, je vous prie de m'en excuser, Sire, répondit Jon, inquiet, en s'asseyant sur le lit. Je ne vous aurais jamais parlé de ma famille si j'avais imaginé que cela vous causerait des tourments ou que cela risquait de perturber votre équilibre. Jamais je n'aurais non plus raconté à Sa Majesté la moindre histoire si elle ne me l'avait pas elle-même ordonné, si bien que je ne pouvais désobéir à mon roi, Sire. Et vous voilà maintenant ici, tout seul, et je redoute fort d'avoir peut-être dit des choses qui… qui…

– De quoi as-tu donc peur, Jon l'horloger ? demanda le roi Christian, constatant l'émoi de l'Islandais qui était pourtant d'ordinaire le calme incarné. À qui as-tu parlé ?

– Eh bien, répondit Jon, sans chercher à dissimuler la vérité à son souverain, à Louise Augusta, comme vous le savez. Elle s'inquiète pour vous et… hum… oui, le conseiller, je suppose le plus proche conseiller de votre fils, le prince Frédéric, est aussi venu me dire quelques mots, puis son altesse elle-même, le dauphin de Danemark, m'a fait l'honneur d'une visite dans la salle des collections et m'a fait part de ses inquiétudes, puis il m'a formellement interdit de vous rendre compte des épreuves endurées par mon père et sa gouvernante, béni soit leur souvenir.

– Tsss, fit le roi avant de s'enfermer dans un silence méditatif. Jon répugnait à le déranger, un long moment s'écoula, puis Mme Isaksen apparut à la porte avec un plateau garni de belles tranches de lard au fumet alléchant et d'un pichet de vin. Elle posa le tout sur le guéridon et demanda à Jon si elle pouvait lui apporter quelque chose, mais il n'avait ni faim ni soif. Elle annonça alors qu'elle les laissait seuls, non sans adresser à l'horloger des regards entendus indiquant qu'il devait s'arranger pour convaincre le souverain de rentrer au palais de Christiansborg où était sa place. Jon la regarda d'un air penaud et hocha discrètement la tête, il ferait de son mieux.

– Donc, Jon, tu ne vas pas me raconter la suite de cette histoire ? demanda Christian VII en s'essuyant la bouche d'un revers de la main avant de prendre une grande gorgée de vin.

– Je me plierai évidemment aux volontés de Sa Majesté, mais je risque d'avoir des problèmes si j'ignore les ordres du prince.

– Oh, ne t'inquiète pas pour ça, rassura le roi en vidant son verre. Tu es libre de dire ce que tu veux, que ce soit à moi ou aux miens, et sans que cela te nuise.

Jon n'avait d'autre choix que d'obéir à son souverain et, dans la maison close de Mme Isaksen, il raconta à Christian VII comment on mit Sigurdur aux fers pour le conduire à Hagi tandis que Gudrun était détenue à la ferme de Geirseyri. Il lui raconta comment le bailli les condamna tous deux à mort, lui aurait la tête tranchée et elle serait noyée, il lui raconta que le parlement de l'Althingi avait confirmé la sentence et que le jugement avait été transmis à Frédéric V, père du roi Christian, pour la décision finale. Il lui expliqua aussi que Davíd Scheving, jeune juriste ayant étudié à l'université de Copenhague, avait pris le relais du bailli Olafur dans cette affaire qu'il envisageait sous un jour différent et avec une plus grande clémence.

Jon s'accorda une pause et demanda au roi, qui l'avait écouté en silence, s'il avait besoin de quelque chose, mais le monarque ne répondit pas. L'Islandais répéta sa question, ajoutant que Sa Majesté souhaitait peut-être qu'il la raccompagne au palais. Le souverain continuait à se taire. En plus de tout le reste, Jon s'inquiétait en se disant qu'évidemment Dagmar Isaksen avait besoin de la chambre pour pratiquer son commerce. Les deux hommes restèrent silencieux un long moment, Jon était assis sur le lit et le roi devant le guéridon, pensif, l'air vaguement fatigué. Puis Sa Majesté soupira et déclara sans préambule :

– Il a sauvé la vie de mon petit Frédéric.

– Qui donc, Sire ?

– Struensee, évidemment. Pendant cette épidémie de variole qui a fait tant de ravages. Il a fait vacciner le petit Frédéric qui a survécu. Ma chère Caroline est alors tombée amoureuse de mon médecin. Plus qu'elle ne l'a jamais été de moi. La pauvre, elle était si jeune quand on nous a mariés.

Jon se maudissait en silence. Une fois encore, il était parvenu à assombrir le roi, à le plonger dans la mélancolie par ses récits. Cela ne risquait pas de s'arranger étant donné la situation, le monarque ayant fui le palais et ayant pour seul refuge cette maison du péché de la rue Holmensgade. Malheur à moi si le prince vient à l'apprendre, pensa-t-il, craignant de s'impliquer plus encore dans les affaires de la famille royale.

Il lui suffisait de regarder le roi pour mesurer combien il regrettait son médecin allemand. Ce faisant, Jon comprit tout à coup qu'on pouvait tracer entre leurs deux existences des parallèles qu'il n'avait jusque-là pas soupçonnés. N'avaient-ils pas l'un comme l'autre fréquenté de près des hommes de progrès qui avaient connu un affreux destin ? Le premier avait péri noyé dans les eaux du Breidafjördur pendant une tempête déchaînée. L'autre avait été exécuté avec une indicible cruauté sur un pré communal.

– Sire, souhaitez-vous que je vous raccompagne au palais ? demanda à nouveau Jon, navré pour son souverain, espérant pouvoir mettre rapidement fin à l'humiliation qu'il s'infligeait. Sa Majesté y serait plus à son aise.

– Je préférerais que tu continues à me parler des tiens, répondit le roi. Mon père a donc reçu le jugement, n'est-ce pas, et il ne lui restait plus qu'à y apposer sa signature ? Laisse-moi te dire que Frédéric V était parfois très sévère. C'était un piétiste ! Voilà ce qu'il était, et de la pire espèce. Il croyait dur comme fer à la vertu des châtiments corporels les plus cruels. J'en sais quelque chose. Je le sais mieux que personne.

Jon se demandait quoi répondre. Moins il en savait des secrets honteux de la monarchie danoise, mieux il se portait.

– Non, continue plutôt cette histoire, pria le roi. La raison pour laquelle tu me la racontes m'apparaît de plus en plus clairement, soupira-t-il. Jon crut comprendre que Sa Majesté se débattait avec les douloureux souvenirs que lui avait laissés son père. Je comprends de mieux en mieux de qui tu me parles réellement en me faisant ce récit, conclut Christian VII.

Jon le regarda d'un air inquiet.

– Je connais tout cela mieux que personne, crois-moi, répéta le roi, je sais tout de ces choses-là.

37

Le jour où Olafur et Mme Halldora quittèrent Hagi après avoir fait leurs adieux à leurs domestiques, envoyé leurs effets personnels, leur troupeau et le reste à leur nouveau domicile, l'ancien bailli et Davíd Scheving passèrent une dernière fois en revue les affaires en cours, procédant ainsi formellement à la passation de pouvoir. Ayant examiné avec soin les documents afférents au procès du fermier de Geirseyri et de sa gouvernante, Davíd avait découvert un certain nombre de failles dans l'enquête. Il avait beaucoup parlé avec Sigurdur dans la bergerie, à la grande désapprobation d'Olafur, et n'était plus en grâce auprès du couple. Depuis des jours, les relations étaient plutôt tendues au domaine.

– Je ne peux pas m'empêcher de m'étonner une fois encore que tu n'aies pas cru bon d'interroger deux témoins de premier plan, Jon de Hænuvik et Gunnar Thorleifsson du Talknafjördur, reprocha Davíd lors de leur ultime entrevue, incapable de s'empêcher de faire à nouveau état de la pomme de discorde apparue entre eux pendant son séjour à Hagi. Je ne comprends pas que tu n'aies pas recueilli leur témoignage pour le confronter aux déclarations de Sigurdur et de Gudrun.

– J'ai fait parvenir à Gunnar une requête par lettre, tu le sais très bien, et il a nié être le père d'Einar, répondit Olafur, répétant ce qu'il avait déjà objecté avant d'attraper dans une pile de documents une missive qu'il agita sous le nez de son successeur. Le mépris colorait sa voix, comme s'il était indigne de la part du jeune homme de lui adresser de tels reproches.

– Ne serait-il pas préférable de l'interroger en tête à tête ? Imagine que cela apporte un nouvel éclairage au témoignage de Sigurdur sur la paternité d'Einar. C'est le témoin principal concernant ce pan de l'affaire.

– Pourquoi devrions-nous, toi, moi ou qui que ce soit, croire aux sornettes sorties de la bouche des gens de Geirseyri ? s'offusqua Olafur. Quelle raison aurions-nous de croire ce que ces tourtereaux racontent, sachant qu'ils ont tout fait pour nous berner. Tu dois quand même bien voir que tout cela n'est rien de plus qu'une ruse pour pouvoir échapper à l'exécution. Ils ont demandé à un pauvre type de reconnaître l'enfant. Est-ce qu'il faut les suivre dans leurs mensonges en y ajoutant foi ? Je suppose que toi aussi, tu ferais de même pour échapper aux dispositions de cette loi. Je sais que c'est aussi ce que je ferais, et sans hésiter. Cependant, notre rôle ne consiste pas à juger la loi, mais à l'appliquer. Ce sont des faux-fuyants, je te dis. Des dérobades. La sentence a été confirmée par l'Althingi. Ils n'ont pas daigné aller y plaider leur cause. Aucun des deux n'y est allé, chacun prétextant qu'il était malade. Cela non plus, ce n'était pas très convaincant.

Les deux hommes avaient eu le même genre de conversation peu après que Davíd avait lu les pièces du procès. Il était mécontent qu'on lui ait transmis cette affaire pendante et redoutait la décision finale du roi qui devait arriver par le prochain navire.

Comprenant qu'il était inutile de discuter avec le bailli, il en resta là. Ce qui était fait était fait. Les deux hommes prirent toutefois congé l'un de l'autre en toute courtoisie, comme il seyait à deux fonctionnaires du roi. Davíd regarda le couple disparaître à l'horizon depuis la cour de Hagi.

Peu après, avec la plus grande diligence, il entreprit de collecter de nouvelles pièces à verser au dossier. Il y avait à cela deux raisons principales. En premier lieu, il avait longuement interrogé Sigurdur sur l'enchaînement des faits et inclinait à croire la version du condamné. D'après lui, le fermier de Geirseyri avait tenté de se sortir d'une situation difficile, certes avec une grande maladresse, mais c'était là le seul crime qu'il avait commis avec sa gouvernante. Sigurdur clamait son innocence, arguant de sa paternité endossée d'Einar, et il s'en était toujours tenu à cette version. En second lieu, Davíd Scheving était opposé à la peine de mort lorsque la sentence était inspirée par les dispositions du Jugement suprême et pour un banal délit, comme c'était le cas ici. Deux vies étaient en jeu pour une simple histoire de paternité dissimulée.

– Je ne saurais exécuter ces gens pour un tel motif, murmura-t-il à sa femme, une nuit où il n'arrivait pas à trouver le sommeil tant cette histoire l'angoissait. Je ne peux absolument pas imaginer faire une chose pareille…

Il libéra Sigurdur des fers qui l'entravaient et l'autorisa à participer aux travaux de la ferme le temps de la révision de son procès. Il ne devait toutefois pas quitter Hagi tant qu'on n'aurait pas reçu la décision finale du roi. Puis il sella son cheval, se rendit à Geirseyri, alla voir Gudrun, lui transmit les salutations de Sigurdur en lui expliquant qu'il travaillait maintenant comme simple ouvrier au domaine de Hagi et qu'elle pouvait lui rendre visite. Davíd l'interrogea longuement sur ces questions de paternité. Il lui semblait que le nœud de l'affaire résidait justement dans celle, erronée, d'Einar. Gudrun confirma qu'au début de leur relation, Sigurdur lui avait avoué ne pas être le père du jeune homme, qu'il en avait informé le bailli Olafur, mais que le fonctionnaire n'avait pas voulu l'écouter. Sigurdur était allé voir Gunnar à deux reprises dans le Talknafjördur, hélas, ce dernier lui avait refusé son aide, encore vexé et bouillonnant de haine après l'humiliation infligée par les frères de Hænuvik et Sigurdur lui-même, qu'il accusait de l'avoir privé d'Helga, l'amour de sa vie.

Davíd poursuivit sa chevauchée et jugea opportun de commencer par se rendre à Hænuvik où il apprit que

Jon, le père d'Helga, avait quitté ce monde quelques jours plus tôt et reposait sur une civière. Ses deux frères confirmèrent les paroles de Gudrun : depuis qu'on la retenait prisonnière à Geirseyri et que Sigurdur était aux fers, que ce soit dans la baie de Hænuvik ou ailleurs, tout le monde savait que Gunnar était le véritable père d'Einar et que, par conséquent, Gudrun et Sigurdur n'avaient pas enfreint les lois justifiant cette condamnation à mort. Scheving savait que de telles rumeurs ne prouvaient rien, même si elles donnaient plus de poids à la parole des condamnés.

Davíd Scheving passa la nuit à Hænuvik et, le lendemain, il s'enfonça vers l'intérieur du fjord, prit la direction du Talknafjördur et arriva rapidement à Hvammeyri. Il y trouva Gunnar qui rentrait d'une sortie en mer, expliqua ce qui l'amenait et lui demanda s'il était vrai que le bailli Olafur ne l'avait jamais interrogé en tête à tête. Gunnar répondit qu'il ne l'avait jamais vu, mais qu'il n'avait rien à ajouter à la réponse écrite qu'il lui avait envoyée.

– Je ne suis pas de cet avis, fit remarquer Davíd.

– Ils ont été condamnés, n'est-ce pas ?

– Je souhaiterais envoyer au roi Frédéric V une demande de grâce, mais la lettre que je compte écrire est tributaire de ton témoignage.

– Cette histoire ne me concerne pas, répondit Gunnar, inflexible. Malgré tous les efforts que fit le nouveau bailli pour l'amener à changer d'avis, il refusait de reconnaître qu'il était le père d'Einar.

– Tu dois tout de même avoir conscience que la vie de ces deux personnes est entre tes mains, argumenta Davíd, en désespoir de cause.

Gunnar ne lui répondit pas.

– Cela doit quand même te tenailler si tu es réellement le père d'Einar. C'est la dernière occasion qui t'est offerte de rectifier les erreurs dont ont été victimes les gens de Geirseyri. J'ai parlé aux frères de Hænuvik, ils connaissent la vérité. Je te demande donc pour la dernière fois, es-tu le père d'Einar ?

– Ils m'ont volé Helga, répondit Gunnar après un long silence. Le vieux Jon, son père, ses oncles, Sigurdur, ils me l'ont enlevée puis ils m'ont chassé. Nous nous aimions, elle était ma merveille et, depuis, je n'ai jamais posé mon regard sur aucune autre femme. Ils l'ont poussée dans les bras de Sigurdur. Je n'ai aucune raison de lever le petit doigt pour secourir ces gens.

– Je l'ai bien compris.

– Le temps n'a jamais réussi à effacer la douleur, reprit Gunnar.

– Es-tu le père d'Einar ?

Gunnar remonta sa barque un peu plus haut sur le rivage. Il sortit les rames, les déposa sur les galets et contempla les poissons qu'il avait pris. Il avait fait bonne pêche.

– Je ne peux pas confirmer les dires de Sigurdur, conclut-il.

Lorsqu'il rentra à Hagi, Davíd Scheving avait quasiment entièrement rédigé la demande de grâce qu'il comptait envoyer au roi Frédéric V très vite. Il y exposait clairement les erreurs commises au cours de l'enquête et expliquait avoir découvert de nouveaux éléments qui mettaient sérieusement en doute la culpabilité de Sigurdur et de Gudrun concernant le crime le plus grave qui leur était reproché, et pour lequel ils avaient été condamnés à la peine de mort. Il dressait ensuite la liste détaillée de ces nouvelles informations et demandait humblement à sa bienveillante et gracieuse Majesté d'annuler la condamnation de Sigurdur et de Gudrun au châtiment suprême et de prononcer à leur encontre une peine plus légère sanctionnant leurs délits mineurs.

Il apporta la lettre au prochain bateau en partance pour le Danemark, mais une autre missive l'attendait à bord de ce navire de commerce, une lettre venue de Christiansborg, signée de la main de Sa Majesté, qui confirmait en quelques mots la sentence prononcée et préconisait qu'on l'exécute dans les plus brefs délais.

38

Jon fit une pause dans son récit et regarda le roi qui se taisait, méditatif. D'ordinaire, le souverain l'interrogeait sur les péripéties, lui reprochait la manière dont il dépeignait certains personnages ou manifestait le désir d'avoir un peu plus de détails sur certains épisodes, mais cette fois-ci il gardait le silence, pensif et immobile. Jon se demandait s'il devait poursuivre ou lui proposer une fois de plus de le raccompagner au palais de Christiansborg, sachant que ses proches étaient inquiets et qu'ils avaient envoyé des hommes le chercher en ville.

Le roi se mit alors à s'agiter sur son siège, leva les yeux et lui demanda s'il comptait reprendre le fil de son récit. Arraché à ses pensées, Jon répondit que cela allait de soi, mais alors qu'il s'apprêtait à lui présenter plus amplement le nouveau bailli de Hagi et ses tentatives pour faire annuler la sentence, le souverain voulut tout à coup savoir où en était la restauration de l'horloge.

– Mais dis-moi, quelles nouvelles d'Habrecht ? demanda-t-il.

– Hélas, Sire, Son Altesse votre fils m'a désormais interdit de m'en approcher.

– Qu'est-ce à dire ?

– Il m'a informé que ma tâche au palais était maintenant terminée bien qu'il n'en soit rien, comme vous le savez. Il ne veut plus de moi là-bas. Si j'ai bien compris, il considère que j'exerce sur Votre Majesté une influence délétère.

– Il t'a interdit de travailler sur l'horloge ? s'étrangla Christian VII.

– Je ne voudrais pas en faire toute une histoire, Sire, mais puisque vous m'interrogez, oui, il s'agit des ordres de Son Altesse, votre fils, le sérénissime prince Frédéric.

– Comment a-t-il pu agir ainsi ? demanda le roi dont l'intérêt pour les récits de Jon semblait brusquement s'être évanoui.

– Je l'ignore, Sire, répondit l'horloger en toute honnêteté. Il a bien sûr tout pouvoir de le faire, Votre Ma…

– Tout pouvoir ?! s'écria le roi. Jon comprit qu'il avait touché un point sensible. Tout pouvoir ?! répéta le souverain. Tout pouvoir de décréter une chose pareille ?!

Christian se leva d'un bond de son fauteuil, aussi agile et leste que le lui permettaient son âge et ses aptitudes physiques. Debout, tel un dieu des tempêtes, dans la chambre de Mme Isaksen, il fixait Jon qui reculait sur le lit et s'attendait au pire. Consumé par la colère, le roi fulminait, maudissant le pouvoir et son impuissance. Puis il condamna le mépris avec lequel on le traitait constamment au palais, constamment, répéta-t-il. Comme s'il n'était rien de plus que la marionnette de son fils. Jamais on ne le consultait sur les sujets importants, ses conseillers et ceux qui étaient proches du pouvoir faisaient comme s'il n'existait pas ou comme s'il ne servait à rien.

– Donc, il t'interdit de restaurer l'horloge et de me raconter les événements qui ont eu lieu en Islande ! Il te l'interdit ! hurla le souverain, furieux et consterné, en commençant à ramasser les vêtements qu'il n'avait pas encore enfilés.

Jon l'aida à passer sa chemise, son pantalon et sa veste, il alla chercher ses bottes dans un coin de la pièce et le foulard de soie qu'il lui noua autour du cou, balayant d'un revers de main les règles qui exigeaient que le petit peuple se tienne à distance respectable de son roi.

Pendant tout ce temps, le monarque continua à déverser sa fureur à l'encontre de ceux qui exerçaient au palais un pouvoir qu'il disait usurpé. Il pria ensuite

Jon de le raccompagner, s'enveloppa dans son grand manteau à capuche, quitta la chambre et descendit l'escalier, suivi par son horloger. En arrivant au rez-de-chaussée, ils tombèrent sur Mme Isaksen, le roi prit congé d'elle en lui témoignant ses respects, la remercia de lui avoir rendu service et lui confia que cela l'avait empli de bonheur de l'entendre parler de sa bien-aimée de jadis, puis il sortit dans la rue et prit la direction de Christiansborg.

Personne ne leur prêta réellement attention tandis qu'ils longeaient les rues et traversaient les places, le roi ouvrant la marche et Jon veillant à ne jamais dépasser Sa Majesté. Il remarqua le regard étonné de quelques bourgeois qu'ils croisèrent en route, certains semblèrent reconnaître le souverain, puis ils secouèrent la tête, persuadés qu'ils avaient la berlue ou que le roi était aussi fou que le prétendait la rumeur.

Sa Majesté ne s'était toujours pas calmée lorsqu'ils franchirent les grilles de Christiansborg, le roi continuait à tempêter en passant devant les gardes qui se tenaient droits comme des piquets. Il appela Frédéric d'une voix qui résonna entre les murs, demandant où il était, disant qu'il devait lui parler et lui conseillant de ne pas tenter de lui échapper. Il demanda à plusieurs domestiques où se trouvait le prince. Cela continua ainsi jusqu'à ce qu'ils atteignent les appartements du dauphin. Le roi Christian fit irruption dans le cabinet où son fils était réuni avec ses conseillers. Ces derniers levèrent les yeux de leurs papiers et assistèrent, médusés, à l'arrivée tonitruante du souverain. Le dauphin resta assis sur sa chaise sans se départir de son calme.

– Comment oses-tu prendre des décisions à ma place ?! hurla le roi à son fils. Comment oses-tu, mon garçon ? Crois-tu que mes paroles n'aient plus aucune portée en ces lieux ? Crois-tu pouvoir me piétiner avec tes bottes crottées ?

Les conseillers s'efforçaient de garder contenance face à la colère du roi, mais ils le regardaient, l'air inquiet. L'un d'eux était le jeune homme qui avait rendu visite à Jon dans la salle des collections, il s'était montré courtois avec l'horloger, c'était le principal conseiller du dauphin. Jon aurait voulu pouvoir disparaître sous le marbre qui recouvrait le sol du cabinet.

– Tu comptes peut-être faire comme ton grand-père ?! reprit le souverain sans se soucier de ceux qui les entouraient. Tu devrais avoir honte !

Le dauphin regarda son père et toisa Jon qui s'efforçait de se faire tout petit, puis intima à ses conseillers l'ordre de quitter la pièce, la réunion était ajournée. Les conseillers, sauf le plus proche d'entre eux, ne tardèrent pas à ramasser leurs documents et à s'en aller sous les imprécations du roi. Jon s'apprêta lui aussi à partir, mais Christian l'attrapa par le bras en lui disant de ne pas bouger.

– Où étais-tu ? demanda Frédéric avec un calme parfait. Et quelle est la raison de tout ce bruit ?

– Où j'étais ? J'ai… peu importe, cela n'a aucune espèce d'importance, répondit le roi. As-tu interdit à l'homme que voici, à Jon Sivertsen, de travailler à la restauration de l'horloge d'Habrecht ? C'est toi qui l'as fait ? À l'encontre de tous les ordres que j'ai donnés ? Contre ma volonté ? Tu lui as interdit d'approcher cette horloge ? Laisse-moi te dire que ce n'est pas en ton pouvoir ! Absolument pas, mon petit ! Tu n'en as pas le pouvoir !

Jon se sentait de plus en plus mal. Non seulement, il était, à contrecœur, témoin de la manière dont le souverain tançait son fils comme on réprimande un écolier insolent, mais qui plus est le prince croirait désormais qu'il était allé se plaindre auprès du roi Christian. La manière dont le dauphin Frédéric le contemplait lui donnait d'ailleurs l'impression qu'il lui gardait un chien de sa chienne. Jon aurait voulu ouvrir la bouche pour sa défense, mais il était incapable de dire un mot. Il se contenta donc de secouer la tête, impuissant, en se disant que son humiliation ne pouvait être plus complète.

– Ne pourrions-nous pas en discuter plus tard ? demanda le prince sans perdre son calme. Je suis content que tu sois rentré, je m'inquiétais pour toi. Nous avions peur, Louise et moi, qu'il ne t'arrive malheur.

– Tu n'as pas à t'inquiéter pour moi, mon garçon ! tonna le roi. Et la gamine encore moins que toi ! Tu crois peut-être que tout le monde ne sait pas que la petite n'est pas…

– Maintenant il suffit ! s'écria le prince.

L'espace d'un instant, le roi sembla comprendre qu'il était allé trop loin, il se calma un peu, mais la trêve fut de courte durée. Par la porte ouverte sur le couloir, on apercevait les quatre ou cinq gardes du prince. Frédéric leur fit un signe sans que le roi s'en aperçoive et ils se saisirent du monarque et l'emmenèrent sans plus de procès. Jon était navré d'entendre résonner dans les couloirs du palais les cris de son roi qui houspillait les gardes et maudissait son fils, le dauphin de Danemark, à qui il souhaitait le plus noir des enfers.

– Je suis encore le roi dans ce palais, hurlait Christian VII. Laisse-moi te dire que je suis encore le roi de ce pays ! C'est moi ! Et personne d'autre que moi !

Quand les cris furent plus lointains, Jon Sivertsen scruta le prince en se disant que les choses auraient pu se passer autrement. Le dauphin semblait avoir perçu la réprobation dans son regard. Il s'avança vers l'Islandais, furieux.

– Tu vois que ce que tu as déclenché, *horloger* ! dit-il en prononçant ce dernier mot d'un ton particulièrement méprisant.

– Votre Altesse… ?

– C'est toi qui es derrière ce… derrière la mascarade à laquelle on vient d'assister ?

– Non, Votre Altesse, je n'y suis pour rien. Sa Majesté m'a envoyé chercher, le roi était rue Holmensgade et j'ai fait de mon mieux pour le persuader de rentrer au palais, ce qu'il a fini par accepter.

– Et de quoi avez-vous parlé ? Des gens qui vivent à la cour ? De moi ? De ma sœur, Louise Augusta ? Quelles sornettes est-ce que le roi te raconte ?

– Non, nous n'avons pas parlé de vous, répondit Jon, tête baissée, le menton rivé à la poitrine.

À ces mots le prince parut soulagé.

– Je tiens à préciser, avec la permission de Votre Altesse, ajouta l'artisan, que je ne lui ai rien dit de fâcheux concernant l'horloge d'Habrecht, contrairement à ce que Sa Majesté a suggéré, pourtant loin de moi l'idée de m'opposer à sa parole.

– Dans la rue Holmensgade, dis-tu ?

– C'est exact, Votre Grâce, répondit Jon. Il regrette ses jeunes années et sa vieille amie, il me semble qu'elle s'appelait Anne-Catherine.

– Quelles balivernes ! soupira le dauphin Frédéric. Ces extravagances ne cesseront donc jamais ! Allez, sors d'ici ! Sors d'ici avant que je ne te fasse couper la tête…

39

Les rires résonnaient à nouveau au domaine. Davíd Scheving s'était installé à Hagi avec son épouse et leurs enfants débordants de vie, la famille se plaisait beaucoup dans le Breidafjördur. La résidence du bailli avait grand besoin de réfection après les longues années qu'y avaient passées Olafur et sa femme. Davíd s'employait à remettre en état un certain nombre de choses, espérant faire de Hagi une ferme modèle. Il avait considérablement augmenté la taille du cheptel, embauché des domestiques pour remplacer ceux qui étaient partis avec son prédécesseur, entrepris d'amender les terres ; il s'était lancé dans de grands travaux à l'intérieur de la maison d'habitation et construisait en ce moment de nouveaux bâtiments agricoles. Toujours détenu au domaine où il s'acquittait de toutes sortes de travaux, Sigurdur de Geirseyri avait activement participé à ces tâches. Plus le bailli le connaissait, plus il s'inquiétait de son sort.

Tout le temps que dura son installation, Davíd attendit le courrier du palais de Christiansborg avec une impatience mêlée d'angoisse. Parfois, il était convaincu que tout se passerait bien et que la vérité triompherait. À d'autres moments, sombrant dans le pessimisme, il craignait d'avoir manqué de précision et d'éloquence dans sa requête en grâce, convaincu qu'il aurait pu être plus soucieux de tel ou tel détail.

Il cessa en grande partie de discuter de l'affaire. Plus le temps passait, plus elle lui pesait et il répugnait à nourrir de faux espoirs. Il avait dit à Gudrun et à Sigurdur qu'ils ne pouvaient rien faire d'autre qu'attendre. Le roi Frédéric V avait déjà confirmé la sentence, il était le seul à pouvoir gracier les condamnés. Il n'avait toutefois pas encore reçu la missive où le bailli mettait en lumière les manquements dont il considérait qu'ils justifiaient la révision du procès. Dans ses meilleurs jours, Davíd se montrait optimiste bien que conscient qu'il devait se garder de sous-estimer la réputation du monarque, connu pour son piétisme et pour réserver les châtiments les plus cruels à quiconque s'écartait du chemin de la vertu. Scheving avait donc expliqué au couple de Geirseyri, sans trop s'avancer, qu'il était impossible de prévoir ce qu'il adviendrait, mais que si le roi se plongeait sérieusement dans cette affaire, il n'était pas exclu qu'il annule leur condamnation.

Il les autorisa à se voir quand c'était possible. Ainsi, Gudrun vint passer quelque temps à Hagi. Le soir du dernier jour, elle se promenait avec Sigurdur en contrebas du domaine, à l'endroit où Davíd avait fait un petit potager dans l'esprit de celui de Björn de Saudlauksdalur. Sigurdur ayant lui-même cultivé des légumes à Geirseyri, il avait aidé le nouveau bailli et l'expérience avait bien fonctionné, en dehors des carottes, immangeables parce que abîmées par la maladie.

– Je sais qu'il fait tout ce qu'il peut, souligna Gudrun en prenant la main de Sigurdur pour le rassurer. Je suis heureuse qu'il soit notre allié. Et sa femme est adorable, elle est persuadée que tout ira bien.

Gudrun avait rencontré Davíd et sa jeune épouse sur le seuil de la maison à son arrivée. Ils avaient évidemment abordé le sujet. Le bailli avait envoyé son recours en grâce depuis un certain temps et, avait-il dit, la réponse du roi leur parviendrait sans doute par le prochain navire danois qui jetterait l'ancre à Vatneyri.

Alors qu'il flânait avec Gudrun dans le potager, Sigurdur se montrait plutôt pessimiste. Elle le sentait plus inquiet qu'à l'accoutumée. Il lui confia qu'il avait fait des cauchemars la nuit précédente, il avait rêvé d'Helga, et les avertissements qu'elle lui avait jadis adressés résonnaient encore à ses oreilles lorsqu'il s'était réveillé après cette nuit agitée. Il répéta qu'il aurait mieux fait de l'écouter. Ce qui l'affligeait plus que tout, c'est qu'il avait entraîné Gudrun dans sa chute en la forçant à dissimuler la véritable identité du père de son enfant à naître. Cela constituait le cœur de ses cauchemars.

– Elle me connaissait mieux que je ne me connais moi-même, dit-il.

– Qui ?

– Helga.

– Quelle bêtise !

– J'aurais dû savoir que les choses se passeraient ainsi, reprit Sigurdur, tenaillé par la culpabilité qu'il ressentait depuis longtemps. Tu avais eu un enfant avec Einar.

– Tu savais qu'il n'était pas ton fils, protesta Gudrun. Ils en avaient déjà discuté les jours précédents sans que cela apaise les remords de Sigurdur. Tu n'as commis aucun crime. D'ailleurs, le crime n'existe que dans ces lois ridicules. Écoute un peu ce que Davíd pense de ce satané Jugement suprême. D'après lui, ce texte est arriéré et dépassé, en outre, étant donné la manière dont il a été rédigé, il n'aurait jamais dû entrer en vigueur. Écoute ce qu'en dit Davíd.

– Cela ne change rien, répondit Sigurdur, inconsolable. Cela ne change rien pour nous.

– Gunnar finira peut-être par changer d'avis, reprit Gudrun. Nous ne sommes bien sûr pas innocents de tout ce qu'on nous reproche, mais nous ne sommes pas coupables du pire. Il finira bien par changer d'avis. Je refuse de croire le contraire. Davíd a…

– Tout est ma faute, interrompit Sigurdur. Je t'ai plongée dans une situation impossible. Absolument désastreuse. J'ai l'impression de ne pas t'avoir laissé le choix, Gudrun. Plus j'y réfléchis, plus je suis pessimiste. Je t'ai forcée à accepter tout ça. Tu ne comprends donc pas ? Mon sort m'indiffère. Ma mort ne sera pas une grosse perte. Mais je t'ai entraînée vers le même sort que moi. Je n'ose pas imaginer ce que je ressentirais si tout cela venait à mal se terminer.

C'était la première fois qu'il exprimait ces pensées aussi clairement. Elle les comprenait, d'ailleurs, elle aurait menti si elle lui avait répondu qu'elle n'avait jamais pensé la même chose.

– Mon cher, mon bien cher ami, dit-elle en le serrant dans ses bras. Je suis maîtresse de mes actes, je l'ai toujours été.

– Pardonne-moi, murmura Sigurdur. Pardonne-moi de t'avoir mêlée à ces ignominies.

– Ne dis pas ça !

– Je crains qu'ils ne comprennent rien. Qui donc est censé nous juger, là-bas, au Danemark ? Qu'attendons-nous d'un pouvoir qui ne met jamais les pieds ici, ne connaît rien à notre terre, ne nous concerne pas et n'a que faire de nous ? De gens qui vivent dans un tout autre pays…

Ils se tenaient encore par la main quand Davíd sortit de la maison et les aperçut qui marchaient, seuls tous les deux, vers la mer. Le bailli se retourna, vit arriver au galop un homme qu'il ne connaissait pas et qu'il accueillit avec une certaine appréhension. C'était le commis du marchand danois de Vatneyri. Ils se saluèrent, Davíd l'invita à entrer, mais le commis resta en selle : il devait repartir aussitôt, mais il avait tenu à lui porter cette missive le plus vite possible. Un navire était arrivé dans le fjord au petit matin, il ne resterait que deux jours, le temps de remplir ses cales d'huile de foie de requin et d'autres denrées, si monsieur le bailli voulait profiter de son passage.

– Un navire danois, je suppose ? demanda Davíd.

– Oui. Parmi d'autres choses, il transportait des lettres à l'attention de monsieur le bailli qui, de l'avis du marchand, devaient parvenir au plus vite à leur destinataire, des lettres venues du Danemark dont une du palais de Christiansborg, détailla le commis.

Il ouvrit la sacoche qu'il portait en bandoulière, en sortit quelques missives et une grande enveloppe soigneusement cachetée portant le sceau du roi qu'il tendit à Scheving. Puis il referma sa sacoche et répéta que le navire repartait dans deux jours avant de disparaître.

Debout sur le pas de sa porte, l'enveloppe à la main, les yeux rivés sur le sceau, le bailli observa un moment Sigurdur et Gudrun qui longeaient la plage et n'avaient pas remarqué la visite qu'il venait de recevoir.

Davíd retourna dans la maison, ferma la porte de son cabinet, s'installa à sa table de travail et alluma une chandelle pour avoir un peu de lumière dans la pièce plongée dans la pénombre. Puis il prit la lettre du roi et la regarda un long moment avant de rompre le sceau. Elle ne contenait qu'une simple feuille portant un texte laconique, signé de la main de Sa Majesté. Davíd la lut une première fois, puis une deuxième, puis une troisième avant de la reposer, les yeux rivés sur la flamme de la chandelle.

– Seigneur Dieu ! soupira-t-il.

La décision était claire.

Sa requête avait été rejetée, le bailli devait exécuter la sentence sans plus de délai.

40

Un jour, vers trois heures de l'après-midi, la porte de l'atelier de Jon Sivertsen s'ouvrit et un envoyé du palais, le chambellan du roi en personne, annonça à l'horloger que sa présence était requise à Christiansborg.

Plusieurs semaines avaient passé depuis le jour où on lui avait ordonné sans ménagement de quitter les lieux et la visite du chambellan n'était pas sans le déconcerter. Il était persuadé d'être à jamais persona non grata au palais, or il semblait maintenant que le vent avait tourné et, fatigué de ces revirements, Jon demanda au chambellan : dois-je vraiment y aller ?

Il s'était plus ou moins résolu à son sort, l'idée de ne plus pouvoir restaurer le chef-d'œuvre d'Habrecht l'attristait profondément, il était persuadé que plus jamais l'admirable horloge n'égrènerait les heures du jour et de la nuit à la gloire de Dieu et que cette merveille finirait pour de bon au rebut. Il regrettait amèrement d'avoir été témoin des débordements de son roi, il aurait préféré ne pas assister à la violente altercation qui l'avait opposé au dauphin ni au spectacle des gardes emmenant Christian VII sans ménagement sous ses yeux. Dieu, comme c'était laid, pensait-il chaque fois que lui revenait en mémoire la scène qu'il aurait préféré chasser de son esprit.

Comme chaque fois qu'une question lui semblait inutile, le chambellan ne répondit pas à celle que Jon venait de lui poser. Il se posta devant la porte d'un air solennel et attendit patiemment que l'horloger se prépare à le suivre. Jon prit une profonde inspiration, baissa les yeux sur le baluchon où il avait rangé ses outils et qui se trouvait toujours par terre, à l'endroit où il l'avait laissé le jour où on l'avait chassé du palais. Son éviction l'avait tellement affecté qu'il n'avait même pas eu le courage de l'ouvrir. Il s'accorda un moment de réflexion en se demandant ce que lui réservait cette nouvelle visite à Christiansborg, puis pensa qu'il valait mieux laisser le balluchon où il était, supposant qu'il y avait peu d'espoir qu'il aille au palais pour reprendre la restauration du chef-d'œuvre.

Sur quoi il ferma la porte de son atelier et, avec une curiosité mêlée d'appréhension, monta dans le carrosse qui les attendait dans la rue et partit aussitôt en direction du palais. Le chambellan le fit passer par les cuisines où tous se réjouirent de revoir leur horloger, chacun le salua et lui fit fête. Les servantes lui adressèrent des sourires radieux, les valets de chambre lui tapotèrent amicalement le dos, une des cuisinières alla même jusqu'à lui souhaiter chaleureusement la bienvenue en le prenant dans ses bras et en l'embrassant sur la bouche. Le cœur réchauffé par cet accueil, il les remercia sincèrement et pensait discuter un moment avec tout ce petit monde mais le chambellan impatient le prit par le bras en lui faisant signe qu'il était mal vu de traînasser ainsi, et ils s'engagèrent dans le labyrinthe des couloirs, traversant des salles, des cabinets et des salons d'apparat jusqu'à atteindre la chambre du roi Christian dont la porte était surveillée par deux gardes de Sa Majesté. Le chambellan se tourna vers Jon.

– Sa Majesté a demandé plusieurs fois à te voir, annonça-t-il. Le dauphin Frédéric n'a pas été informé de ta visite et je te prie de n'en parler à personne. Je t'interdis par ailleurs formellement de parler au roi d'usurpation de paternité, de relations hors mariage ou d'affaires judiciaires islandaises oubliées depuis bien longtemps.

Jon hocha la tête même s'il ne comprenait pas vraiment le sens de cette interdiction.

– Je fais tout cela pour mon roi, espérant que cela lui procure un peu d'apaisement.

– D'apaisement ?

Le chambellan semblait ne pas considérer lui devoir plus amples explications.

– De quoi… dans ce cas, si je puis me permettre, de quoi suis-je autorisé à lui parler ?

– Eh bien, de cette horloge ! Essaie de t'en tenir le plus possible à la restauration que tu as entreprise et sois laconique. Je ne bouge pas d'ici, au cas où tu aurais besoin de quelque chose.

– Mais il n'y a plus de restauration, protesta Jon. Suis-je autorisé à reprendre ma tâche ? demanda-t-il ensuite, n'osant espérer. À retourner travailler sur l'horloge d'Habrecht ?

– Ce n'est pas mon problème, répondit le chambellan d'un ton sec. Il ouvrit la porte de la chambre royale, y fit entrer Jon et resta là avec les deux gardes.

D'épaisses tentures de velours occultaient les fenêtres. Quelques bougies parfumées se consumaient au chevet du roi Christian VII. Allongé dans son lit, le visage fatigué et l'air affaibli, il ne s'était pas rasé et avait les paupières rougies. Il pria Jon de s'asseoir sur le fauteuil en ajoutant qu'il était heureux de le voir.

– Le plaisir est pour moi, Sire, répondit Jon. J'espère que Sa Majesté se porte bien.

– Personne n'en a cure, répondit le roi. Et notre horloge, quelles nouvelles ?

– Je l'ai abandonnée depuis un certain temps, Sire. Votre fils, Son Altesse Frédéric, m'a informé qu'il était inutile de continuer.

– Ah bon ?

– Je croyais que vous le saviez…

– Je ne sais rien du tout, répondit le roi. Il t'a à nouveau interdit de restaurer cette merveille ?

– C'est ainsi que j'ai compris ses propos, Sire.

– Mais pourquoi ? Qu'est-ce qui le dérange ? Tu avançais dans ton travail, n'est-ce pas ?

– J'avais l'impression d'être sur la bonne voie, Majesté, confirma Jon.

– Tsss, souffla le monarque, consterné par la décision d'empêcher l'Islandais de restaurer l'horloge. Le chef-d'œuvre d'Habrecht n'était toutefois pas le motif de l'étrange convocation de Jon au palais. Il apparut que le roi désirait simplement qu'il continue de lui narrer les événements jadis advenus dans l'ouest de l'Islande.

– J'aurais aimé que tu continues à me parler de ta famille, si cela ne te dérange pas, dit-il, en essayant de se soulever dans son lit, ce qui semblait lui poser problème.

– Je ne demande pas mieux, Sire, répondit Jon, mais on m'a demandé de m'en tenir à l'horloge et de ne pas aborder d'autres sujets.

– Demandé ? Qui donc ?

– On m'a transmis cette recommandation sur le trajet qui m'a conduit jusqu'à vous, Majesté.

– Dans ce cas, je t'ordonne de continuer. J'espère que tu ne comptes pas désobéir à ton roi.

L'idée n'effleurait même pas l'Islandais tant il était attristé par l'état du roi Christian, alité, dolent, suppliant. Il n'hésita pas un instant à reprendre son récit où il l'avait laissé. Du reste, il n'avait plus grand-chose à dire en ce qui concernait les relations hors mariage et les questions d'usurpation de paternité, désormais il devait simplement s'attacher à en décrire les conséquences, ce qui ne s'opposait aucunement aux recommandations du chambellan. Le roi l'écouta un long moment sans l'interrompre, Jon en était arrivé au moment où le bailli Davíd Scheving avait lu la seconde missive envoyée par le roi Frédéric V quand Christian se mit à bouger sous ses couvertures, troublant le récit.

– Le piétiste, observa-t-il d'un ton qui n'était pas dénué d'ironie. Mon père a toujours été laconique. Il ne supportait pas de voir les choses traîner en longueur. Et ce n'était pas un ange. Il festoyait et se roulait dans la luxure plus que personne. Permets-moi de te dire qu'il n'avait rien d'un ascète même si c'était ce qu'il prétendait ! Mais dis-moi, les deux condamnés allaient et venaient à leur guise dans leur campagne le temps que le roi statue sur leur condamnation ? demanda le monarque.

– Comme je l'ai déjà dit à Sa Majesté, il n'existait en ces temps-là aucune prison en Islande. Les prisonniers soupçonnés des délits les plus graves étaient détenus dans les domaines qu'occupaient les baillis et, la plupart du temps, participaient aux travaux agricoles. S'ils étaient particulièrement dangereux, on les mettait aux fers. Gudrun a donc continué à s'occuper de la ferme de Geirseyri, en effet, quant à mon père, il travaillait à Hagi. Davíd Scheving leur a permis de se voir plusieurs fois, il voyait bien qu'ils étaient inoffensifs, très pieux, et qu'ils avaient bon fond même s'ils avaient fait quelques faux pas. Et, en réalité, on peut dire que mon père et Davíd s'étaient liés d'amitié, si bien que la suite des événements a beaucoup affecté ce dernier.

– Mais tu m'as bien dit qu'il existait aujourd'hui une prison en Islande ? demanda le roi, comme s'il tenait à couper court à toutes les questions qu'il se posait quant à la liberté dont les condamnés avaient jadis joui sur ses possessions du septentrion.

– Tout à fait, elle se trouve dans la bourgade qui porte le nom de Reykjavik.

– Ils étaient tout de même coupables de ce délit que tu nommes usurpation de paternité, reprit le roi après un moment de réflexion.

Jon hésita. Le monarque s'employait chaque fois à ramener la conversation sur un terrain que l'artisan se devait d'éviter.

– Ils n'encouraient pour cela qu'une simple amende, Sire. Cette chose-là était considérée comme un délit mineur.

– Dont ton père s'est rendu coupable deux fois, n'est-ce pas ? D'abord avec Helga.

– En effet, Majesté.

– Et, dans ce cas, c'est beaucoup plus grave, je me trompe ?

– Lorsqu'il a vu les conséquences que cela avait pour Gudrun, son plus grand regret a été de ne pas avoir écouté les mises en garde de ma mère, Sire. C'est cela qui l'affligeait le plus.

– Tous nos actes ont des conséquences, répondit le roi en baissant le ton. Viens ici, dit-il, si bas qu'on l'entendait à peine. Approche.

Jon s'avança sur son fauteuil.

– Je veux que tu me détaches, murmura Christian VII.

– Majesté ?

– Je veux que tu me détaches de ce lit.

– Que je vous détache, Sire ? Pourquoi donc ? Je ne comprends pas…

– Tu n'as qu'à constater par toi-même, murmura le roi en lui indiquant de regarder sous les couvertures. Le monarque dut répéter sa demande plusieurs fois avant que Jon n'ose s'exécuter d'un geste hésitant, découvrant alors les bras du souverain sanglés au lit.

– Les médecins… soupira Christian.

– Majesté ?

– Détache-moi, tu ne le regretteras pas, promit le roi en le regardant derrière ses paupières gonflées et rougies. Tu es le seul en qui j'ai assez confiance pour te demander ça.

Sur ce, la porte de la chambre s'ouvrit et le chambellan apparut dans l'embrasure en disant que le dauphin s'était annoncé et que cette visite était terminée. Il se précipita vers le lit, remit les couvertures sur le roi pour cacher les sangles, poussa Jon du fauteuil, le reconduisit à la porte en lui disant de repartir chez lui sans souffler mot à personne de cette visite.

41

Olafur grommelait d'aise en découpant la tête de mouton flambée qu'il dévorait gloutonnement. L'ancien bailli et sa femme rendaient visite à leurs amis de Vatneyri qui leur offraient un vrai festin. Olafur avait passé la journée à boire, au grand dam de son épouse, et, après avoir échangé moult invectives et méchancetés, ils s'étaient calmés et se délectaient ostensiblement de leur repas. Olafur complimenta la maîtresse de maison, détacha l'œil de sa tête de mouton et l'engloutit puis, employant de grands mots, souligna combien il était consterné que le couple de Geirseyri n'ait pas encore été exécuté en dépit des ordres formels du roi.

Après avoir quitté le domaine de Hagi, il s'était installé à Stori-Laugardadur, dans une des vallées du Talknafjördur. À la grande surprise de ceux qui les connaissaient, Olafur et Halldora vivaient toujours ensemble en dépit de la manière dont l'ancien bailli se comportait avec son épouse qui supportait ses beuveries et ses infidélités. On murmurait dans les campagnes que leur mariage ne tenait plus qu'à Halldora qui, lorsqu'on lui demandait pourquoi diable elle ne le quittait pas, répondait qu'elle refusait de lui offrir ce plaisir.

Halldora en avait assez d'entendre son époux ergoter constamment sur cette affaire, même si elle n'était pas moins consternée que lui de la désinvolture dont ce nouveau bailli à la manque, cette lavette, faisait preuve dans l'application des ordres du roi Frédéric. Elle avait plutôt envie de discuter du respect qu'on leur témoignait à elle et à Olafur et de l'amitié qui les liait au pasteur et sa femme. Ils avaient même versé une petite somme à l'Église, ils étaient heureux de pouvoir soutenir les activités de la paroisse, avait-elle répété à deux reprises, au cas où les convives n'auraient pas bien entendu.

– Ma petite, va donc me chercher un peu de ce cartilage de requin que j'ai aperçu dans la remise et un petit verre d'huile de foie, si tu en as, demanda Halldora à une servante qui apportait un pichet de lait sur la table. Elle aimait beaucoup mâcher et suçoter du cartilage en le trempant dans de l'huile de foie de requin. Et laissez-moi vous dire que désormais, reprit-elle, notre effigie sculptée par Sveinn, le menuisier de Stori-Laugardadur, se trouve sur l'un des jolis bancs de cette église. J'y apparais en costume de cérémonie, rien que ça ! C'est sur ce banc que nous prenons place, par la Grâce de Dieu, lorsque nous allons à l'office, et tout le monde le trouve magnifique, ce qui ne m'étonne pas. Tout le monde le trouve magnifique.

Olafur continuait à grommeler d'aise en se régalant avec sa tête de mouton, et sa femme à mâchouiller son cartilage de requin, lorsque Davíd Scheving, le nouveau bailli, arriva à l'improviste. Il connaissait la maisonnée et fut surpris d'y trouver son prédécesseur et sa femme, mais n'en laissa rien paraître. Que la paix du Seigneur soit sur cette maison et bon appétit ! dit-il. Non, il n'avait pas le temps de s'asseoir, il voulait juste saluer brièvement ses amis avant de retourner à Hagi, ajouta-t-il, gêné.

Il s'abstint de préciser qu'il avait chevauché à bride abattue jusqu'à Vatneyri pour atteindre le navire danois avant qu'il ne lève l'ancre. Il s'était fait transporter à bord en chaloupe et avait rencontré le capitaine auquel il avait demandé de remettre une lettre de la plus haute importance à Sa Majesté le roi, une missive qu'il avait achevée dans la matinée, une nouvelle requête en grâce qu'il s'était permis de signer en espérant sincèrement que le roi reverrait sa décision maintenant qu'il le mettait au courant de tous les tenants et aboutissants de cette affaire. Il avait encore affûté ses arguments en faveur de Sigurdur et de Gudrun, veillant toutefois à ne pas rebuter Sa Majesté. Il avait écrit cette lettre d'une main tremblante, de crainte d'aller trop loin dans la défense de repris de justice et de se mettre lui-même dans une situation dont le contrôle lui échapperait.

Le capitaine avait pris la lettre cachetée et, après avoir appris ce qu'elle contenait, avait promis à Scheving de la remettre en bonne main dès qu'il débarquerait à Copenhague. Le navire avait levé l'ancre peu après, Davíd l'avait regardé quitter le fjord et emporter à son bord ses souhaits les plus chers.

– Mais c'est Davíd en personne ! s'écria Olafur, cessant de dépiauter sa tête de mouton.

– Bonjour, Olafur, Dieu vous bénisse, madame Halldora, répondit Scheving en s'inclinant légèrement.

– Comment se fait-il que tu n'aies pas encore coupé la tête de Sigurdur ? demanda Olafur en se tournant sur sa chaise pour mieux voir son successeur.

– Nous espérons que je ne serai pas forcé d'en arriver là, éluda Davíd, réticent à s'engager dans une telle discussion.

– Ah bon ? Tu as pourtant reçu une lettre de notre roi, arrivée avec le navire ancré à deux pas ? insista Olafur, refusant de le laisser s'en tirer à si bon compte.

Davíd acquiesça.

– Et que disait-elle, si je puis me permettre ? demanda Olafur avant de se remettre à manger sa tête de mouton.

– Ce sont là les affaires de l'administration, éluda à nouveau Davíd. Je crois que je ferais mieux d'y aller, annonça-t-il, s'adressant au maître de maison, Eirikur, qui l'avait aidé pendant son emménagement, et à sa femme Kristin. Je n'ai pas le temps de m'attarder.

– Tu ne veux pas passer la nuit ici ? proposa Eirikur.

– Non, je te remercie, une autre fois, j'espère, répondit Davíd, qui avait en effet envisagé de dormir sous leur toit.

– Le roi a refusé de leur accorder sa grâce dans cette nouvelle lettre, n'est-ce pas ? lança Olafur.

– En effet, avoua Davíd à contrecœur.

– N'est-ce pas la seconde fois qu'on t'ordonne de raccourcir Sigurdur d'une tête ? tonna Olafur. Et de noyer Gudrun ? Pourquoi ne l'as-tu pas fait ? Est-ce que tu t'opposerais aux ordres de notre roi ?

– Absolument pas, se défendit le jeune bailli.

– Je ne comprends pas bien, mon petit. La justice les condamne à mort. Le parlement de l'Athingi confirme la sentence sans la moindre remarque. Le roi la confirme lui aussi. N'est-ce pas ? Et toi, tu refuses de l'exécuter. C'est bien ça ? Ensuite, tu envoies une requête en grâce à notre bien-aimé roi. Il te répète une fois encore que tu dois leur ôter la vie et toi, tu choisis de rester les bras croisés. Je me trompe ?

Davíd n'avait pas envie de se livrer à une joute verbale avec son prédécesseur. Il s'apprêta à partir. Halldora trempa un autre morceau de cartilage dans l'huile de foie de requin et se mit à le mâchouiller.

– Tu n'as peut-être pas le courage nécessaire, reprit Olafur. J'ai cru comprendre que le gouverneur Magnus t'a également rappelé à l'ordre. Est-ce qu'il est au courant de ces drôles de lettres que tu passes ton temps à écrire ? Mais cela, tu t'en fiches, n'est-ce pas ?

– Je ferai ce que le roi ordonne, rétorqua Davíd, ne t'inquiète pas !

– Eh bien, je te trouve plutôt hésitant, toussa Olafur pour tenter d'expulser le morceau de mouton coincé dans sa gorge. Ce n'est pas ainsi que travaille un bailli.

– Je lui ai écrit une seconde lettre, déclara Davíd.

– Une seconde lettre ?! Au roi ?! Et elle est partie sur ce navire ? C'est pour ça que tu traînes ici ?

– Je ferais mieux de me dépêcher, répéta Davíd au maître de maison.

– Est-ce que tu es en train de me dire, s'écria Olafur, en proie à une subite et bruyante quinte de toux, que le roi a signé cet arrêt de mort à deux reprises et que tu ne daignes toujours pas obéir à ses ordres ?! À ton avis, comment va-t-il réagir ? Tu crois qu'il sera satisfait ?

– L'avenir le dira, répondit Davíd.

– Te livrerais-tu à ces imbéciles allées et venues simplement pour leur offrir un sursis supplémentaire ? Tu connais d'ores et déjà la décision du roi. Tu sais que tu ne pourras pas te dérober à la tâche que tu dois accomplir !

Davíd n'eut pas le temps de répondre, Olafur continuait sur sa lancée, arrogant.

– Laisse-moi te dire qu'il va toi aussi te faire raccourcir d'une tête quand il lira cette lettre ! s'exclama-t-il en riant. Oui, toi aussi, mon petit Davíd ! Tu peux en être sûr !

– Tais-toi donc, espèce de vieille baderne, hurla Halldora à son mari, consternée de l'entendre parler en ces termes à un visiteur sous un toit qui n'était pas le leur.

Davíd partit sur ces entrefaites. Eirikur le raccompagna à la porte, ils échangèrent quelques mots, Davíd se remit en selle et reprit la direction de Hagi. Eirikur retourna dans la maison où le chaos régnait. Olafur suffoquait, il s'était coincé une autre bouchée de mouton dans le gosier et n'arrivait pas à l'expulser. Il s'était levé de table, le visage cramoisi, il happait l'air en s'efforçant de recracher le morceau. Eirikur accourut et lui donna de grandes tapes dans le dos, Kristin, son épouse, se précipita dans la cuisine pour en rapporter un pichet de lait et lui servir un verre, mais Olafur l'écarta d'un revers de main, le pichet lui échappa et elle renversa le lait sur la table. Olafur tomba à genoux et, sous les yeux de tous, impuissants, succomba rapidement.

– Il l'avait bien dit, soupira Halldora, mâchouillant son cartilage au-dessus de son époux. Le vagabond l'avait prévenu !

42

Quelque temps plus tard, un imposant carrosse aux portes frappées des armoiries royales s'arrêta devant l'atelier de Jon Sivertsen. Le conseiller du dauphin en descendit. Les chevaux à la robe luisante s'ébrouaient sous le poids de leur harnachement en secouant leurs crinières. Le conseiller resta un moment sur le trottoir et scruta la maison avant d'y entrer en annonçant qu'il souhaitait parler à l'artisan, si c'était possible. Aussi avenant qu'à leurs premières rencontres, le jeune homme que Jon avait vu deux fois devant l'horloge d'Habrecht en vint droit au fait : le vent avait à nouveau tourné au palais de Christiansborg. Après avoir passé des semaines difficiles, alité sur les conseils de ses médecins, le roi allait mieux et ses relations avec son fils, le très respectable prince Frédéric, s'étaient grandement apaisées. Sa Majesté et le dauphin avaient discuté du chef-d'œuvre du maître artisan suisse et décidé d'un commun accord qu'il était souhaitable que Jon Sivertsen continue à le restaurer.

Quand le carrosse s'était arrêté devant chez lui, Jon Sivertsen avait supposé qu'on venait le chercher pour le punir d'avoir rencontré le souverain en secret. L'annonce du conseiller le déconcerta d'autant plus, même s'il se réjouissait de pouvoir se remettre au travail. En revanche, il était angoissé à l'idée de retourner dans la salle des collections où il devait s'attendre à voir des gens faire irruption et à toutes sortes de diversions qui n'avaient rien à voir avec la tâche dont il souhaitait s'acquitter. Il n'osa pas demander si quelqu'un avait eu vent de sa récente visite au roi Christian VII, ni si ce nouveau revirement était en rapport avec son expédition secrète. Il gardait un souvenir encore vif de l'affliction qu'il avait ressentie en voyant son roi dans cette affreuse situation, et il n'arrivait pas à oublier ses yeux gonflés, pleins de souffrance et de tristesse.

Après lui avoir transmis son message, le conseiller resta dans l'atelier et attendit sa réponse. Jon avait besoin de réfléchir. Il jeta un œil vers le balluchon qui contenait ses outils, regarda le jeune homme, qui décida brusquement que le délai de réflexion était écoulé.

– Je crains que tu n'aies pas le choix, dit-il, c'est la volonté du roi.

– Ah bon ? s'étonna Jon.

– Si tu me demandes pourquoi, je te répondrai qu'à mon avis Sa Majesté désire avant tout entendre la suite des aventures de ta famille en Islande. Le roi a toujours beaucoup apprécié les histoires, il peut les écouter des heures durant. Elles ont sur lui des vertus apaisantes. Ça semble être le cas de celles que tu lui racontes sur le… le… comment s'appelle cet endroit ?

– Le Breidafjördur.

– En effet.

– Elles ne l'ont pourtant pas toujours apaisé, fit remarquer Jon, c'est le moins qu'on puisse dire.

– Peut-être, mais elles lui manquent. Il l'a clairement fait savoir au prince. Qui sait, peut-être est-ce toi qui as sur lui ces vertus apaisantes.

– Mais je n'ai le droit de rien lui dire, protesta Jon.

– Si tu évites de trop lui parler de ces histoires de paternité usurpée, ça devrait aller, répondit le conseiller. Il s'en est remis.

– Remis ?

Le jeune homme hocha la tête, considérant qu'il n'avait pas à lui donner d'autres explications.

Il continuait à scruter l'horloger. Jon comprit enfin qu'il ne quitterait pas les lieux sans lui.

– Vous voulez dire que je dois venir maintenant ? Sur-le-champ ?

– Si tu veux bien te donner la peine, répondit le conseiller sans perdre patience.

– Oui, je peux faire ça, répondit Jon en remettant un peu d'ordre dans son échoppe avant de saisir sa besace à outils et de suivre le jeune homme dans le carrosse aux sièges en cuir noir et moelleux. Ils se rendirent directement au palais et dans la salle des collections où le conseiller prit congé en lui souhaitant bonne chance. Jon s'installa devant l'horloge. Il lui semblait retrouver un vieil ami : il passa en revue tous les éléments et mesura à nouveau le travail déjà accompli : il avait retrouvé la Vierge Marie, s'était arrangé pour remettre les Rois mages en mouvement et pour amener les rouages à s'épouser de manière à s'emboîter et à s'associer comme ils l'avaient fait deux cents ans plus tôt. Il donna une pichenette à l'une des clochettes qui lui répondit par une belle note pure et, aussitôt, Jon Sivertsen reprit sa tâche où il l'avait laissée.

Trois ou quatre jours durant, il bénéficia d'une parfaite quiétude sans que personne ne vienne le déranger en dehors du régisseur des collections qui lui demanda, cette fois-ci humblement et sans colporter le moindre ragot ni se montrer mauvaise langue, s'il pouvait apporter à monsieur l'horloger quelque chose pour son confort. Jon lui répondit qu'il ne manquait de rien.

Un après-midi, il s'absenta quelques instants et trouva à son retour un jeune homme endormi au pied de l'horloge. C'était la première fois qu'il le voyait. Âgé d'une trentaine d'années, il avait une épaisse chevelure, un visage aux traits réguliers et sa chemise en lin blanc lui seyait joliment. Il semblait avoir voulu se reposer. Jon l'observa quelques instants avant de lui donner de légers coups de pied pour le réveiller. Enfin, l'inconnu ouvrit les yeux, lui adressa un sourire, se leva avec nonchalance et se présenta. Il s'appelait Bertel.

– Ah ? répondit Jon sans comprendre.

– Je suis venu avec Grimur, ajouta le jeune homme en regardant autour de lui. Il n'est pas avec toi ?

– Grimur ? De qui parles-tu ?

– Thorkelin. Grimur Thorkelin. Il voulait te voir et j'ai voulu en profiter pour admirer la merveille que tu restaures. Excuse-moi, je ne voulais pas… Grimur m'a dit que je pouvais me reposer si je le souhaitais. Je vois que ces statuettes ne sont pas franchement en bon état, ajouta-t-il en montrant les figurines qui représentaient les Âges de l'Homme, éparpillées çà et là. Jon n'avait pas encore eu le temps de s'en occuper, elles étaient en effet en piteuse condition et nécessitaient d'importants travaux de restauration. Cela valait surtout pour celle de la Jeunesse.

– Oui, elles sont très abîmées, elles symbolisent les quatre Âges de l'Homme et elles sont censées se déplacer sur ces rails, vois-tu, expliqua Jon en lui montrant l'emplacement qu'elles devaient occuper sur l'horloge.

Ils entendirent des pas dans la salle et virent Grimur Thorkelin, le conservateur des archives secrètes du roi, s'avancer vers eux d'un air joyeux.

– Bonjour Jon et que Dieu te bénisse, le salua Grimur en lui tendant sa main rêche. Sa peau ressemblait aux documents jaunis qu'il conservait, ses cheveux hirsutes aux bords élimés d'un parchemin, et il avait des pellicules sur les épaules. Te voilà donc devant cette horloge. On m'a dit qu'il s'en passait de belles !

– Oh, rien de bien intéressant, répondit Jon.

– Je vois que tu as eu le temps de faire connaissance avec Bertel, reprit Grimur en présentant formellement à son compatriote le jeune homme qui s'appelait en réalité Albert. C'est le fils de Gottskalkur, le sculpteur dont tu as bien sûr entendu parler et qui manie le ciseau à bois comme personne. Bertel a lui aussi de l'or dans les mains, ajouta-t-il, élogieux.

Jon connaissait en effet Gottskalkur. N'était-ce pas lui qui travaillait au chantier naval de l'îlot de Holmen, qui sculptait de si beaux ornements sur les navires marchands et de magnifiques femmes en figures de proue. Gottskalkur Thorvaldsson ? Originaire du Skagafjördur, dans le nord de l'Islande ?

– Si, c'est bien lui, son fils a pris le nom de Thorvaldsen au Danemark, il a de grands projets, répondit Grimur, confirmant tout ce que l'horloger venait de dire. Puis le conservateur se mit à parler d'Albert, qui préférait se présenter toujours comme Bertel, et qui avait récemment réalisé pour lui un buste du regretté Jon Eiriksson qui s'était jeté du pont de Langebro. Tu te souviens, n'est-ce pas ? Il était bibliothécaire en chef à la Bibliothèque royale, dire que le pauvre homme en était arrivé à ces terribles extrémités.

– Tout à fait, quel affreux gâchis, répondit Jon qui se rappelait bien le tragique événement. Donc, tu étudies les arts ? demanda-t-il au jeune homme.

– Oui, ici, à l'Académie, répondit Bertel tandis qu'il manipulait la statuette figurant la Jeunesse d'un air pensif.

– Il veut aller à Rome, reprit Grimur avec fierté.

Le jeune homme semblait intimidé par les éloges du conservateur, il regarda Jon et lui posa des questions sur le fonctionnement de tel ou tel élément de l'horloge. Quand l'artisan lui eut expliqué le tout, Bertel s'intéressa à nouveau aux statuettes.

– Si tu veux bien, je peux essayer de les restaurer, proposa-t-il. Je pourrais les emporter à l'Académie. Si ça t'intéresse.

Sans attendre la réponse de Jon, Grimur entraîna l'artisan à l'écart en demandant à Bertel de les excuser quelques instants, il devait parler à l'horloger seul à seul, en privé. Cela ne dérangea pas le jeune homme, tant il était occupé par le chef-d'œuvre et les statuettes.

– On m'a dit, chuchota le conservateur des archives secrètes du roi, que tu as développé une relation tout à fait privilégiée avec Sa Majesté ici même, dans la salle des collections, est-ce vrai ?

– Oui, le roi passe régulièrement me voir, répondit Jon.

– Pourquoi ? Qu'est-ce qu'il vient faire ici ?

– Assister aux progrès de la restauration, cette horloge le fascine, répondit Jon, hésitant à s'engager dans ce genre de conversation.

– Et c'est tout ?

– Il reste assis à discuter, ça le distrait, enfin, je suppose.

– Et de quoi parlez-vous ? demanda Grimur.

– De choses et d'autres.

– J'ai cru comprendre que tu l'avais mis dans tous ses états, c'est vrai ? Que tu lui rapportes des histoires…

Jon hésitait encore. Il regarda Grimur un long moment en se demandant s'il pouvait lui faire confiance. Dieu seul savait combien il brûlait d'envie de se délester d'un certain nombre de choses qui lui étaient arrivées ces derniers mois. Il poussa un soupir et entreprit de lui raconter l'étrange défilé auquel il avait assisté devant l'horloge d'Habrecht, les visites du roi, puis celles des nobles et du dauphin, et plus il parlait, plus il se sentait libéré. Il était heureux de pouvoir enfin discuter avec quelqu'un des événements dont il avait été témoin au palais même s'il ne se permettait peut-être pas de tout raconter. Puis, tout à coup, il se laissa aller et lui parla de la violente réaction du roi lorsqu'il avait hélas commis l'impair d'évoquer devant Sa Majesté le terrible sort qu'avaient connu son père et sa gouvernante et le rôle important que Frédéric V, le père du roi Christian, avait joué dans cette affaire. Ensuite, il s'était vu contraint de lui raconter toute l'histoire en détail et sans rien omettre. Tout cela avait mis Jon dans l'embarras, il avait tenu à relater les faits quels qu'ils soient avec le plus grand souci de réalisme et de vérité, et en effet, certains détails avaient perturbé le roi, tant et si bien que sa fille, Louise

Augusta, puis son fils, le dauphin en personne, étaient venus l'interroger sur ses conversations avec le souverain et lui avaient interdit de continuer à restaurer l'horloge, interdiction qui avait désormais été levée.

Grimur Thorkelin l'écouta avec intérêt, disant qu'il n'avait qu'un vague souvenir de ces événements. Maintenant que Jon les lui avait remis en mémoire, il se rappelait ce procès qui avait eu lieu dans l'ouest de l'Islande et était étonné d'apprendre que l'horloger Jon Sivertsen était le fils de ce repris de justice.

– Tout le monde n'est pas logé à la même enseigne, répondit Jon. Il suffit d'avoir trois relations hors mariage en Islande pour être condamné à la pendaison alors qu'à trois rues d'ici, chacun peut se vautrer dans la luxure à sa guise.

– Qu'est-ce qui a perturbé le roi ? demanda Grimur.

– Je ne le sais pas vraiment. Il y a évidemment ces relations hors mariage, ce subterfuge mis au point pour se tirer d'affaire et cette paternité que mon père et Gudrun ont voulu faire endosser à un autre homme.

– Une usurpation de paternité ?

– Oui, comme je viens de te l'expliquer, mon père a d'abord déclaré qu'il était aussi celui d'Einar, le fils de ma mère, mais c'était faux. Plus tard, quand Gudrun est tombée enceinte de lui, il a demandé à un autre homme de déclarer qu'il était le père de leur enfant. Cet homme s'appelait Thordur. Thordur de Kot.

– Et tu en as beaucoup parlé au roi ? De cette… usurpation de paternité ? demanda Grimur, curieux.

– C'est justement ça qui était le cœur du problème. Oui, nous en avons parlé en détail.

– Si j'ai bien compris, il a fait des crises. On a dû l'enfermer dans sa chambre, il a donné du fil à retordre à ses médecins et conseillers, et plus encore au dauphin.

– Je l'ignorais.

– Ah bon ?

– Oui.

– Dieu tout-puissant, Jon, comment peux-tu être naïf à ce point ? soupira Grimur Thorkelin.

Jon ne savait pas quoi répondre. Il fixait Grimur qui le regardait également d'un air inquisiteur.

– Tu es en train de me dire que tu n'as pas compris ?

– Comment ça, pas compris ?

– Donc, tu crois que le roi Christian est le vrai père de la princesse Louise Augusta ?

– Eh bien, évidemment.

– Cela n'a justement rien d'évident, répondit Grimur en baissant la voix. Il y a même de sacrés doutes.

– Ah bon ?

– Tout le monde sait au palais que le roi s'est lui-même rendu coupable d'usurpation de paternité et qu'il a reconnu une enfant qui n'est pas la sienne. Et tu t'étonnes que tes histoires aient fini par le clouer au lit ?!

Jon fixait le conservateur des archives secrètes, abasourdi.

– Monsieur l'horloger ignorerait-il comment on surnomme la fille du roi à la cour ? lui murmura Grimur à l'oreille. La princesse Louise Augusta ? La fille du roi Christian et sœur du dauphin ? Tu ne le sais donc pas ?

– Non, comment… comment on la surnomme ?

– La petite Struensee ! On l'appelle la petite Struensee !

43

La maisonnée aperçut au loin une imposante silhouette qui avançait avec lenteur, le pas pesant, en se balançant bizarrement. Tandis qu'elle se rapprochait du domaine en longeant le rivage, les gens de Hagi l'observaient de temps en temps et crurent bientôt reconnaître l'homme qu'on avait amené ici, pieds et poings liés, les derniers jours du règne d'Olafur. Ils murmurèrent que c'était sans doute Bjarni Búi, qui venait voir le nouveau maître de maison. Sa visite n'avait qu'un seul motif possible. Même si ce n'était qu'une simple rumeur, on chuchotait dans les campagnes que, lors de leur dernière entrevue, Bjarni et Olafur avaient conclu un accord. Le scélérat venait donc vérifier si ce dernier était encore en vigueur malgré la nomination d'un nouveau bailli.

Et en effet, c'était bien Bjarni, surnommé Búi, ce colosse longiligne avec sa lèvre inférieure difforme, ses bajoues, ses petits yeux éteints et son épaisse tignasse qui lui retombait sur les épaules. Il marmonnait des paroles inaudibles et entra directement dans la maison sans saluer personne, il voulait voir le nouveau bailli. On lui répondit que M. Davíd Scheving était absent pour l'instant. On l'emmena dans l'appentis qu'on avait transformé en salle lambrissée en l'informant qu'il pouvait attendre là s'il le souhaitait. Le bailli rentrerait à l'heure du dîner. Mécontent de cet accueil, Bjarni marmonna quelque chose de sa grosse lèvre qui s'était jadis fendue et n'avait jamais retrouvé sa forme initiale, puis il demanda en grommelant qu'on lui apporte à manger pendant qu'il patientait. On lui donna un bol de bouillie qu'il finit en un clin d'œil. Il souhaita qu'on le resserve, ce qui fut aussitôt fait. Il réclama un peu de poisson séché à se mettre sous la dent, on lui en apporta un morceau avec une noix de beurre. Sur quoi, repus, il n'embêta plus personne et s'endormit sur le banc.

Pendant ce temps, les domestiques discutaient à voix basse de Bjarni, connu dans tout le canton de Raudasandshreppur et au-delà. L'homme ne brillait pas par son intelligence, on disait qu'il inspirait une terreur plus grande encore que les autres individus de son espèce. Chacun savait que, comme pas mal de gens, il faisait partie de ces journaliers également brigands, incapables de garder une place et qui allaient de-ci de-là, semant le désordre par leurs emportements, leur violence et leurs larcins. Plus ils étaient grands et imposants, plus ils étaient dangereux : c'était le cas de Bjarni Búi, aussi corpulent qu'acariâtre. Il avait coutume de s'en prendre aux plus faibles que lui, incapables de se défendre. Condamné plus d'une fois à payer des amendes ou au fouet, il s'entêtait à récidiver.

À son retour, on informa Davíd que Bjarni, ce scélérat, dormait dans l'appentis. Arrivé dans la journée, il avait demandé à voir les autorités. Davíd ignorait les manigances de son prédécesseur avec cet homme dont la visite le surprenait. Ceux de son espèce ne venaient d'ordinaire pas frapper à la porte du domaine de leur propre initiative, ils y arrivaient le plus souvent pieds et poings liés. Curieux et tenant à savoir au plus vite ce qui l'amenait, le jeune bailli alla droit dans l'appentis. Bjarni était alors en train de se réveiller, allongé sur le banc. Davíd annonça qu'on l'avait informé qu'il souhaitait le voir.

Bjarni mit quelques instants à sortir vraiment du sommeil. Il passa le dos de sa main sur sa lèvre fendue et leva ses petits yeux vers le bailli.

– Ah ça, pour sûr, je dois parler aux autorités, confirma-t-il.

Davíd attendit ses explications.

– Olafur m'a dit qu'il me paierait grassement, reprit Bjarni. Nous avons passé un accord. Il a promis d'abandonner toutes les charges contre moi et… qu'en plus, il me donnerait quelques sous.

– Tu parles du défunt bailli Olafur ?

Bjarni hocha la tête.

– Nous avons passé un accord, répéta-t-il, d'un ton résolu, presque insolent. Je voulais savoir si cet accord tenait toujours, et je me demande, si c'est le cas, à quel moment nous allons le mettre en œuvre. M. Olafur m'a même dit qu'il pourrait me donner une petite avance. Je me demandais si je ne pourrais pas l'avoir maintenant, cette avance.

– Un accord ? À quel sujet ?

– M. Olafur ne vous en a pas informé ? Cette histoire n'était pas censée traîner aussi longtemps.

– Informé de quoi ? Un accord sur quoi ?

– Les exécutions, répondit Bjarni. Pour lui, la décapitation, et pour elle, la noyade. J'ai promis de m'en charger.

Davíd crut qu'il avait mal entendu. Il y avait un certain temps qu'il avait envoyé sa seconde requête en grâce, mais n'avait pas encore reçu de réponse et, dans l'intervalle, s'était efforcé de ne pas trop penser à cette triste affaire. Malgré l'ombre que projetait sur leur vie la perspective d'une exécution dont ils espéraient qu'elle n'aurait pas lieu, Sigurdur travaillait d'arrache-pied au domaine et Gudrun, qui avait depuis longtemps mis au monde un beau petit garçon, dirigeait de main de maître la ferme de Geirseyri.

– Tu as bien dit les exécutions ? vérifia Davíd. Tu veux dire… ?

– Les deux, plastronna Bjarni en reniflant. C'est en moi qu'il avait le plus confiance, notre M. Olafur. Il m'a dit que j'étais la personne la plus qualifiée pour le faire.

– Je… je ne suis pas au courant de cet accord, répondit Davíd. Est-ce que tu as… un document de mon prédécesseur concernant ces dispositions ?

– Non, aucun, maugréa Bjarni. Je n'ai rien pour le prouver. Monsieur le bailli ne me croit pas ? Il pense que je mens ?

– Non, enfin…

– Laissez-moi vous dire que nous nous sommes serré la main, Olafur et moi. Il disait que c'était suffisant. Qu'on s'y prenait comme ça pour ce genre de choses.

– Oui, je suppose, répondit Davíd.

– J'aurais voulu savoir à quel moment vous aurez besoin de mes services, reprit Bjarni.

– L'administration espère pouvoir s'en passer. La décision finale ne nous est pas encore parvenue et j'ignore quand nous la recevrons, par conséquent il m'est difficile de te répondre.

– Mais d'après Olafur…

– Ce qu'Olafur t'a dit n'a plus aucune importance.

– … ça ne devait pas me poser problème et il comptait s'arranger pour que les choses aillent vite, poursuivit Bjarni, terminant sa phrase. Il s'enfonça un doigt dans l'oreille, y fouilla consciencieusement, puis le mit dans sa bouche avant de l'essuyer sur son pantalon. Olafur m'a aussi dit qu'il aurait sans doute du mal à trouver des gens par ici pour se charger de ce travail. Je lui ai répondu que ce serait un honneur pour moi de collaborer avec l'administration, puis on s'est serré la main pour conclure le marché, moi et Olafur, on a passé un accord et je voulais savoir si je ne pourrais pas avoir une petite avance, vu que pas mal de temps a passé sans que les choses se fassent et que, pour l'instant, je n'ai rien eu.

– Non, je ne te ferai pas cette petite avance, répondit Davíd. Je ne sais pas ce que toi et Olafur vous êtes dit et…

– Je ne vous mens pas, lança Bjarni en fronçant les sourcils. Vous croyez peut-être que je vous mens ?

– Non, je n'en sais rien, répondit Davíd, persuadé que Bjarni lui disait la vérité. Mais l'affaire n'est pas encore close et nous parlons pour ne rien dire.

– Est-ce qu'on fera ça ici ? Je dis ça histoire de me familiariser avec l'endroit. Où voulez-vous qu'on lui coupe la tête ? Ici, au domaine ?

– Je te demande de quitter les lieux, déclara Davíd. Je n'ai pas besoin de toi pour l'instant.

– Et elle, où va-t-on la noyer ? s'entêta le colosse sans bouger d'un pouce. Peut-être à Geirseyri ? Monsieur le bailli voudra peut-être que je m'en charge également.

Davíd le dévisagea longuement. Il ressemblait à un animal idiot avec ses joues qui pendouillaient, sa lèvre difforme et son regard imbécile. Bjarni ne se laissa pas impressionner, il fixa le bailli et le défia d'un sourire insolent. Davíd savait que ce qu'Olafur avait dit à ce crétin n'était pas faux, il serait difficile de trouver quelqu'un dans la région qui accepte d'endosser le rôle de bourreau.

– Allez, va-t'en, mon vieux, lança Davíd, d'un ton méprisant en quittant le hangar. Je n'ai rien à te dire !

Bjarni éclata de rire.

– Mais personne d'autre que moi ne voudra le faire ! cria-t-il.

Puis il resta seul à marmonner en se tordant la bouche, disant que monsieur le bailli reviendrait le voir en rampant, ah ça oui, en rampant, pour le supplier de se charger de ces basses besognes…

44

Quand Grimur Thorkelin, conservateur des archives secrètes, eut quitté les lieux avec le jeune artiste qui avait emporté les quatre statuettes abîmées pour les restaurer, Jon se laissa tomber bien plus qu'il ne s'assit dans le fauteuil du roi en essayant de se rappeler combien de fois il avait fait état dans son récit de paternités douteuses. Et combien de fois elles étaient assorties de duperies, de mensonges, de tromperies et de dérobades. Le conservateur des archives l'avait ébranlé lorsqu'il lui avait dit que la princesse elle-même, l'adorable Louise Augusta, qui avait caressé la joue de Jon de son éventail, n'était pas réellement la fille du monarque, mais celle du médecin allemand, traître à la nation et amant de la reine, Johann Friedrich Struensee. Maintenant qu'il savait que le souverain était lui-même coupable d'usurpation de paternité, Jon comprenait mieux certaines de ses réactions et les entrevoyait sous un jour plus clair.

– Mais il ne m'a jamais rien dit, s'était-il défendu.

– Jamais rien dit ?! avait soupiré le conservateur. C'est un sujet très sensible. Quelle raison aurait-il de l'aborder avec un horloger venu d'Islande ?

Consterné par l'ignorance de Jon, Grimur lui avait fait part de sa stupéfaction, tout le monde était au courant, du moins dans l'entourage du roi. Mais Grimur avait beau jeu d'affirmer cela : évoluant dans les cercles les plus proches de la cour et de la chancellerie, il pouvait à sa guise se repaître des rumeurs avec ses pairs dans les beaux salons. Jon était un homme simple, un horloger originaire des campagnes d'Islande qui ne se souciait nullement de mondanités et se fichait éperdument des ragots sur la famille royale. De manière générale, il ne s'intéressait pas aux arcanes de la royauté ni aux intrigants qui les peuplaient. Il se passionnait pour son travail et se sentait heureux quand ses compatriotes entraient, parfois par hasard, dans son atelier, porteurs de nouvelles du pays, ou lorsqu'il les retrouvait dans les tavernes. En dehors de ces plaisirs, il vivait en toute simplicité dans le petit appartement au-dessus de son échoppe et, bien sûr, il était en grande partie passé à côté des événements de ce monde, sans vraiment le regretter.

Comment était-il possible que son instable et très révéré souverain, ait été rendu plus fragile encore, voire peut-être tout bonnement fou, à force de l'écouter? Comment se faisait-il que Jon ait, certes en toute innocence, commis erreur sur erreur sans mesurer à quel point ses propos affectaient le roi ni entrevoir l'effet que produisaient ses paroles sur son seul et unique auditeur? N'aurait-il pas mieux fait de s'interrompre pour essayer de comprendre ce qui n'allait pas et en quoi il était en partie responsable? N'avait-il pas justement remarqué que le roi se montrait de plus en plus agité et de plus en plus étrange au fur et à mesure que leurs entrevues se multipliaient, jusqu'au moment épouvantable où il avait découvert Sa Majesté dans le lit de Mme Isaksen, où le souverain s'était violemment disputé avec le dauphin et s'était finalement retrouvé attaché à son lit?

Seigneur Dieu! Plus il réfléchissait, plus il était inquiet et désemparé. Était-ce par sa faute que le roi s'était mis à divaguer? Comment aurait-il pu imaginer que son récit aurait de si funestes conséquences? Ne s'était-il pas contenté de raconter à son souverain le genre d'histoires qu'on se racontait en Islande pendant les veillées, et surtout – il convenait de l'ajouter – à la demande expresse de Sa Majesté? Des histoires de famille tragiques, certes, le terrible destin de ses proches, en effet, mais dont l'unique objectif était en réalité d'informer le roi de l'injustice dont les siens avaient été victimes. Comment

Jon Sivertsen aurait-il pu imaginer les conséquences sur le monarque ? Il n'était pas expert en généalogie des rois, des reines et des princes, il ignorait les règles qui régissaient la manière dont ces gens se mélangeaient ou s'abstenaient de se mélanger. Il était horloger.

À nouveau, il soupira.

Si tout ce que Grimur avait dit était vrai, Christian VII avait sans doute assez vite vu son propre reflet dans les actions des protagonistes, les paternités usurpées ou dissimulées et la mise au point du subterfuge. Le roi avait trouvé des fragments de lui-même dans les propos de Jon, ce qui expliquait sans doute pourquoi il tenait tant à l'entendre et posait une foule de questions sur ces aventures. Dans ce cas, qui était Struensee, qui était Louise Augusta et qui était le roi Christian VII dans le récit de l'Islandais ? Le monarque avait dû s'identifier à Sigurdur pour la première usurpation de paternité, Helga était donc la reine et Gunnar de Hvammeyri le médecin allemand. Mais qu'en était-il de la seconde paternité ? Sigurdur était-il le double du médecin allemand ? Et Gudrun, la reine Caroline et… ? Oh, Seigneur Dieu… Comment Jon avait-il pu être aussi aveugle ? Le roi Christian VII était-il dans ce cas ce pauvre diable de Thordur de Kot ?!

Et qu'en était-il de l'arrangement secret ? Celui mis au point en Islande avait été découvert tant il était maladroit, mais il se justifiait par la détresse des personnes impliquées. Au palais de Christiansborg, la vie suivait son cours et le secret était gardé jusqu'au sommet de l'État. Cela n'affectait-il pas le roi ? Cette affaire n'avait-elle pas été couverte d'une chape de plomb jusqu'à l'arrivée de l'horloger, de l'artisan qui tentait non seulement l'impossible pour sauver l'horloge, mais qui devait en outre s'accommoder d'être constamment importuné par telle ou telle tête couronnée ? Jon était-il allé trop loin en racontant à Sa Majesté les événements dont il avait été témoin dans sa jeunesse ? Ne pouvait-il pas s'enorgueillir d'avoir suscité chez son roi tant d'émotions ? À moins que le monarque n'ait rien eu d'autre en tête ces derniers temps que les enfants du péché ?

Jon secoua la tête. Non, il n'était décidément pas responsable de tout cela. N'étant pas au fait des affaires de cœur dont le palais avait jadis été le théâtre, il s'était contenté de relater les événements en toute sincérité. Peut-être avait-il enjolivé certains passages, peut-être n'avait-il pas fait preuve d'une parfaite exactitude, mais c'était le droit du conteur de dire ou de taire tel ou tel élément. De conter l'histoire qu'il voulait conter, de le faire à sa façon et sans que personne ne vienne faire ingérence. Il avait certes entendu parler de gens qui avaient été exilés ou décapités à cause de la manière dont ils avaient agencé leur récit ou parce qu'ils avaient choisi un sujet qui avait déplu, mais…

Il entendit du bruit à la porte et se leva d'un bond, quittant le fauteuil avant que le roi Christian n'arrive devant l'horloge, l'air plutôt déprimé, taciturne, en robe de chambre et bonnet de nuit alors qu'il faisait encore plein jour. Dérogeant à son habitude, le monarque ne salua pas l'artisan, il s'installa dans son fauteuil, la joue posée sur la main, et resta ainsi un long moment, immobile et mutique. Jon se posta à côté du chef-d'œuvre, tête inclinée, et voyant que le souverain ne semblait pas vouloir prendre la parole, il prit l'initiative de lui demander s'il pouvait faire quelque chose pour lui.

– Continue ton histoire, ordonna Christian VII. Où en étions-nous ?

– Nous attendions la dernière réponse de votre père, si vous me permettez, Sire. Elle n'est pas encore arrivée. Je voulais vous raconter qu'entre-temps, le bourreau s'était présenté au nouveau bailli.

– Le bourreau ?

– Il s'appelait Bjarni et, pour une raison que j'ignore, on le surnommait Búi. Cela signifie *fermier* ou *voisin* en islandais ancien et, si je puis me permettre, cet homme était piètre fermier, et encore plus mauvais voisin. C'était un infâme scélérat. Le bailli Olafur avait passé un accord avec lui pour être l'artisan des exécutions.

– Eh bien, c'était sans doute l'homme le plus qualifié pour s'occuper de la besogne, répondit le roi d'un ton las.

– Il serait sans doute plus juste d'affirmer qu'il était le seul dans les parages à vouloir s'en charger, ajouta Jon. Apparemment, personne d'autre ne voulait le faire, Sire.

Le roi se borna à renifler d'un air maussade. La dernière fois que Jon l'avait vu, il était attaché à son lit et, à en croire le jeune conseiller venu chercher l'horloger chez lui pour le ramener à Christiansborg, la santé de Sa Majesté s'était considérablement améliorée et le monarque désirait qu'on reprenne la restauration de l'horloge. Il allait beaucoup mieux. Il y avait cependant un fort contraste entre ces affirmations et la triste image que renvoyait à Jon le roi de Danemark qui, affalé dans son fauteuil, à peine capable de dire un mot sans être interrogé, semblait complètement ailleurs. Jon ne se rappelait pas l'avoir jamais vu dans un tel état d'abattement.

– Avant de poursuivre mon récit, Majesté, reprit l'Islandais en choisissant soigneusement ses mots, je tenais à ce que vous sachiez combien j'ai apprécié toutes les heures que nous avons passées ensemble ici avec Habrecht. Combien ces heures ont été riches d'enseignements et de joies pour un simple horloger comme moi.

Le roi ne répondit pas. Jon hésita. Sa condition s'opposait à ce qu'il se livre à des échanges aussi informels que ceux qu'il avait développés avec son roi. En réalité, il n'était pas censé ouvrir la bouche à moins d'en avoir reçu l'autorisation. Les choses avaient déraillé au fil de leurs entrevues et, sans que Jon se soit vu élevé à un rang supérieur, leurs conversations étaient désormais plus banales que ne l'autorisait le protocole entre un simple homme du peuple et le plus haut dignitaire du royaume de Danemark. Là aussi, Jon craignait d'avoir fait preuve d'imprudence en se rendant coupable d'inconvenance voire d'irrespect en présence de son roi, quelle que soit sa condition mentale, laquelle compliquait sans doute leurs relations.

– En outre, avec votre permission, Sire, reprit-il, j'ose espérer que rien de ce que j'ai pu vous dire devant cette horloge n'a troublé la quiétude de Sa Majesté ni n'a été perçu comme un manque de respect à son égard. Si tel était le cas, je tenais à vous présenter mes plus humbles excuses. Mon intention a toujours été de vous témoigner un profond respect et de faire de mon mieux pour vous relater ces événements dans le plus grand souci d'honnêteté et de vérité.

Le roi ne répondait toujours pas. Jon décida de finir de lui dire ce qu'il avait sur le cœur pour en être débarrassé.

– J'espère de toute mon âme, Sire, que les histoires que je vous ai racontées n'ont pas alarmé Sa Majesté et qu'elles ne sont pas à l'origine des événements advenus au palais ces dernières semaines.

Le roi consentit enfin à réagir, il se redressa dans son fauteuil et se pencha en avant.

– Contente-toi de me raconter la suite, horloger, dit-il. Pour le reste, c'est à moi de m'en inquiéter.

45

En sortant de l'appentis, Davíd Scheving croisa sa femme et remarqua son air inquiet. Elle lui demanda ce que Bjarni lui voulait, le jeune bailli tenta d'éluder sa question, mais face à son insistance, lui avoua que le colosse avait passé un accord avec Olafur concernant les exécutions de Gudrun et de Sigurdur. Davíd avait fini par lui ordonner de quitter le domaine, mais il regrettait de s'être montré un peu brusque, sachant qu'il n'était pas certain pour l'instant que l'administration puisse se passer de ses services. Sa femme secoua la tête, toujours aussi soucieuse, et parla d'étranges coïncidences. Davíd lui demanda s'il y avait un problème, si un événement fâcheux était advenu pendant son absence. Elle lui répondit qu'un navire de commerce danois était entré dans le Patreksfjördur avec à son bord le courrier destiné à l'administration, leur ami Eirikur de Vatneyri l'avait apporté aussitôt au domaine. Il contenait, entre autres, une missive du palais de Christiansborg.

– Tu la trouveras sur ton bureau.

– Ah, répondit Davíd, la réponse est donc arrivée ?

– Accompagnée d'un colis, répondit son épouse.

– D'un colis ?

– Je l'ai posé à côté.

Davíd gagna son cabinet et ferma la porte. Depuis longtemps, il redoutait cet instant. Il vit sur le bureau la lettre qui lui était adressée, scellée et ficelée d'un ruban comme les deux précédentes. Un paquet était posé à côté, qui accompagnait manifestement la missive puisque l'adresse était écrite de la même main et qu'il portait également le sceau du roi. Davíd s'en empara et le palpa, le contenu était mou, comme s'il abritait une pièce d'étoffe ou un vêtement.

Le bailli le reposa, saisit la missive qui devait l'informer de la décision finale du roi et rompit le sceau.

À peine dix jours plus tôt, il était allé dans le Patreksfjördur pour se renseigner sur les navires qui avaient accosté, il avait passé la nuit chez Eirikur de Vatneyri avant de rentrer au domaine de Hagi et s'était arrêté à Geirseyri pour rendre visite à Gudrun Valdadottir sur le chemin du retour. Elle surveillait comme lui les navires, la décision du roi ne tarderait sans doute plus à arriver de Copenhague, avait-elle dit en l'invitant à entrer. Il lui avait demandé des nouvelles et il lui avait été répondu qu'elle n'avait pas à se plaindre. Le petit garçon qu'elle avait eu avec Sigurdur profitait bien et, apparemment, il tenait de son père. Gudrun avait toujours été très pieuse, mais sa foi s'était encore renforcée grâce aux *Psaumes de la Passion* de Hallgrimur Pétursson où elle se réfugiait quand d'horribles pensées venaient l'assaillir. Ces textes lui procuraient du réconfort chaque fois qu'elle les lisait ou qu'elle les chantait. Ils exprimaient toute la confiance et la détermination qu'apporte la foi et enseignaient la vérité sur l'amour de notre Seigneur Dieu et de Jésus-Christ, en dépit de la sottise des hommes. Il lui arrivait aussi de lire les psaumes de Sigurdur, pasteur à Prestholar, ce qui lui rendait la vie plus supportable.

– Je vois que tu trouves un soutien dans la foi, avait dit Davíd, c'est une bonne chose.

– Je ne l'ai jamais perdue en dépit de tout cela. La grâce et la bénédiction divine m'accompagnent chaque jour. J'ai aussi reçu la visite de Björn, de Saudlauksdalur. Il me réconforte mieux que personne.

Elle avait expliqué à Davíd avoir déjà pris ses dispositions au cas où ses prières ne seraient pas entendues. Le fils qu'elle avait donné à Sigurdur irait chez Einar, tout comme celui qu'elle avait eu d'Einar lui-même, et qui était toujours resté avec elle à Geirseyri. Einar veillerait avec soin sur les deux enfants, elle le savait. Elle ferait don de ses biens terrestres aux pauvres. Elle ne reprochait rien à personne et acceptait son destin.

Le jeune bailli admirait la sérénité dont elle faisait preuve.

– Tu vas peut-être un peu vite en besogne, avait-il fait remarquer. Pour l'instant, nous n'avons toujours pas reçu de réponse.

– Mieux vaut être préparé. Pour être parfaitement honnête avec monsieur le bailli, je m'attends au pire. Il me semble que notre bon roi aurait déjà dû prendre conscience de l'injustice dont nous sommes victimes. Ma vie n'est plus entre ses mains, mais entre celles de notre Seigneur, soyez-en sûr.

Elle avait attrapé une chemise en toile qu'elle était en train de coudre et qu'elle avait presque finie. Davíd comprit que le vêtement était destiné à son petit garçon.

– Je ne serai pas la première, avait-elle repris en approchant la chemise de son nez pour en sentir l'odeur.

– La première ?

– À être noyée, un grand nombre de mes sœurs ont connu pareil sort.

– Hélas.

– Le révérend Björn m'a dit que s'il m'arrive la même chose, je serai la vingt-cinquième femme ainsi exécutée. Nous serons donc vingt-cinq depuis l'entrée en vigueur du Jugement suprême. Et autant d'hommes auront perdu la vie en vertu des mêmes lois. Ce n'est pas rien.

– Ce sont réellement des lois scélérates, avait répondu Davíd. Maudites soient-elles, et pour l'éternité.

– Je m'inquiète surtout pour mon cher Sigurdur, avait repris Gudrun. Il m'a dit et répété je ne sais combien de fois qu'il s'en veut terriblement.

– Il a ses bons et mauvais jours.

– Il n'a pas la foi. Je le lui ai dit. Il passe son temps à me demander pardon. Comme s'il m'avait fait du mal. Et quoi que je puisse lui répondre, je ne parviens pas à l'apaiser, il est désespéré. Si vous pouviez lui parler et lui apporter un peu de réconfort, je vous en serais très reconnaissante.

– Je ferai ce que je pourrai, avait promis Davíd.

– Il me manque. Sa présence à mes côtés me manque…

Davíd coupa le ruban autour de la missive, rompit le sceau et en sortit le document. Il le lut, le posa sur son bureau et saisit le paquet. Il rompit à nouveau le sceau royal, déballa le contenu et découvrit une chemise de soie blanche pliée avec soin. Il la fixa un moment, interloqué. Il la souleva d'un geste hésitant pour l'étendre sur le bureau et comprit alors le message qu'elle était censée lui transmettre.

Peu après, il ouvrit la porte et appela son épouse qui vit aussitôt son accablement.

– Va dire à Bjarni de rester ici, demanda-t-il en lui prenant la main, le regard sombre. Offre-lui le gîte et arrange-toi pour qu'on le traite bien. J'ai reçu la décision finale du roi.

46

Davíd passa ensuite un long moment seul dans son cabinet, plongé dans ses pensées. Il s'était servi un peu de rhum qu'il buvait à petites gorgées, espérant calmer sa détresse. Il reprit la lettre du roi et la relut plusieurs fois. C'était un tissu de réprimandes à ses manquements et à la manière dont il avait géré cette affaire en tant que bailli. Le souverain commençait par lui reprocher d'avoir désobéi à ses ordres et fait preuve d'impudence à l'égard du pouvoir en repoussant constamment l'exécution de la sentence. Puis venaient les menaces. Non seulement celle qui le mettait en garde contre une éventuelle éviction de son poste, mais aussi d'autres, plus inquiétantes, bien que plus sournoises. Davíd regardait la chemise chaque fois qu'il lisait ce passage de la lettre. Pour finir, Sa Majesté lui ordonnait de procéder sans délai aux exécutions, faute de quoi Davíd encourrait les plus lourdes sanctions.

Il prit une autre gorgée de rhum.

Certes, l'ombre menaçante de la décision finale du monarque planait depuis longtemps, mais comment s'y prenait-on pour annoncer à quelqu'un que le moment était venu et qu'il devait mourir ?

Davíd empoigna la chemise et la bouteille de rhum pour aller dans la bergerie où Sigurdur était occupé à tanner une peau de mouton. Le détenu avait fixé à l'un des poteaux en bois une belle corne de bélier sur laquelle il passait et repassait la peau pour l'assouplir. Elle servirait à confectionner une vareuse enduite d'huile de foie de poisson dont l'odeur flottait dans la bergerie.

– Te voilà donc, mon cher Sigurdur, dit Davíd. J'ai à te parler.

Sigurdur interrompit sa tâche en voyant le bailli une bouteille de rhum dans une main et, dans l'autre, une chemise d'un blanc éclatant qui semblait confectionnée dans la plus belle des soies.

– J'ai cru comprendre que le courrier est arrivé de Vatneyri, déclara Sigurdur.

– C'est juste.

– Avec une lettre du roi.

– En effet.

– Monsieur le bailli compte fêter un heureux événement ? demanda Sigurdur en regardant la bouteille et la chemise.

Davíd secoua la tête.

– J'ai fait tout ce qui était en mon pouvoir, répondit-il en lui tendant le rhum. Je ne peux pas faire davantage.

– Donc, la réponse n'a pas varié ?

– Non.

– Et pour Gudrun ?

– Non plus. Est-ce que je t'ai dit que tu lui manques ?

Sigurdur saisit la bouteille et en but une gorgée.

– Oui, je vous en remercie, vous m'avez bien transmis le message.

– Il m'a fait parvenir cette chemise, poursuivit Davíd en reprenant la bouteille pour en boire une lampée avant de la tendre à nouveau à Sigurdur. C'est le roi en personne qui me l'envoie.

– Et pourquoi donc ?

– Elle m'est destinée, répondit Davíd. Le roi n'a pas considéré suffisant de m'envoyer cette lettre où il m'accable de reproches. Il me met aussi en garde et me menace. Il me montre le sort qui me sera réservé si je n'exécute pas au plus vite la sentence.

– Il vous menace ?

– Il considère que je suis allé trop loin. Que j'ai manqué de respect à la royauté. Il me conseille de me méfier et de me plier à ses ordres dans les plus brefs délais.

Davíd tendit la chemise à Sigurdur qui découvrit le col entièrement coloré de rouge.

– Qu'est-ce que c'est que ça ? demanda-t-il en passant son doigt dessus.

– C'est le message que m'adresse Sa Majesté, répondit Davíd. Je mourrai moi-même sous la hache si je n'applique pas le jugement. Voilà qui met fin à toute possibilité d'envoyer d'autres requêtes en grâce. La décision définitive a été rendue. Le plus haut dignitaire du royaume me met en demeure d'exécuter la sentence, même si, comme tu le sais, mon opposition est entière. Vous le savez tous les deux, Gudrun et toi. Toute mon âme s'y oppose.

– Je ne m'attendais pas à autre chose. J'espérais seulement que l'implication de Gudrun serait envisagée sous un autre jour.

– Non, vous êtes inextricablement liés l'un à l'autre dans cette affaire.

– Est-ce qu'elle est au courant ?

– Je le lui ferai savoir dès que possible. Je suis parvenu à déclencher la colère du roi, répondit Davíd. J'ai hésité à lui envoyer ce dernier recours en grâce parce que j'ignorais comment il serait perçu. Maintenant je sais.

– Vous avez fait tout ce que vous pouviez, le rassura Sigurdur.

– Je ne sais pas. J'aurais peut-être dû porter à nouveau l'affaire devant le parlement de l'Althingi, m'arranger pour y trouver des alliés, des soutiens. J'aurais pu mieux faire.

– J'ai moi aussi eu bien des nuits d'insomnie, reprit Sigurdur. Vous ai-je parlé du jour où j'étais parti à la pêche au requin et où je me suis retrouvé sur une plaque de banquise qui dérivait vers le large ?

– Non, il faudra que tu me racontes tout cela.

– En fin de compte, il aurait mieux valu que je sois emporté sur cette plaque et que je disparaisse.

Sigurdur regarda la corne de bélier dont il se servait pour assouplir les peaux. Il pensa à la journée qui s'achevait. À la vie qui bientôt s'achèverait elle aussi. À nouveau, il fut envahi par une sensation qu'il n'avait jusque-là jamais autorisée à le troubler et qu'il avait chaque fois balayée tant elle le rendait mélancolique. Au début, il avait cru que c'était la peur de la mort qui venait l'assaillir, mais c'était autre chose qui l'affligeait : la tristesse de quitter la vie. Il l'avait d'abord ressentie dans les premiers temps de sa détention par Olafur qui l'avait mis aux fers parmi ses brebis en lui interdisant toute communication avec les gens qui vivaient au domaine. Il avait eu tout le temps de réfléchir dans sa solitude et voilà que cette sensation réapparaissait, cette même tristesse, ces mêmes regrets. Plus jamais il ne se réveillerait à l'aube d'un jour nouveau. Plus jamais il ne ressentirait la joie d'une journée riche de travail accompli. Plus jamais il ne verrait le soir envahir doucement le fjord ni l'herbe reverdir après l'interminable hiver, il ne se réjouirait plus de la lumière des nuits d'été ou des premiers signes de l'automne apportés par le vent. Plus jamais il ne s'attablerait avec les siens, ses fils tant aimés et la femme dont l'image l'accompagnait jusque dans son sommeil.

Ce n'était pas la mort qu'il redoutait, ce qu'il regrettait, c'était de devoir faire ses adieux la vie.

– Je sais que tout cela te torture, dit Davíd.

Sigurdur hocha la tête.

– Je n'ai pas écouté les avertissements, répondit-il.

– Tu ne devrais pas être si sévère avec toi.

– C'est inutile d'en discuter. Je regrette toutes mes erreurs. Je les regrette amèrement. J'aurais… je n'aurais pas dû déclarer que j'étais le père d'Einar. Je n'aurais pas dû aller voir Thordur de Kot pour lui demander de reconnaître l'enfant que j'ai fait à Gudrun. J'ai nui à ce qui m'était le plus cher et ma chère Gudrun en fera les frais. Mon propre sort m'indiffère. Mais je n'arrive pas à supporter celui de Gudrun.

– Il n'y a donc rien que je puisse faire pour apaiser tes souffrances ? s'enquit Davíd.

Sigurdur secoua la tête.

– Tu veux que je fasse venir un pasteur ?

– Non, je n'en pas besoin. Je sais que l'odieux criminel que je suis ne sera pas inhumé en terre consacrée, mais je vous serais reconnaissant de me faire enterrer au plus près d'un cimetière.

Le bailli en fit la promesse. Puis les deux hommes se regardèrent, gênés, debout dans la bergerie, comme s'il n'y avait rien à ajouter.

– Je souhaiterais demander à monsieur le bailli une autre faveur, s'il veut bien en avoir la gentillesse, reprit Sigurdur en lui rendant la bouteille de rhum.

– Oui, laquelle ?

– Je voudrais vous prier de ne plus retarder les choses, mais de les mener rondement et sans délai. J'ai entendu dire que Bjarni était ici et qu'il vient chercher son salaire.

– Sache que cela ne me sera pas facile.

– Quand je dis sans délai, je veux dire que je souhaite partir avant ma chère Gudrun. Je veux qu'on m'exécute en premier. Je ne supporterai pas l'idée de la savoir aux mains du bourreau. Et je souhaite aussi que vous lui accordiez autant de temps que possible. Autant de jours que vous le pouvez avec notre enfant et nos autres petits. Dieu sait qu'elle ne mérite pas ça. Dieu sait que personne ne mérite ce qu'elle va subir.

47

Assis dans son fauteuil, le roi Christian ne disait rien. Il avait écouté avec intérêt tout ce que Jon lui avait dit des échanges de Davíd Scheving avec son prédécesseur, son père, les réprimandes que Frédéric V lui avait adressées et le message qu'il lui avait transmis en envoyant cette chemise. Plus Jon avançait dans son histoire, plus Sa Majesté fronçait les sourcils et, vers la fin, une expression menaçante avait envahi ses traits. Le roi le regardait d'un œil exaspéré.

Jon redoutait sa réaction. Il s'était efforcé de soigner son récit, conscient que certains détails risquaient de lui déplaire. Il s'était en tout cas abstenu de mentionner les propos du bailli sur l'injustice de la condamnation une fois de retour auprès de son épouse. Jon préférait ne pas en parler au palais tant la situation y était explosive. Il avait un instant envisagé de rapporter ces paroles par souci de fidélité et de réalisme, mais avait finalement préféré s'abstenir.

La réaction du roi se faisait attendre. D'ordinaire, Jon continuait à travailler sur divers éléments de l'horloge tandis qu'il racontait l'histoire sans que jamais Sa Majesté s'en offusque. Mais, ce jour-là, il avait eu l'impression qu'il devait se concentrer sur le récit, il n'avait pas touché à l'objet et l'avait à peine regardé.

– Un col de chemise coloré de rouge, souffla le roi. Pour notre part, nous n'avons jamais dû recourir à de telles extrémités.

– Après ces événements, Sire, leur destin a été scellé, répondit Jon.

– Qu'est-ce qui te fait dire ça ?

– Eh bien, leur tout dernier espoir s'était…

– Non ! s'écria subitement Christian VII, dressé sur son fauteuil, en le fusillant du regard. Il se leva et se mit à aller et venir devant l'horloge, hors de lui. Leur destin a été scellé dès le moment où ils ont échafaudé cette machination, hurla le souverain. Ne t'avise pas, horloger, de faire de la royauté je ne sais quel… quel bouc émissaire. Ces gens ont menti à la justice, ils ont essayé de la berner… ils ont amplement mérité ce qui leur est arrivé… ces gens…

Le roi semblait avoir perdu le fil de sa pensée. Il s'interrompit. Jon gardait le silence, debout devant l'horloge.

– Je sais de quoi je parle… je me suis moi-même livré à de telles manigances, avoua le monarque. J'ai fait exactement les mêmes choses que ton père.

Jon préférait se taire.

– Mais oui, évidemment, poursuivit le roi, comme frappé d'une subite révélation.

– Majesté ?

– Tu es naturellement au courant pour Louise Augusta, tonna Christian VII, à nouveau hors de lui. Sinon, tu ne me raconterais pas toutes ces choses-là ! Cela va de soi. C'est pour ça que tu me racontes ces affreuses histoires sur les tiens ? Pour te moquer de moi ?!

– Cela n'a jamais été mon intention, Majesté.

– Pour me couvrir de ridicule !

– Cela ne me viendrait jamais à l'esprit, Sire. Et je ne l'ai jamais fait.

– Il ne manque pas de gens pour s'en charger, hurla le roi, l'index pointé vers Jon. Tu étais au courant ? Tu sais plus de choses que tu ne le laisses paraître. Tu sais tout depuis le début !

– Si Sa Majesté veut dire…

– Pas de dérobades ! hurla le roi, la main levée, comme s'il s'apprêtait à l'abattre sur l'artisan. Je parle là de Louise Augusta, de Caroline et de Struensee une fois encore ! Tu sais tout ! Tu sais tout depuis le début !

– Lorsque j'ai commencé à vous relater ces événements, Sire, je n'en avais pas conscience, répondit Jon, choisissant ses mots avec soin face à la colère du monarque. Puis j'ai découvert un certain nombre de choses, si Sa Majesté veut dire qu'elle n'est pas le véritable…

– Oui ? Qu'allais-tu dire ? Allez, parle ! Vas-y !

– … le véritable père de Louise Augusta, Sire, acheva Jon, regrettant aussitôt ses paroles.

– Voilà ! Tu sais tout depuis le début !

– Non, c'est récent, Sire, corrigea Jon.

– Qui t'a dit ça ?! hurla le roi. Qui répand de pareilles rumeurs ?

Jon se taisait, pétrifié par la colère du souverain. Il n'avait pas envisagé que la conversation puisse prendre cette tournure et n'avait aucune réponse à cette dernière question. Une si violente colère le désarçonnait. Devait-il parler du conservateur des archives secrètes ? Des rumeurs à la cour ? Des bruits de couloir ? Des railleries de la chancellerie ? Dire à son souverain que sa fille était surnommée la petite Struensee ? Quel triple imbécile je fais, pensa-t-il, et ce n'était pas la première fois que cela lui arrivait en présence du roi. Qu'est-ce qui lui avait pris de parler de Louise Augusta ? Pourquoi avait-il fallu qu'il commette cette bévue prouvant qu'il était au courant de ce scandale alors qu'il pouvait enfin travailler à son aise à sa chère horloge ?

– C'est une rumeur que colportent les garçons des rues, Sire, répondit Jon en pensant à Grimur Thorkelin et en se disant qu'il ne mentait pas vraiment. Je ne prête pas attention à ces choses-là, Majesté. À ces ragots. Sachez-le.

– Tu as peut-être entendu ça dans la rue Holmensgade ?! demanda le roi, comme s'il s'inquiétait de sa réputation jusque dans les bas-fonds.

Jon chargea le silence de la réponse.

– Est-ce pour cela que tu me tourmentes avec tes maudits Islandais ?

– Cela me fait beaucoup de peine d'apprendre que mes récits ne vous agréent pas, Sire. Et pire encore de découvrir qu'ils vous torturent et vous plongent dans l'affliction. Mais vous passez votre temps à me solliciter, Majesté, pour que je vous les livre, de jour comme de nuit. Comme je vous l'ai dit, mon intention n'est vraiment pas d'alimenter vos tourments et, si vous ne souhaitez pas que je continue, je n'en serai pas offusqué, ce serait au contraire pour moi une bénédiction.

Jon vit le prince Frédéric entrer dans la salle avec deux gardes. Il approcha et demanda le motif des hurlements du roi. Il était passé non loin et les avait entendus jusque dans le couloir.

– Tout va bien ?

Jon regarda le visage cramoisi du souverain qui faisait de son mieux pour se calmer en présence de son fils.

– Non, répondit-il. Tout ne va pas bien, et loin de là !

– Pourquoi ces cris ?

– Cet homme ridiculise la royauté ! reprit le monarque, l'index pointé sur Jon Sivertsen. Il se moque de nous. Il me manque de respect. À toi aussi. Et à la princesse Louise Augusta. D'après lui, nous aurions mieux fait de la déposer dans les jardins du palais à sa naissance et de l'y laisser mourir.

– Est-ce vrai ? demanda le dauphin Frédéric à Jon, d'un ton étrangement posé.

– Je n'ai jamais tenu de tels propos, Votre Altesse, protesta Jon.

– Il ment ! s'écria le roi. C'est un menteur ! Il a osé m'accuser d'usurpation de paternité ! Moi ! Ici, dans mon palais !

– Je n'ai jamais fait ça et je n'oserais jamais le faire.

– Il ment ! hurla le roi à son fils avant de se perdre en imprécations sur la sournoiserie de l'artisan, sur sa fausseté et sur la manière dont il s'était acquis les faveurs en usant de flagornerie, dans l'unique but de faire éclater la duplicité de sa véritable nature à la première occasion.

– J'exige que tu le mettes aux arrêts sur-le-champ ! reprit le monarque. Qu'il soit mis aux fers ! Immédiatement ! hurla-t-il à son fils avant de marmonner des propos inaudibles. Tout à coup, il vit que le chiffon crasseux qu'il avait posé sur le buste de son père avait disparu.

– Qui a retiré cette étoffe ? demanda-t-il en désignant le buste de Frédéric V.

– C'est moi, répondit son fils.

– Toi ?

– Il me semble que tu ne devrais pas lui manquer ainsi de respect.

– Lui manquer de respect ?! répéta le souverain. De respect ? Tu crois que lui ne m'a pas manqué de respect ?!

Il se précipita vers le buste, le souleva bien haut et le laissa tomber sur le sol où il vola en éclats. Puis il retourna vers son fils, qui l'avait regardé faire en silence, et agita devant lui un doigt menaçant.

– Et permets-moi de t'apprendre autre chose : elle n'a jamais été, elle n'est pas et ne sera jamais ma fille ! Je ne suis pas son père ! hurla le roi.

– Je refuse d'entrer dans cette discussion, répondit le prince, toujours d'un calme absolu.

– Elle n'est pas de moi ! Quoi que tu en dises ! hurla le roi avant de quitter la salle à grands pas.

– Tu vois ce que tu as fait, horloger ? demanda le dauphin Frédéric en lançant à Jon un regard hostile.

– Votre Altesse… je…

– Comment oses-tu parler de ma sœur avec ton roi ?

L'Islandais secoua la tête, découragé.

– Est-il vrai que tu accuses mon père d'avoir commis un crime ?

– Absolument pas, Votre Altesse. Je vous prie humblement de consentir à m'excuser d'avoir une fois de plus mis en péril l'équilibre de Sa Majesté, je vous assure pourtant que j'ai fait de mon mieux pour l'éviter. Votre père a exigé d'entendre la fin de mon récit et je crois que maintenant que nous sommes arrivés à l'inéluctable, elle y est plus sensible. J'imagine que Sa Majesté établit des liens entre cette histoire et les relations qu'elle entretenait avec son propre père. Tout cela m'est étranger et m'échappe entièrement, mais hélas, sa colère se dirige contre moi. Je ne vois pas comment je pourrais lui relater ces événements sans que… ce genre de chose se produise, et la seule solution qui s'offre à moi est de m'en tenir à la vérité. Je suis le premier à reconnaître que je fais un piètre conteur, mais je connais bien les événements dont je parle et j'ai depuis le début essayé de les raconter en toute honnêteté. Que Dieu m'en soit témoin.

Le dauphin ordonna aux gardes de quitter la salle.

– Et ma sœur ? demanda-t-il dès qu'ils furent partis, refusant de laisser Jon lui échapper sans répondre à sa question.

– Ce sont des sornettes que j'ai entendues récemment, Votre Altesse. Je ne prête pas attention à ce genre de propos.

– Continue…

– Au sujet de Louise Augusta, votre très respectable sœur, Altesse, et ces sottises ne méritent pas qu'on s'y attarde.

– Oui ?

– Je préférerais les taire, Votre Altesse, plaida Jon en pensant à Grimur Thorkelin, craignant de devoir donner le nom du conservateur des archives secrètes de la royauté. Et peut-être même celui de Bertel, son jeune ami.

– Continue, ordonna le prince.

Jon hésitait.

– Allez ! siffla le dauphin, les dents serrées.

– Des bêtises d'après lesquelles elle ne serait pas vraiment la fille du roi Christian VII, répondit Jon.

– Où as-tu entendu ça ? murmura Frédéric.

Jon hésitait encore.

– Où donc ? insista le prince avec la même douceur. Jon comprenait cependant qu'il était dans une colère noire.

– C'était… Votre Altesse, c'était dans la rue Holmensgade. Lorsque je suis allé y chercher votre père. Il y avait là des gardes en train de boire, ce sont eux qui m'ont dit ces bêtises.

Le dauphin le dévisageait.

– Des gardes ?

– Ils buvaient, Votre Altesse. Ils avaient appris que je travaillais au palais et ils m'ont raconté un certain nombre de choses déplaisantes sur notre bien-aimé souverain, comme celle-là.

– Tu serais capable de les reconnaître ?

– Non, pas du tout, Votre Altesse, je ne me suis pas attardé à la table de ces imbéciles.

Le prince fronça les sourcils. Jon restait immobile même s'il n'osait pas soutenir le regard du dauphin. Il baissait les yeux sur les Rois mages qu'il avait remis à leur place sur l'horloge. Un long moment passa ainsi, puis le prince recula, sans être entièrement convaincu, mais sans être non plus mécontent des réponses de l'artisan.

– Et, d'après eux, si ce n'est pas le roi, qui est donc le père de la princesse ?

– Ils ont parlé d'un homme dont je préférerais ne pas prononcer le nom, Votre Altesse.

– Qui ? Tu peux me dire son nom. Tu ne crains rien.

– Struensee, Votre Altesse. Ce médecin allemand traître à la nation, Johann Struensee.

48

Puis vint le jour où l'on envoya tôt le matin deux domestiques du domaine de Hagi arpenter le rivage. Ils soulevaient de gros blocs de bois flotté, les examinaient avec soin avant de les laisser retomber dans le sable et attrapaient le suivant, qui ferait peut-être l'affaire. Ils ne se pressaient pas. C'était la première fois qu'on leur confiait pareille tâche et ils espéraient que ce serait aussi la dernière. Ni l'un ni l'autre n'avaient tenté de se dérober à cette mission, sachant toute protestation inutile.

Maintenant que les choses en étaient arrivées à ce point, elles s'accomplissaient comme en vertu d'une loi naturelle et incontournable.

Le bailli était venu les voir la veille, en fin de soirée, en les priant de chercher parmi les chicots de bois qui jonchaient le rivage une bille qui ne soit pas trop épaisse et longue d'une bonne coudée. Il leur avait confié une seconde tâche dont ils devaient également s'acquitter le même jour, et qui ne les réjouirait pas.

– Juste devant le cimetière, c'est bien ce qu'il a dit? demanda l'un d'eux en soulevant un reste de tronc.

– Oui, c'est ce que j'ai entendu, répondit l'autre en regardant les alentours.

Une pluie fine se déposait sur leurs vêtements. Il y avait eu du soleil dans la matinée, mais de gros nuages avaient envahi le fjord et le vent s'était levé. Tout le monde au domaine savait que l'instant funeste était arrivé et, même si chacun le redoutait depuis longtemps, la maisonnée fut accablée lorsqu'elle comprit ce qui s'annonçait.

C'en était fini de l'incertitude et de l'attente.

– Que dis-tu de celui-là ? demanda l'un des garçons de ferme en soulevant un épais bloc.

Ce n'étaient pas les débris de bois flotté qui manquaient sur la plage. Ils prirent tout leur temps pour choisir le bon, tenant à s'appliquer par respect pour Sigurdur qui travaillait au domaine en tant que domestique depuis maintenant longtemps sans jamais renâcler. Tous ceux qui le connaissaient l'appréciaient et chacun se gardait d'aborder l'affaire qui leur causait tant de tracas à lui, à Gudrun de Geirseyri et à leurs enfants. Il lui arrivait parfois de l'évoquer lui-même, mais il se trouvait toujours quelqu'un pour l'assurer que tout cela finirait par s'arranger et c'était aussi ce que les domestiques se disaient entre eux. Davíd Scheving était un homme juste et clairvoyant, c'était un atout de l'avoir avec soi. Ainsi s'exprimait toute la maisonnée qui faisait preuve de bienveillance à l'égard du condamné. Lorsque l'on avait ensuite appris que c'en était fini et que toutes les requêtes en grâce avaient été rejetées, une infinie tristesse avait envahi le domaine. Il allait de soi que Davíd ne tarderait plus à exécuter la sentence car plus il la différait, plus la maisonnée s'enfonçait dans l'affliction. Une semaine avait passé depuis que la décision finale du roi était arrivée. Gudrun était venue au domaine de Hagi deux jours plus tôt, elle avait passé un long moment auprès de Sigurdur et avait pu lui dire adieu.

– Oui, répondit l'autre, je suppose qu'il conviendra. On l'emmène au domaine ?

Les deux garçons de ferme empoignèrent chacun une extrémité du tronc, quittèrent le rivage et prirent le chemin du retour. Ils marchèrent lentement en s'accordant plusieurs haltes et se délestèrent de leur fardeau une fois atteint le pré de Holavöllur, derrière la résidence du bailli. L'un d'eux alla chercher une herminette, creusa le bois en son milieu, ôta les échardes qui subsistaient et son compagnon posa sa tête dans l'entaille en disant que cela devrait suffire. Puis ils calèrent solidement le billot.

– Tu parles d'une justice ! maugréa l'un en donnant un coup de pied dans le bloc de bois pour vérifier qu'il ne bougeait pas.

– Gudrun ne sera donc pas là le moment venu, dit l'autre, son herminette sur l'épaule.

– Non, et ses fils non plus. Ils ne supporteraient pas un tel spectacle. Davíd fera parvenir dès demain matin à Geirseyri le peu d'effets personnels que possède Sigurdur et il leur transmettra la nouvelle.

– Tout cela l'affecte beaucoup.

– On l'a entendu qui sanglotait dans son cabinet hier soir.

– Moi, je dis qu'il vaut mieux en finir. Il a fait tout ce qu'il pouvait.

– Peu de gens d'ici osent se risquer à provoquer la colère du roi.

– Tu parles de cette chemise au col enduit de rouge ?

– Nous nous couchons devant eux. C'est ce que nous avons toujours fait.

– Maudits Danois…

– Qu'ils aillent au diable ! renchérit l'un des garçons de ferme.

– Fichus vendeurs de lin, profiteurs ! reprit l'autre, méprisant.

– Bande de voleurs !

– Et toi, tu seras là ?

– Je ne suis pas certain d'en avoir le courage.

– Chacun fait comme il veut.

– Bon, on va creuser la tombe ?

Ils entrèrent dans la bergerie. Debout à côté d'un poteau, une hache à la main, Bjarni Búi attrapa un affûtoir sur lequel il cracha et se mit à le passer sur la lame dont les crissements perçaient les tympans des deux garçons de ferme. Ils restèrent un moment, immobiles, à l'observer, le bourreau les regardait lui aussi, sa lèvre fendue luisant d'un étrange sourire.

– Le soleil ne brillera plus aujourd'hui, annonça-t-il en crachant à nouveau sur son affûtoir avant de se remettre à aiguiser la lame de la hache du même geste rythmé.

Les deux domestiques marmonnèrent quelques mots sur le temps, prirent les outils nécessaires, puis se dirigèrent avec la même lenteur vers l'église et le joli cimetière qui se trouvait à l'arrière et se mirent à creuser, à la limite du carré de terre consacrée, le trou qu'ils reboucheraient le soir même.

La pluie avait forci, mais le vent s'était apaisé, les gouttes tombaient sur l'herbe, douces et silencieuses.

49

Sigurdur avait demandé à Gudrun de lui apporter sa plus belle chemise, celle aux boutons en argent serti d'or, et le pantalon français qu'il avait récupéré après un naufrage. Il était en train de boutonner sa chemise quand Davíd arriva pour voir s'il avait besoin de quelque chose. Le jeune bailli n'avait pas fermé l'œil de la nuit. Négligé, il avait les yeux cernés, les traits tirés et l'air accablé. Ayant revêtu sa tenue officielle, les mots lui manquaient pour décrire la situation infernale dans laquelle il se trouvait. Dire que c'était là une de ses premières missions d'importance. Même s'il s'opposait de tout son être à cette exécution, il devait veiller à ce que la sentence soit mise en œuvre en affichant la dignité que nécessitait l'événement.

– Je n'ai besoin de rien, assura Sigurdur, d'un calme parfait. Il avait eu juste avant une longue conversation avec sa chère Gudrun, puis ils s'étaient dit au revoir pour la toute dernière fois et il semblait que cela l'avait apaisé. Je me sens soulagé que c'en soit fini de cette incertitude, reprit-il. C'est éreintant d'avoir au-dessus de la tête cette épée de Damoclès.

– J'aurais tant aimé qu'il en aille autrement, répéta Davíd, une fois encore. Dieu sait que j'aurais voulu que les choses s'achèvent différemment.

– J'ai vu qu'ils installaient le billot.

– Si on peut appeler ça ainsi, répondit Davíd qui était allé examiner le lieu de l'exécution dans le pré de Holavöllur. C'est un morceau de bois flotté trouvé sur le rivage. L'administration ne possède pas de billot. Elle n'en a jamais eu besoin.

– Et Bjarni a bien affûté la hache ?

– Je l'ai vu aller s'en charger ce matin, confirma Davíd.

– J'espère qu'elle sera bien tranchante.

– Je lui ai promis un petit supplément s'il s'y prend correctement. Je l'ai prévenu que nous ne voulions pas assister à une boucherie.

– Est-ce que Gudrun et moi vous avons remercié comme il se doit pour tout ce que vous avez fait pour nous ?

– Je ne mérite aucun remerciement, répondit Davíd.

– Oh si ! Vous avez été pour moi un véritable ami. Vous avez accueilli ma chère Gudrun quand elle est venue ici avec les garçons. Elle aussi, elle sait combien vous avez été bon avec nous.

En effet, le bailli avait échangé quelques mots avec Gudrun. Lorsqu'elle avait quitté Sigurdur et avant qu'elle ne quitte le domaine de Hagi avec les enfants, Davíd Scheving avait essayé de la consoler, mais elle lui avait répondu que c'était inutile. Elle trouvait son salut dans la Sainte Parole. Elle lui avait montré les *Psaumes de la Passion* de Hallgrimur Pétursson qu'elle avait dans sa poche. Il avait perçu sa colère, mais aussi sa résignation face à l'inéluctable. Elle ne voulait pas assister au triomphe de l'injustice, elle préférait rester à Geirseyri avec les enfants et leur lire les psaumes de Hallgrimur. Ou des passages de la Bible qui parlaient de pardon et de clémence.

Elle était restée un long moment avec Sigurdur dans le cabinet du bailli dont il leur avait laissé l'usage pour qu'ils puissent se faire leurs adieux. Gudrun s'était alors efforcée de transmettre la force de sa foi à Sigurdur. Les garçons avaient eux aussi pu voir leur père et le couple s'était retrouvé seul après qu'ils avaient quitté la pièce. Assis sur le banc où il enlaçait Gudrun, Sigurdur lui avait dit qu'il pensait à elle tous les jours et qu'elle serait à ses côtés jusqu'au tout dernier instant.

– Jusqu'à ce que le dernier fragment de lumière s'éteigne dans mes yeux, avait-il murmuré.

– Mon cher ami, avait-elle répondu en caressant les cheveux en bataille du condamné. Parlons d'autre chose. Ne parlons pas de la mort.

Ils avaient discuté de possibles échappatoires, mais sans que le projet soit réellement sérieux. Étant donné la manière dont ils étaient détenus, lui au domaine de Hagi et elle à Geirseyri, il leur eût été facile de fuir. De partir loin, dans une autre région d'Islande. Dans les hautes terres désertes où ils auraient pu se cacher. Mais tous deux savaient que cela ne leur apporterait qu'un bref répit. D'autres solutions s'offraient à eux. On racontait que des prisonniers s'étaient embarqués sur des navires, des goélettes hollandaises ou françaises venues pêcher le requin, et qu'on ne les avait jamais revus. Sigurdur ne parvenait pas à s'imaginer vieillir loin de chez lui, perdu dans le vaste monde. Gudrun avait son Dieu et disait n'avoir pas besoin d'échapper au royaume des Cieux.

Elle lui avait expliqué comment la foi l'aidait à se résoudre à l'inéluctable. La mort n'était pas la fin de tout et une vie meilleure les attendait dans l'au-delà.

– Il m'arrive de penser à ce qui prendra le relais après la vie, de me demander si ce sera l'enfer ou le paradis, avait-il avoué.

– Le paradis, tu peux en être certain, avait-elle assuré. Quoi que puissent dire ces beaux messieurs, nous sommes innocents face à Celui seul qui décide de tout. N'en doute pas un instant.

Ils avaient parlé ainsi jusqu'à ce que la conversation se tarisse. Ils n'étaient plus que paix et silence.

– Que les trolls taillent en pièces ces lois scélérates, avait dit Sigurdur.

– Ne crains pas la mort, tous tes péchés sont bénins.

– Ne t'inquiète pas, je n'ai pas peur de ce qui m'attend.

– Tu m'accueilleras dans l'au-delà, avait dit Gudrun. J'en suis fermement convaincue. Que Dieu soit avec toi, mon cher ami.

Il avait pris son visage entre ses mains de travailleur.

– Le dernier fragment de lumière dans mes yeux, avait-il murmuré en l'embrassant doucement sur le front.

Davíd l'accompagna jusqu'au pré de Holavöllur où le bloc de bois flotté attendait, solidement calé dans l'herbe. Bjarni était à côté, accoudé sur le manche de sa cognée. Les domestiques de Hagi, ceux qui avaient trouvé le courage de venir, s'étaient éparpillés ici et là sur les lieux, accompagnés par des visiteurs arrivés au domaine le matin même. Ils venaient d'un peu partout, mais c'étaient principalement des voisins, tous se tenaient silencieux sous la pluie. Le révérend Björn de Saudlauksdalur était là, lui aussi, il avait passé un moment avec Sigurdur dans le cabinet du bailli. Davíd s'avança vers Bjarni et le pria une fois encore d'être diligent.

Puis le jeune fonctionnaire donna lecture de la sentence, fit état des requêtes en grâce de l'administration, deux fois refusées par la plus haute autorité du royaume. Il dut s'interrompre en mentionnant la seconde demande, songeant à la chemise au col teinté de rouge, puis poursuivit et acheva sa déclaration.

Le révérend Björn récita ensuite une brève prière, bénit les lieux et parla de pardon en disant que le royaume des Cieux était nôtre et qu'il n'y régnait qu'un seul et unique roi, notre Seigneur Dieu.

– Y a-t-il quelque chose que tu souhaites dire ? demanda le bailli en se tournant vers Sigurdur.

– Accordez à Gudrun autant de jours que vous le pourrez, répondit Sigurdur.

Bjarni était maintenant tout près du condamné. Son regard tomba sur les boutons d'argent de sa chemise et il s'apprêta à les lui arracher de ses griffes crasseuses. Sigurdur ne le laissa pas faire. Furieux, il lui asséna une gifle.

– Ils m'accompagneront dans la tombe ! Veillez à ce qu'il ne détrousse pas mon cadavre, demanda-t-il aux deux fossoyeurs qui se tenaient à côté d'eux.

Les deux hommes étaient prêts à conduire le condamné jusqu'au bloc de bois flotté au cas où il hésiterait ou opposerait résistance, mais Sigurdur les écarta doucement. Il leva les yeux vers le ciel menaçant et laissa la pluie douce lui inonder le visage. Il regarda la campagne, la mer, les îles, les îlots et les montagnes pour la dernière fois en bougeant les lèvres comme s'il récitait une petite prière.

– Transmettez mes salutations à Gunnar, dit-il avant de poser sa tête sur le billot.

Bjarni approcha, leva sans hésiter la hache qui s'abattit sur le bois avec un sifflement.

50

Jon Sivertsen ne revit pas son roi les jours qui suivirent son départ fracassant. Heureusement, le prince Frédéric ne lui avait cette fois-ci pas interdit de continuer à restaurer l'horloge, même si l'artisan déclenchait régulièrement les foudres de son père. Jon lui en était reconnaissant. Il était donc venu au palais chaque jour dès l'aube et avait travaillé jusqu'à une heure avancée de la nuit. Et enfin, il apparut que tout son labeur n'avait pas été vain. L'horloger avait remporté ici et là quelques petites victoires qui réjouissaient son cœur. Par exemple, lorsque le coq avait déployé ses ailes quand l'aiguille avait atteint une heure pleine ou lorsque Marie était sortie sur son socle tandis que les Rois mages aux bras chargés de cadeaux défilaient devant elle en se prosternant sans la moindre hésitation ni le moindre bruit de ferraille.

Ainsi, le nombre d'éléments éparpillés autour de l'œuvre diminua au fur et à mesure qu'il les remettait en place à l'intérieur de la merveille, reconstituant peu à peu la structure complexe qui comptait les heures du jour et de la nuit à la gloire de Dieu. Un après-midi, il reçut la visite du jeune Bertel Thorvaldsen qui lui rapporta dans un sac de toile les statuettes des Âges de l'Homme, il les sortit prudemment les unes après les autres, restaurées avec un si profond sens artistique que Jon était sans voix. La glissière sur laquelle les statuettes étaient censées avancer avait retrouvé son emplacement, Bertel aida Jon à les y installer en lui expliquant qu'il avait fait de son mieux pour que les figures retrouvent leur apparence originelle sans trop les priver de la patine que leur avaient donnée les ans.

Jon ne reçut aucune autre visite plusieurs jours durant puis, un soir, entendant à la porte un froissement royal et familier, il se leva de son tabouret. Presque aussitôt, Christian VII passa devant les armoiries du royaume et les cages à faucon, habillé comme à sa première visite, en chemise de nuit et robe de chambre en velours, une bouteille de Madère à la main et le visage rougeaud. Il arrivait sans doute des cuisines, sans perruque, sans fard aux joues, il ne s'était pas rasé et avait les cheveux ébouriffés. Il s'installa dans son fauteuil sans saluer l'artisan et garda le silence. Debout à son côté, Jon mourait d'envie de lui adresser la parole en premier tant il était heureux de voir son roi sur pied. Il s'était inquiété pour Sa Majesté et avait été navré de la voir se mettre dans tous ses états lorsqu'elle avait quitté la salle des collections, furieuse et scandalisée des propos que l'horloger avait tenus sur sa famille, et qui avaient touché un point sensible chez le souverain.

Un long moment passa, puis le roi toussota et fit remarquer que la restauration avait l'air d'avoir beaucoup progressé depuis sa dernière visite, ne sont-ce pas là les Âges de l'Homme que j'aperçois sur leur glissière ?

– En effet, Sire, Bertel, un jeune artiste, fils d'un sculpteur islandais et ami de Thorkelin, le conservateur des archives secrètes, les a restaurés avec goût. Il y a aussi, si je puis me permettre…

Jon lui exposa les victoires qu'il avait remportées, le roi semblait toujours passionné par cette restauration et, bientôt, il lui posa une foule de questions sur des détails qui piquaient sa curiosité. Puis la conversation se tarit et un silence gêné s'installa sans que Jon n'ose le rompre.

– Je n'aime pas beaucoup qu'on parle de ma famille, déclara tout à coup le souverain. De mon père, par exemple. Pourtant, c'était un mauvais père. Il m'a toujours maltraité. À croire qu'il y prenait plaisir. Il ne m'a jamais compris. Il n'avait aucune patience. Si mon fils porte son nom, c'est uniquement parce que j'ai dû me plier à la coutume royale concernant les prénoms. Je ne suis évidemment pas le seul à avoir fait les frais de sa cruauté. Cela ne m'a pas étonné d'entendre cette histoire de col de chemise coloré de rouge. Mais je préfère ne pas m'engager dans ce type de conversation…

Christian VII s'interrompit à nouveau. Jon se taisait, ne sachant pas s'il était censé répondre.

– Tu as pu revoir ton père avant son exécution? demanda le roi après un long silence.

– Mon frère et moi avons pu passer un moment ensemble au domaine de Hagi, oui, et nous lui avons fait nos adieux, Sire.

– J'imagine que ces instants ont été terribles.

– Il nous a demandé de ne pas le pleurer mais de nous souvenir des belles choses que nous avions vécues avec lui, répondit Jon. Il a donné à Thorarinn des recommandations pour notre ferme, mon frère est un excellent fermier, là-bas. Il m'a encouragé à venir ici, à Copenhague, faire mon apprentissage d'horloger. Il en avait discuté avec Eggert, le poète dont je vous ai déjà parlé, Majesté. Nous avons été heureux de pouvoir passer ces instants avec notre père, Sire.

– Et vous étiez furieux contre le mien, compléta le roi, surtout Sigurdur.

– Non. Nous avions la malchance d'avoir au domaine Hagi un ignoble bailli qui tenait à appliquer de mauvaises lois. Si mon père était en colère contre quelqu'un, c'était contre les autorités islandaises, Majesté. Mais à ce moment-là il n'éprouvait plus aucune colère, sauf envers Gunnar, le père d'Einar, le fils d'Helga. Il n'arrivait pas à lui pardonner.

Jon raconta ensuite à son roi l'exécution dans le pré de Holavöllur, il évoqua les salutations de Sigurdur à Gunnar. Ce fut pour l'artisan un moment éprouvant. Il n'avait pas imaginé qu'il puisse être si douloureux de se rappeler le sort de son père dans toute son injustice, le roi Christian semblait compatir. Il attendit patiemment lorsque l'horloger fut obligé de s'interrompre pour se reprendre, en expliquant comment Bjarni le bourreau avait tenté d'arracher les boutons d'argent de la chemise.

Il avait suspendu son récit au moment où la hache avait tranché la tête de Sigurdur. Il avait préféré ne pas mentionner les larmes silencieuses que plus d'un avaient versées dans le pré de Holavöllur, ni les mots de réconfort que ceux qui avaient assisté à l'exécution s'étaient murmurés entre eux, non plus que les ferventes prières qui avaient accompagné le fermier de Geirseyri vers l'autre monde. Il n'avait pas non plus parlé des fossoyeurs qui avaient assemblé quelques planches pour y coucher le corps du supplicié en veillant que tous les boutons d'argent soient à leur place avant de porter le cercueil à l'endroit où ils avaient creusé sa tombe près du cimetière. Ils avaient pris soin, de leur propre initiative, de creuser subrepticement un peu sous la clôture, ainsi la dépouille de Sigurdur reposait, ne serait-ce que partiellement, en terre consacrée. Puis, ayant rebouché le trou avec soin, ils s'étaient dit et avaient dit à tous ceux qui voulaient l'entendre que sans doute peu de condamnés avaient fait preuve d'autant de courage et d'humilité que Sigurdur Jonsson face au billot.

Jon s'abstint aussi de parler à son roi de la tristesse abyssale qui l'avait envahi lorsque tout fut terminé. Il tut les trois années de terreur et d'angoisse qu'il avait vécues dans l'ombre inquiétante de la sentence qui attendait Gudrun et son père si le roi restait sourd aux suppliques du jeune bailli. Parfois, lorsqu'il entendait dire que Davíd Scheving se montrait optimiste, le monde s'illuminait. Mais à d'autres moments, quand toutes les issues semblaient se fermer, la nuit noire se déversait sur lui, les exécutions peuplaient ses cauchemars et il craignait le pire. Puis, lorsque ce qu'il redoutait était arrivé, une profonde mélancolie l'avait envahi, un accablement qui jamais depuis ne l'avait quitté. Il n'avait pour ainsi dire pas vécu une seule journée sans imaginer son père posant son cou sur le billot ou Gudrun au bord de la rivière. Ces événements l'avaient poussé à partir quelques années plus tard s'installer à Copenhague. Jamais il n'était retourné en Islande. Il n'avait pas envie de revoir ce lieu où chaque pas lui rappellerait la mort de ceux qu'il avait tant aimés.

Son métier lui avait apporté l'apaisement dont il avait besoin. N'avait-il pas justement cherché une consolation en réparant les horloges parce qu'il avait sur elles un pouvoir et qu'il pouvait remettre en état ce qui s'était brisé, cassé en morceaux ? N'avait-il pas passé sa vie entière à réparer les rouages du temps de manière à ce qu'ils puissent à nouveau fonctionner aussi bien que s'ils n'avaient jamais été endommagés ? À rassembler les morceaux pour les reconstituer en un seul objet ?

– Lorsque le pasteur a parlé de l'unique roi des Cieux, n'était-ce pas dans l'intention de brocarder mon père ? demanda le roi.

– Je ne saurais me prononcer, Sire, répondit Jon en se disant qu'il aurait peut-être mieux fait d'omettre également ce détail. Il n'était d'ailleurs même pas certain que le révérend Björn ait réellement tenu ces propos.

– Et Gunnar, on lui a transmis le message de ton père ?

– Il n'a pas mis longtemps à lui parvenir, Majesté, assura Jon.

– Voilà qui n'a pas dû lui plaire.

– À ce qu'on en dit, pas du tout, Sire. Il était alors parti s'installer à Flatey, une des innombrables îles du Breidafjördur, et il a été terrifié quand on lui a transmis les salutations de mon père. Il a même craint qu'il ne vienne le hanter depuis l'au-delà. Beaucoup d'Islandais croient aux fantômes et aux revenants, Majesté.

Peu après, il est tombé malade et n'a pas tardé à succomber.

– Et Gudrun ?

– C'est une histoire plus terrible encore, Sire.

51

Jon se demanda s'il devait poursuivre ou s'interrompre. Le roi resta pensif un long moment. Il était très tard, les bruits s'étaient tus dans le palais. Le monarque prit une gorgée de Madère, reposa la bouteille et se redressa dans son fauteuil comme s'il était sur le point de partir. Il scruta un long moment l'horloge et les quelques éléments encore éparpillés autour d'elle, l'espace d'un instant Jon eut l'impression que le souverain contemplait les miettes de sa propre existence.

Le roi soupira lourdement et, au lieu de regagner ses appartements, se renfonça dans le fauteuil en silence. Puis, contre toute attente, il s'excusa d'avoir cédé à la colère pour prendre la défense de son père au terme de leur dernière entrevue. Masquant comme il pouvait son étonnement, Jon répondit que Sa Majesté n'avait pas à s'excuser de quoi que ce soit, mais le roi balaya l'argument d'un revers de main.

– Ton père t'a-t-il jamais expliqué ce que ça fait d'élever un enfant qui n'est pas le sien ? demanda-t-il après un autre silence.

– À ma connaissance, il n'a jamais abordé la question, Sire. Et, surtout, les gens pensaient qu'il était le père d'Einar.

– Il devait quand même voir le reflet de Gunnar sur le visage de ton frère ?

– Il n'en a jamais parlé, Sire, assura Jon.

– Mais ce garçon lui rappelait tout de même cet autre homme de façon permanente.

– Peut-être, mais il a toujours gardé le silence à ce sujet.

– Einar n'était pas surnommé le "petit Gunnar" ?

– Non, Sire, pas que je sache, répondit Jon, navré du tour que prenait la conversation.

Tsss, conclut le roi avant de s'enfermer dans le silence. Jon se demandait à quoi il pensait.

– Je ne vois pas son image dans ma petite Louise, reprit Christian. Pour être vraiment honnête, je ne vois aucune trace de son reflet.

– Pardon, Majesté ?

– La reine Caroline-Mathilde a reconnu que Louise n'était pas de moi. J'ai évidemment soupçonné ce qui se passait quand j'ai vu son ventre s'arrondir. Je n'avais pas honoré la reine depuis un certain temps, vois-tu. Je lui ai posé la question sans détour et elle m'a dit que Struensee lui rendait régulièrement visite. Tout le monde était au courant de leur liaison. Personne n'a jamais imaginé que je puisse être le père de cette enfant. Tu le savais peut-être dès le début ?

– Non, Majesté, je l'ignorais, répondit Jon, sans mentir, les affaires de la cour ne l'ayant jamais intéressé.

Le roi poussa à nouveau un profond soupir en regardant les éléments de l'horloge puis expliqua qu'il n'avait pas compris que la reine et Struensee entretenaient cette dangereuse liaison. La reine douairière, belle-mère de Christian VII et veuve de son père, avait convoqué tous les conseillers du palais et trouvé la solution. L'honneur du royaume avait été bafoué par ce médecin allemand qui avait abusé sans vergogne de la bienveillance du monarque, abusé de Caroline-Mathilde et remercié le roi de ses largesses en laissant sa trace dans le ventre de la royauté de Danemark. C'était sans doute la goutte d'eau qui avait fait déborder le vase. Struensee fut mis aux arrêts quelques mois après la naissance de la princesse Louise Augusta. Le royaume ne pouvait pas se permettre un scandale de plus. Les conseillers avaient été clairs. Juliana, la reine douairière, s'était tournée vers le roi pour lui demander ce qu'il comptait faire concernant la paternité de l'enfant et s'il était disposé à trouver au problème une solution heureuse. On ne pouvait tout de même pas tuer la petite fille même s'il était chose aisée de se débarrasser de son père. La douairière avait insisté pour que le roi déclare que la petite était de lui, qu'il se rende coupable de… de… ah, quels sont ces mots que tu répètes sans cesse… de… ?

– D'usurpation de paternité, risqua Jon, hésitant.

– Oui, exactement, confirma le roi. Si je n'y avais pas consenti, il aurait fallu trouver au plus vite quelqu'un d'autre pour reconnaître la petite, et même s'il eût été moins honteux de forcer un membre de la noblesse danoise à affirmer qu'il était le père de l'enfant que portait la reine, cela aurait malgré tout causé un sacré scandale. La meilleure solution était que le roi Christian en endosse la paternité. Et la plus simple. De toute manière, il convenait d'effacer le nom de Struensee. On s'arrangerait pour dissimuler au mieux son implication et on n'en parlerait plus jamais, qu'importaient les rumeurs et les bruits de couloir. Et c'est ainsi que cela s'est passé, conclut Christian VII, accablé. Tout cela a été enseveli et je n'ai pas eu à y penser depuis de longues années.

– Jusqu'au moment où je vous ai parlé de ma famille en Islande ?

– J'ai d'abord cru que tu te livrais à un petit jeu, que tu me parlais de ces histoires de paternité douteuse en les décrivant comme de terribles crimes pour ridiculiser la royauté…

– Votre Majesté, je n'oserais jamais… je ne savais pas…

Le roi interrompit Jon d'un geste de la main.

– Mon fils ne veut pas en entendre parler. Il est très proche de sa sœur. Il voue au médecin allemand une haine viscérale et il a tout fait pour effacer son existence au palais. Louise Augusta me considère comme son unique père. Elle connaît la rumeur, mais elle l'ignore. On t'a peut-être dit comment on la surnomme ?

– Oui, j'ai entendu ça, Sire, reconnut Jon, honteux.

– C'est ignoble.

– Il n'y a pas d'autre mot, Majesté, répondit Jon, soutenant son monarque.

– Je leur ai sans doute posé un certain nombre de problèmes ces derniers temps, ajouta le roi après un silence.

Jon ne savait pas quoi répondre.

– Caroline-Mathilde a bien sûr accepté, elle se savait fautive, Louise Augusta est donc devenue ma fille, reprit le roi. Elle est ma fille et le sera toujours. Qu'importe la marche du monde. Qu'importe la vérité cachée là-dessous. Sache que personne ne m'est plus cher.

– Évidemment, Sire.

– Je ne la considère pas comme l'enfant d'un autre homme.

– C'était également la position de mon père, Majesté.

– Nous avons tous nos raisons. Ton père a fait ça par amour pour… comment s'appelait cette femme, Helga, n'est-ce pas ? Pour ma part, je devais sauver l'honneur du royaume.

Le roi se leva avec raideur de son fauteuil, songeant qu'il était resté assez longtemps avec l'horloger.

– Sache que je n'ai jamais parlé de tout cela à personne, dit-il, je te fais confiance pour que cela reste entre nous.

– Cela va de soi, Majesté.

– Il y a assez de rumeurs comme ça.

– En effet, Sire.

– J'appréciais beaucoup Struensee, conclut le monarque, agitant la main pour prendre congé. Je l'appréciais beaucoup, marmonna-t-il à nouveau avant de disparaître dans le couloir, le pas lent, voûté, tassé sous le velours de sa robe de chambre.

Jamais la royauté danoise n'a été aussi loin de sa gloire passée, pensa Jon.

52

Le cortège avançait en silence, ayant quitté la ferme de Geirseyri pour se rendre dans la vallée de Miklidalur, environ une semaine après l'exécution de Sigurdur sur le champ de Holavöllur. C'était l'après-midi, la dernière journée de Gudrun. Le bailli David Scheving chevauchait à l'avant, derrière le bourreau qui ouvrait la marche. Bjarni Búi indiquait la route, lui seul savait où se trouvait le creux qu'il avait repéré dans la rivière. Les deux hommes étaient suivis par le révérend Björn de Saudlauksdalur et Gudrun qui allaient à pied. Le pasteur avait revêtu sa robe noire et sa collerette blanche, il tenait sa bible à la main. Gudrun portait une aube également noire, une ceinture nouée à la taille et tenait le grand sac qu'elle avait cousu la veille. Venaient ensuite le marchand de Vatneyri et sa femme, puis les domestiques du domaine de Hagi et, derrière eux, des gens venus des alentours un peu partout, de Saudlauksdalur, de Hænuvik, d'Örlygshöfn et d'autres fermes, paysans, journaliers et servantes vivant sur cette rive du Patreksfjördur, par exemple, le chef de canton et sa femme, ainsi que des vendeurs de la boutique de Vatneyri.

Le groupe pénétrait lentement dans la vallée, personne ne disait rien en dehors de ceux qui fermaient le cortège, qui évoquaient le froid amené par le vent du nord, comme il fallait s'y attendre à l'approche du mois de mars, il n'y aurait sans doute pas de vrai redoux avant l'été. Beaucoup jugeaient que Gudrun marchait avec dignité, mais que le bailli manquait d'allure sur son cheval, et on commentait à voix basse la démarche claudicante du bourreau. Puis le silence s'était fait dans le cortège quand tous entendirent que, dans la quiétude de la vallée, Gudrun s'était mise à chanter.

Le bailli se tenait en effet voûté, mutique et comme anéanti sur sa monture. Le cortège avait quitté la ferme de Geirseyri la veille et passé la nuit à Vatneyri. La femme du bailli n'avait pas eu la force de venir. Elle avait demandé à son mari s'il ne pouvait pas accorder encore quelques jours à la condamnée, mais Davíd lui avait répondu qu'il ne pouvait plus attendre. Ce n'était sain pour personne. Il avait laissé passer une semaine depuis que Sigurdur avait été inhumé, en partie en terre consacrée, avant de quitter le domaine de Hagi ruminant les menaces du gouverneur qui ne tolérerait plus aucun autre retard. Davíd Scheving avait emmené son secrétaire, le régisseur de Hagi, deux domestiques et le bourreau. Ce dernier avait emporté un long bâton terminé par un aiguillon qu'il avait trouvé dans la bergerie de Hagi.

– Qu'est-ce que tu fais avec ça ? avait demandé Davíd en voyant l'outil lorsqu'ils s'étaient mis en selle.

– Je l'emporte en cas de besoin, avait répondu Bjarni sans donner d'explications. Scheving n'en avait d'ailleurs pas besoin, il s'était souvenu avoir lu des récits d'exécutions par noyade qui s'étaient mal passées.

Les péripéties de l'affaire l'avaient épuisé. Davíd Scheving craignait maintenant d'être tombé en disgrâce auprès du gouverneur Magnus à cause de ses hésitations, de son entêtement à implorer clémence au roi et de la compassion dont il faisait preuve envers les repris de justice. Dès son installation au domaine de Hagi, le jeune fonctionnaire avait tout fait pour se dérober à son obligation d'exécuter la sentence. Il avait non seulement envoyé ces missives à Copenhague, mais avait aussi écrit au gouverneur, soulignant qu'il considérait que l'application de la peine était du ressort d'Olafur, le bailli qui venait de quitter son poste. Le gouverneur Magnus lui avait répondu que c'était à lui de veiller à ce que justice soit faite et, lorsqu'il avait appris que Davíd importunait le roi alors que Sa Majesté avait déjà rendu sa décision, il l'avait mis en garde : c'étaient là des manières tout à fait indignes d'un serviteur du royaume que de contourner l'autorité du gouverneur, plus haut représentant du roi en Islande, c'était également une faute professionnelle qui méritait châtiment. Il avait violemment admonesté Scheving pour cette incroyable initiative. Il incombait au gouverneur lui-même d'envoyer les recours en grâce et, dans l'affaire des gens de Geirseyri, ces requêtes n'avaient selon lui aucune raison d'être. Il ne croyait pas un mot de cette histoire de paternité, sachant que Gunnar niait catégoriquement être le père d'Einar. Qui plus est, cette information n'était apparue que très tardivement, ce qui semblait d'autant plus suspect. En outre, il tenait avant tout à ce que les décisions du roi soient mises en œuvre sans délai.

Davíd ressassait les événements tout en faisant route vers la rivière Mikladalsa, il n'était donc pas étonnant qu'il chevauche ainsi affaissé sur sa monture. En tout cas, il avait fait tout ce qui était en son pouvoir pour éviter une énorme injustice, une terrible erreur judiciaire. Il jeta un regard en arrière vers Gudrun qui marchait avec le révérend Björn et l'entendit se mettre à chanter.

Le pasteur avançait, mutique, au côté de la condamnée. Il lui avait rendu visite la veille à Geirseyri et avait passé un moment avec elle. Gudrun était alors occupée à coudre une grande pièce de toile, à sa question elle avait répondu qu'elle fabriquait le sac.

Björn avait compris. Il revenait de chez le chef de canton de Vatneyri avec qui il avait prié, et celui-ci l'avait informé de la manière dont les choses se passeraient.

– Je vous remercie de votre visite, mais je n'ai besoin d'aucune consolation, révérend Björn, avait dit Gudrun. Mon âme est déjà sauvée.

– Dieu bénisse ces paroles, avait répondu l'homme d'Église en la complimentant sur la force de sa foi.

Elle lui avait demandé de lui parler de l'exécution de Sigurdur dans le pré de Holavöllur, Björn lui avait tout raconté de cette journée pluvieuse. À aucun moment du récit elle n'avait fléchi, puis elle avait à nouveau clamé l'innocence de Sigurdur, parlé de lois scélérates et de ceux qui en tiraient profit.

– Tu as été heureuse à Geirseyri, avait observé Björn.

– Je n'aurais pas voulu vivre ailleurs. Chacun ici me tient en amitié, surtout depuis que nos difficultés ont surgi. Le marchand et sa femme sont très bons avec moi, avait-elle ajouté, comme tout le monde.

– C'est une bonne chose.

– C'est surtout mon pauvre Jon qui souffre, avait repris Gudrun. Thorarinn est plus fort, Jon pleure la mort de son père et passe de mauvaises nuits. Je fais ce que je peux pour l'apaiser, mais il est bouleversé, il est inconsolable.

– Oui, bien sûr, ces choses-là atteignent profondément les enfants, avait acquiescé le pasteur.

– Il y aura bientôt trois ans que Sigurdur a été emmené au domaine de Hagi, pieds et poings liés. Mais tout sera bientôt fini. Le révérend sait-il où se trouve Bjarni en ce moment ? J'ai appris qu'on l'avait aperçu en train de remonter la rivière Mikladalsa.

– Il cherche un endroit propice, avait répondu Björn.

– Pour l'exécution ?

Le pasteur avait hoché la tête, puis lui avait raconté tout ce que le chef de canton lui avait dit concernant la manière dont les choses se passeraient. C'était Bjarni Búi qui se chargerait de la noyade, tout comme il s'était chargé de décapiter Sigurdur. La sentence serait exécutée dans la vallée de Miklidalur, dans cette belle rivière qui portait le même nom et la traversait, aussi bleue et limpide que l'innocence. Bjarni Búi avait repéré un endroit qui lui semblait approprié.

Gudrun connaissait cette rivière comme sa poche, cette vallée étant pour ainsi dire l'arrière-cour de la ferme de Geirseyri. Elle avait toujours aimé s'y promener et la remonter pour y cueillir des baies et des herbes. Elle était navrée que ce soit le lieu de sa mise à mort même si elle était aussi reconnaissante que cela se fasse dans un endroit qu'elle aimait et qui n'était pas trop éloigné de chez elle.

– Tu as tenu à le fabriquer toi-même, avait dit le pasteur en regardant le sac de toile dont elle tirait la corde pour vérifier qu'il fermait bien.

– La seule chose que je savais jusque-là, c'est qu'on me mettrait dans un sac, par conséquent, oui, j'ai préféré le faire moi-même. Si j'ai bien compris, l'eau claire de la rivière est censée me laver de tous mes péchés.

– C'est en effet l'idée.

– Et s'il n'y a rien à laver ?

– Nous sommes tous pécheurs, avait répondu le pasteur. Nous le sommes tous.

Le révérend jeta un regard vers l'arrière du cortège. Puis il leva les yeux vers la vallée, observa Gudrun qui marchait à ses côtés et l'entendit se mettre à entonner un chant plein de tristesse et de mélancolie. Il reconnut aussitôt le texte et l'accusation qu'il proférait. Les vers des *Psaumes de la Passion* de Hallgrimur Pétursson résonnaient dans la vallée. Gudrun avait une voix magnifique, elle avait souvent chanté ces psaumes dans l'église de Saudlauksdalur. Elle avait trouvé le rythme adéquat pour accompagner cette triste marche qui toucherait bientôt à sa fin.

Ô, malheur à ceux qui de dogmes odieux
Profitent pour se servir et prospérer
Plutôt que de servir la vérité
Et souillent le nom de notre Seigneur Dieu.

Ô, Jésus, tel est mon aveu fidèle :
Je serai là, à tes côtés,
Lorsque dans ta gloire éternelle,
Aux Cieux, tu viendras les juger.

53

Enfin, Bjarni leur fit signe qu'ils étaient arrivés, le bailli posa pied à terre. Tenant à la main le bâton muni de l'aiguillon, le bourreau le conduisit vers la rivière, lui montra le creux et ils échangèrent quelques mots. Davíd ne fit aucun commentaire sur l'endroit choisi. Le cortège s'égailla le long de la rive et scruta les lieux, on voyait jusqu'au fond de l'eau bleue et limpide, la rivière décrivait une jolie boucle en ondulant entre ses rives tapissées d'herbes folles.

– Il n'y a pas trop de courant ? murmura une voix.

Davíd s'avança vers Gudrun et lui prit la main en silence puis alla se poster tout près de l'eau, sortit quelques feuilles de sa sacoche et lui donna lecture du jugement, il retraça brièvement les accusations et termina par l'énoncé de la sentence. Que Dieu te garde, conclut-il en s'adressant à la condamnée.

Le révérend Björn prononça quelques mots sur la miséricorde divine, demanda à tous de prier avec lui et récita le Notre-Père.

Gudrun écoutait le murmure de l'eau. Une dernière fois, elle regarda la vallée, vit que la terre commençait à se réveiller après un long hiver rigoureux et se fit la réflexion qu'elle ne verrait pas d'autre printemps.

Bjarni approcha, lui prit le sac des mains, l'étala par terre, l'ouvrit en grand et lui ordonna de s'y asseoir. Voyant qu'elle hésitait, il retourna vers elle pour l'accompagner, puis, comme elle hésitait à nouveau, il lui asséna à l'arrière du genou un coup de pied qui la fit trébucher et l'installa de force sur la toile. Gudrun s'y recroquevilla, ramena ses genoux sous son menton et baissa la tête. Bjarni alla ramasser quelques grosses pierres qu'il posa à côté d'elle dans le sac, puis y enferma la condamnée qui leva les yeux un instant et vit le bleu du ciel disparaître au-dessus d'elle.

Le bourreau serra bien fort le nœud auquel il attacha une chaîne. Gudrun l'entendit appeler quelqu'un pour qu'il vienne l'aider. Dans l'étroitesse du sac, les pierres lui faisaient mal, elles lui entaillèrent la peau en heurtant ses jambes quand Bjarni et son aide la soulevèrent. L'instant d'après, elle sentit l'eau glaciale l'envelopper. Ceux qui étaient venus l'accompagner s'étaient approchés de la rive pour regarder. Ils avaient clairement vu le sac couler vers le fond comme à travers du verre liquide.

Le froid insupportable la fit immédiatement suffoquer, elle avait eu le temps d'emplir ses poumons avant d'atteindre l'eau et de heurter violemment le fond. Un moment s'écoula ainsi. Immobile, elle attendit de rendre son dernier souffle, puis sentit le sac se mettre en mouvement. Il remonta en un clin d'œil à la surface.

Gudrun happa l'air dès qu'elle l'atteignit, puis continua à flotter, portée par le courant vers les rochers qui affleuraient en aval. Avant d'y arriver, elle sentit qu'on tirait violemment sur la chaîne attachée au sac. On le souleva, on le posa sur la rive et, peu après, il s'ouvrit au-dessus de sa tête. Elle vit le visage de Bjarni qui regardait à l'intérieur.

– Par le diable, fulmina-t-il. Il faut ajouter des pierres.

La toile retomba autour de Gudrun. Elle se retrouva assise au bord de l'eau, ruisselante, tremblante de froid et épuisée. Le cortège la regardait d'un air terrifié, un peu plus haut, elle aperçut le bailli Davíd en train de vomir. Bjarni apporta d'autres pierres qu'il posa à côté d'elle en des gestes brutaux, elle l'entendit marmonner que le courant était plus fort qu'il l'avait imaginé, ce maudit courant était trop puissant.

– Dans ce cas, peut-on me donner la hache ? demanda Gudrun.

Elle se mit à claquer des dents sous le vent glacial. Bjarni l'enferma à nouveau dans le sac, le referma et appela une nouvelle fois son aide. Elle les sentit la soulever puis le froid de la rivière l'enveloppa et elle sombra au fond de l'eau.

Mais rien n'y faisait. À peine avait-elle coulé que le sac se remettait en mouvement et remontait à la surface, à nouveau elle sentait qu'on le tirait pour le ramener sur la rive. Le tissu se colla sur ses vêtements quand on la hissa pour la deuxième fois. Bjarni défit le nœud, elle aperçut une nouvelle fois dans l'ouverture son visage rougi par l'effort que lui demandait cette lutte contre le courant et le gouffre, il gémit en ajoutant encore quelques pierres. Épuisée après ces deux tentatives ratées, Gudrun toussa et cracha de l'eau en tremblant comme une feuille. Avant que le sac ne se referme, elle vit les visages terrorisés et les larmes de ceux qui étaient venus assister à son exécution. À nouveau, Bjarni le ferma solidement. La dernière image qui se présenta à Gudrun fut celle du bailli Davíd Scheving, qui regardait le triste spectacle, livide et pétrifié, incapable d'intervenir.

En un clin d'œil, elle se sentit basculer, Bjarni la traîna sans ménagement le long de la rive puis la jeta dans la rivière pour la troisième fois. À nouveau, elle suffoqua en entrant dans l'eau glacée. Assise dans son sac, elle espérait que c'en serait bientôt fini. Ses poumons se vidèrent et, à sa grande terreur, elle sentit à nouveau le sac bouger. Aussitôt, elle hurla de douleur quand Bjarni lui enfonça violemment la pointe de l'aiguillon dans l'épaule pour l'empêcher de remonter. L'eau d'un bleu de glace se colora de rouge, l'aiguillon sortit de ses chairs et elle poussa un second hurlement muet quand il lui entra dans le flanc.

Ses poumons s'emplissaient d'eau. Debout sur la rive, les gens la voyaient se débattre et se tourner dans tous les sens sous le tissu. Ils voyaient Bjarni qui s'entêtait, tenant solidement son bâton qui tremblait dans ses mains, ils voyaient le sang qui s'écoulait, ils voyaient la marque des mains de Gudrun plaquées à l'intérieur du sac qu'elle tentait désespérément de déchirer. Peu à peu, ses forces l'abandonnèrent, ses mouvements se firent plus lents, puis la mort eut pitié d'elle et vint la délivrer tandis que la rivière colorée de sang continuait à couler.

54

Puis un jour, tard le soir, une semaine après la dernière visite du roi dans la salle des collections, alors qu'un air de printemps flottait dans l'air et que les arbres des jardins du palais s'étaient mis à bourgeonner, tous les éléments constitutifs de l'horloge avaient retrouvé la place qu'ils occupaient deux cents ans plus tôt et Jon avait entièrement remonté le vénérable chef-d'œuvre. L'événement s'était produit sans tambours ni trompettes et, pour ainsi dire, sans que l'artisan le remarque jusqu'au moment où il s'était retrouvé devant la merveille, les mains dans les poches de son tablier en cuir, étonné, en se disant qu'il ne pouvait rien faire de plus et que sa tâche était terminée. Il avait fait plusieurs essais, il avait dû affiner ici et là le réglage du mécanisme en vérifiant qu'il tournait bien dans le sens du calendrier. Un astronome expérimenté était venu lui prêter main-forte pour reproduire les phases de la lune. Pour finir Jon avait cherché la note adéquate de chaque clochette pour qu'elle puisse jouer le psaume à chaque heure pleine. Le carillon fonctionnait maintenant à la perfection.

Il se gratta la tête sans toutefois s'enorgueillir de sa prouesse. Au contraire, il n'était qu'humilité. Il éprouvait une immense gratitude envers la providence qui avait placé cette horloge sur sa route. Ému, il pensa à nouveau à l'essence du temps et aux deux siècles qui avaient passé depuis qu'Habrecht avait conçu son chef-d'œuvre. Il lui était arrivé de sentir la présence du maître-artisan suisse à ses côtés. Jon Sivertsen avait été le premier à vraiment comprendre le fonctionnement de ce mécanisme complexe depuis que le grand Habrecht l'avait assemblé.

Ainsi, Jon avait l'impression d'avoir effacé les deux siècles qui les séparaient, le passé et le présent s'étaient rejoints et ne faisaient plus qu'un.

Tout cela aussi avait contribué à colorer d'une certaine nostalgie les dernières heures de son travail. Les moments passés en compagnie de son illustre collègue suisse et de son chef-d'œuvre lui manquaient déjà.

Une fois de plus, le roi l'arracha à ses pensées en faisant son apparition dans la pièce sans prévenir, vêtu de sa robe de chambre et de son bonnet de nuit. Jon fit un pas de côté et s'inclina en se disant que Sa Majesté avait dû un peu forcer sur le rhum. On lui avait raconté aux cuisines que le souverain n'était pas au mieux, son comportement était instable pour ne pas dire chaotique. Il s'était à nouveau disputé avec le dauphin, et Louise Augusta avait essayé de les réconcilier. On avait vu le roi Christian errer, vociférant et quasi nu, dans les couloirs, et on avait une fois de plus convoqué les médecins. Jon ne remarqua cependant rien de tout cela dans l'attitude de son souverain qui passa un long moment à scruter les détails de l'horloge, les rails et les glissières, les statuettes, le carillon, le coq et la Mère de Dieu.

Tsss, souffla le roi. Il inspecta les alentours et vit que plus aucun élément n'encombrait les tables et les établis.

– Chaque chose a retrouvé sa place, Sire, annonça Jon, oubliant que le petit peuple n'était pas censé prendre l'initiative de s'adresser à son souverain.

– Donc, tu as fini ?

– Oui, j'ai enfin terminé, Majesté, cette horloge a retrouvé sa splendeur d'antan.

– Elle est belle, répondit le monarque en s'attardant d'un air bienveillant sur tel ou tel détail qui suscitait son admiration et qui lui avait échappé jusque-là. Les présents dans les mains des Rois mages. La restauration impeccable des Âges de l'Homme. La statuette scintillante de la Sainte Vierge.

– Oui, Sire, j'ose affirmer que c'est la plus belle horloge de tout Copenhague et même à des centaines de lieues à la ronde. Vous pouvez en être fier, c'est un objet magnifique.

– Tu as bien travaillé, complimenta le roi, satisfait, en s'asseyant dans son fauteuil. Mieux que personne !

– Pour être honnête, j'ai bien cru que je ne réussirais jamais, Majesté, répondit Jon, maintenant soulagé d'en avoir terminé.

Ils contemplèrent le chef-d'œuvre un long moment sans rien dire, puis, comme à chacune de ses visites, le roi ne tarda pas à interroger l'artisan sur les siens dans l'ouest de l'Islande. Il savait que son récit, lui aussi, touchait à sa fin.

– Tu m'as dit que l'exécution de Gudrun a été bien pire que celle de Sigurdur, annonça le roi, rompant le silence.

– Hélas, oui, Sire, répondit Jon, prêt à poursuivre son récit. C'était abominable.

– Comment ça ?

– Sa Majesté aurait-elle encore un peu de rhum, si ce n'est pas trop lui demander ?

Le roi sortit une flasque de la poche de sa robe de chambre et la tendit à l'Islandais qui en but deux grandes gorgées au goulot. Jon fit mine de la lui rendre, mais le souverain lui dit qu'il pouvait la garder.

– Aurais-tu besoin d'un remontant pour continuer ? s'étonna le roi.

– C'est une histoire monstrueuse, assura Jon, qui redoutait depuis longtemps le moment où il devrait décrire l'exécution de Gudrun tant elle était épouvantable. Ne pouvant toutefois pas se dérober, il relata le terrible événement dont les gens furent témoins dans la vallée de Miklidalur en veillant à ne rien omettre et à dévoiler toute la vérité. Il expliqua que le bailli Davíd Scheving fut le plus ébranlé parmi tous ceux qui étaient venus jusqu'à la rivière, il avait d'abord vomi, puis s'était évanoui lorsque Bjarni Búi avait enfoncé son aiguillon dans l'eau où il l'avait maintenu, agrippé à son bâton. On avait ensuite ramené Davíd à Vatneyri. Profondément choqué par l'exécution, il avait sombré dans une profonde mélancolie, on disait qu'il avait souffert d'insomnies persistantes et qu'il avait gardé le lit des jours durant.

Jon raconta également à son roi qu'on avait remonté le corps de Gudrun sur la rive. On l'avait sortie du sac, on avait creusé à proximité du cours d'eau un trou où on l'avait jetée sans cérémonie, sans la moindre prière, avant de le reboucher.

Absorbé par son récit sur la terrible agonie de Gudrun, Jon n'avait pas remarqué combien le monarque était affecté. Le roi resta silencieux à contempler l'horloge un long moment après que l'Islandais eut terminé.

– Est-ce que ton frère et toi avez assisté à ce… à cette… à cette exécution ? demanda Christian VII.

– Non, Sire. Nous sommes restés à la maison, à Geirseyri, nous avions fait nos adieux à Gudrun la veille. Elle a chanté pour nous, comme elle le faisait parfois. Mon frère et moi l'aimions beaucoup, Majesté.

– Elle était inquiète pour vous ? Pour toi ?

– Lorsque tout a été fini, le pasteur nous a dit qu'elle lui avait parlé de nous, en effet, de moi surtout. Je tenais à ne pas oublier de vous le dire, Sire, parce qu'il me semble que cela décrit parfaitement la femme qu'elle était. C'étaient des journées difficiles, pour ne pas dire insupportables.

– Et ce Hallgrimur… ce psalmiste ? demanda le roi après un silence. Qui était-ce ?

– Un pauvre pasteur, Sire, il a vécu au siècle dernier et a composé un grandiose recueil de poèmes sur la Passion du Christ. Il était atteint de la lèpre, si je puis me permettre de l'ajouter.

À nouveau, le roi garda le silence, plongé dans ses pensées.

– Des gens bien renseignés m'ont écrit, reprit Jon, on dit qu'au début du printemps, là-bas, dans l'ouest, lorsque le vent se lève, on a l'impression d'entendre l'écho du chant de Gudrun au bord de la rivière.

– Mais ce chant… qu'est-ce que ce poète-pasteur veut dire quand il parle de dogmes odieux ou je ne sais quoi ?

– Je ne connais pas bien les psaumes qu'il a écrits à la gloire de Notre Seigneur, Sire, répondit Jon, mais on dit que Gudrun les a chantés pour dénoncer ceux qui appliquent le plus sévèrement des lois scélérates et n'hésitent pas à souiller la vérité lorsque cela les arrange.

Jon avait à peine fini sa phrase qu'il décela chez le roi un subit changement d'humeur. Il aurait sans doute dû veiller un peu plus à sa manière de s'exprimer. Ce qu'il venait de dire semblait déplaire au souverain, il se demanda si les détails qu'il avait donnés sur la mort de Gudrun n'avaient pas produit sur Sa Majesté l'effet inverse de celui qu'il avait escompté.

– Elle s'en prenait donc à mon père par son… par son chant ? demanda le roi.

– Je ne crois pas, Sire, répondit prudemment Jon.

– Mais tu accuses mon père d'être responsable de tout cela ? reprit Sa Majesté en se levant de son fauteuil. Tu l'accuses de la mort de ton père ? De la mort de cette femme ? Sinon, tu ne m'aurais pas récité ces strophes. Tu l'accuses de tout ce qui a déraillé dans la vie de ces gens, sinon, tu ne serais pas en train de… de nous ridiculiser, moi et ma famille… d'accuser mon père… C'est bien le message que tu essaies de me faire passer depuis le début, n'est-ce pas ? En me racontant toutes ces histoires. Sournoisement. Insidieusement. Ton mépris. Les critiques que tu formules sur les sentences que nous prononçons.

Tu t'en prends à moi en tant que… en tant que père… tu t'en prends à la royauté, à notre justice…

Jon se demandait ce qui se passait.

– Cela ne viendrait jamais à l'idée, Sire, répondit-il. Je tiens et j'ai toujours tenu à témoigner à Sa Majesté et au royaume mon plus profond respect et mon absolue loyauté. J'espère que vous me croyez.

– Ta loyauté ?

– Oui, Majesté.

– Tu as bien dit ta loyauté ?!

– Oui, Sire, mon absolue loyauté, répéta Jon.

– Dans ce cas, prouve-la !

– Vous la prouver ?

– Oui, prouve-moi ta loyauté.

– Je… il me semble l'avoir déjà fait, Majesté, en toute chose, répondit Jon. Permettez-moi de vous dire que je vous ai toujours témoigné le plus grand des respects.

Ses paroles n'eurent aucun effet sur le roi. Christian se mit à scruter la salle d'un regard frénétique qui s'arrêta sur un monceau d'armes entassées dans un coin, il y avait là des boucliers, des sabres, des haches et des lances. Il s'avança, s'empara d'un vieux sabre rouillé à la lame élimée, le reposa, empoigna une hache et retourna vers l'horloger. Tétanisé, Jon le regardait approcher l'arme à la main et cherchait un objet avec lequel se protéger, persuadé que le roi avait l'intention de s'en prendre à lui. Or, il n'en était rien, Sa Majesté lui tendit la hache. Jon l'attrapa d'une main hésitante, sans avoir la moindre idée de ce que tramait le souverain.

– Prouve-moi ta loyauté, lança le roi.

– Majesté ? Que… comment… ?

– Détruis cette horloge, ordonna Christian VII.

Jon se demandait s'il avait bien entendu.

– Majesté ?

– Je veux que tu me prouves ta loyauté, répéta le roi.

– Mais… ?

– Détruis cette maudite horloge ! tonna le monarque.

Jon regarda le chef-d'œuvre en se remémorant toutes les heures consacrées à sa restauration et les problèmes rencontrés dans cette salle. Tout cela avait été pour lui une épreuve, mais ce n'était rien comparé à ce que le roi exigeait maintenant.

– Je ne peux pas… Votre Majesté ? Je… vous…

– Fais-le !

– Je vous implore d'épargner cette horloge, Sire ! s'écria Jon, désemparé. Elle est d'une valeur inestimable… C'est une œuvre d'art inestimable.

– Je t'ordonne de la détruire, tonna le roi.

Jon le dévisageait.

– Vous ne pouvez pas faire ça, Majesté, supplia-t-il. Vous ne pouvez pas exiger de moi une chose pareille…

– Détruis-la ! hurla le roi, incapable de se maîtriser. Détruis-la !!

Jon hésitait encore, il regardait son souverain, incrédule.

– C'est votre décision, Majesté, répondit-il en secouant la tête, désespéré. Je ne peux pas faire ça. Je ne le ferai pas, Sire. J'en suis incapable.

– Comment ?

– Je ne peux pas, Sire. J'en suis tout à fait incapable, Votre Majesté. Je peux tout faire pour vous, mais pas ça.

– Tu comptes désobéir à ton roi ?

– Je ne pourrais jamais détruire cette horloge, répondit Jon en laissant tomber la hache à terre. Personne ne devrait être forcé à faire une chose pareille, Majesté. On n'a pas le droit de détruire une telle œuvre d'art.

– Tu préfères aller à la potence plutôt que d'obéir à mes ordres ?

– Je ne peux pas détruire cette horloge, Sire, répéta Jon à voix basse.

– Eh bien, dans ce cas, rétorqua le roi en saisissant la hache, je vais m'en charger moi-même.

Il fixa l'artisan comme dans l'attente de sa réaction puis, voyant qu'il ne bougeait pas, leva l'arme en l'air et se prépara à la lancer sur le chef-d'œuvre. Jon se précipita devant l'horloge et y resta immobile.

– Écarte-toi ! ordonna le roi.

– Ne faites pas ça, Majesté. Je vous implore... pensez à la merveille que cet objet...

– Laisse-moi passer ! Va-t'en d'ici, horloger ! hurla le roi en brandissant la hache.

Comprenant qu'il allait mettre sa menace à exécution, Jon empoigna le manche, le roi avait beau tirer, l'artisan ne lâchait pas.

– Ne me touche pas ! hurla Christian VII. Comment oses-tu ?

Le souverain tenta de se dégager et, bientôt, les deux hommes en vinrent aux mains. Le roi faisait tout son possible pour frapper l'horloge, et Jon devait faire appel à toutes ses forces pour le retenir, tant il était furieux et incontrôlable.

Ils entendirent tout à coup derrière eux le bruit d'un éventail qui se dépliait.

– Papa ! Mais qu'est-ce que tu fais ?

Les deux hommes tournèrent la tête et aperçurent Louise Augusta qui, ahurie, observait à distance le roi en robe de chambre et en bonnet de nuit, prêt à réduire en morceaux le chef-d'œuvre, et l'artisan en tablier, prêt à mettre son père au sol.

Au même instant, un cliquetis discret se fit entendre à l'intérieur de l'horloge d'Habrecht qui se mit alors en mouvement, comme actionnée par une main invisible. Toute la merveille prit vie sous leurs yeux : les Âges de l'Homme s'animèrent, l'Enfance céda la place à la Jeunesse, la Lune avança sur son axe dans le ciel, les Rois mages défilèrent avec dignité en se prosternant devant la Vierge Marie, la Mort approcha et sonna l'heure, le coq se dressa, déploya ses ailes et chanta comme s'il en allait de sa vie, les clochettes du carillon se mirent à tinter grâce au nouveau mécanisme que Jon avait fabriqué et portèrent jusqu'à leurs oreilles les notes du psaume dénonçant les lois scélérates qui insultaient la vérité, les notes que Gudrun avait entonnées dans la vallée de Miklidalur lorsqu'on l'avait conduite sur le lieu de son exécution.

Le roi observa le mécanisme qui fonctionnait à la perfection, comme il l'avait fait deux cents ans plus tôt à la gloire du Seigneur. Le souverain lâcha machinalement Jon et resta comme pétrifié devant l'horloge. Jon lissa son tablier et vit les yeux du monarque danois s'emplir de larmes. Louise Augusta fixait elle aussi le prodige, admirative, et prit la main de son père.

– Mon Dieu, qu'elle est belle, soupira-t-elle, le regard illuminé par une joie sincère.

Le roi Christian VII contempla sa fille en souriant comme un enfant émerveillé, puis laissa tomber sa hache par terre pour serrer l'artisan dans ses bras.

– Elle est sublime, murmura-t-il à l'oreille de l'horloger. Elle est absolument sublime…

55

Quand Jon eut entièrement achevé sa tâche, il retrouva une dernière fois le roi devant le chef-d'œuvre. Après avoir dit adieu aux amis qu'il s'était faits au palais, il avait rassemblé ses outils et s'apprêtait à rentrer chez lui lorsqu'il entendit à la porte un froissement familier. C'était le soir, le souverain vêtu de sa robe de chambre en velours s'approcha de lui et le salua avec bienveillance.

– On m'a dit que tu étais ici.

– Votre Majesté, répondit l'Islandais en s'inclinant.

La nouvelle s'était répandue : le temps avait repris sa course au palais de Christiansborg, on avait réussi à restaurer le chef-d'œuvre d'Habrecht, c'était un grand événement. Déjà, des horlogers curieux, les meilleurs de leur profession, des sommités du monde des arts et des sciences, venus de tout le Danemark et même de l'étranger, affluaient pour voir la vieille horloge et admirer la dextérité de ce Sivertsen qui avait réussi à la remettre en état. Beaucoup jugeaient qu'il avait accompli une prouesse en la réparant et en lui rendant son apparence originelle.

Jon et le roi passèrent un long moment à contempler la merveille, puis le monarque toussota et annonça qu'on allait la transférer au château de Rosenborg où elle serait exposée pour réjouir durablement les sujets du royaume et assouvir leur sens de la beauté. Il complimenta une fois encore l'artisan, s'excusa à nouveau de lui avoir parfois compliqué la tâche et le remercia pour la tolérance dont il avait fait preuve face à ses excès. Le souverain avait beaucoup apprécié le temps qu'il avait passé en sa compagnie, ces moments étaient à la fois mémorables et précieux, et il penserait toujours à Jon avec joie et bienveillance.

– C'est pourquoi, si tu y consens, je souhaiterais t'offrir un petit quelque chose en guise de reconnaissance, déclara le roi en sortant d'une de ses poches intérieures une magnifique montre. Elle appartenait à mon médecin et ami, je veux maintenant qu'elle soit tienne.

Jon prit la montre à gousset et reconnut sa facture. C'était un objet de très belle qualité, fabriqué par un grand horloger suisse de Lucerne.

– Je vous remercie, Majesté, répondit-il en la contemplant.

– Non, c'est plutôt à moi de te remercier, corrigea le roi. Mon père, Frédéric, poursuivit-il à voix basse, ne s'excusait jamais de rien. Ce n'était pas dans sa nature, mais je tiens à te dire que je suis navré que ton père et sa gouvernante aient subi une si grande injustice et, même si je ne saurais te remettre un document officiel pour l'attester, je veux te présenter toutes mes excuses pour le traitement inique qu'on leur a infligé.

Ses paroles touchèrent Jon. Voyant que le roi était sincère, il accepta humblement ses excuses. Ils s'attardèrent encore quelques instants devant l'horloge, Jon ôta un grain de poussière qui s'était déposé sur la Sainte Vierge, puis ils quittèrent ensemble la salle des collections. Le roi prit congé de son horloger en lui disant qu'il serait toujours le bienvenu au palais, de jour comme de nuit.

Jon Sivertsen retourna chez lui, pensif. Quelques passants l'observèrent avec étonnement lorsque, arrivé devant son échoppe, il se livra une fois de plus à son étrange manège, avançant et reculant sur le trottoir. Il fit un pas en avant, s'immobilisa, en fit deux en arrière, et recommença une deuxième fois, puis une troisième. Ces badauds ignoraient bien sûr que, tout jeune, l'horloger avait fait des bonds avec le poète Eggert pour éprouver les lois de la gravité dans la cour de la ferme de Geirseyri, le jour où il avait compris pourquoi les océans restaient accrochés à la surface du globe. Ils ne pouvaient donc pas savoir que l'Islandais se livrait en ce moment à des expériences sur les lois temporelles pour se convaincre une fois encore que chaque pas que nous faisons en avant en engendre un second qui nous ramène vers le passé…

DU MÊME AUTEUR

CHEZ LE MÊME ÉDITEUR

Série Erlendur Sveinsson
(dans l'ordre chronologique des enquêtes)

Le Duel

Les Nuits de Reykjavik

Le Lagon noir

Les Fils de la poussière

Les Roses de la nuit

La Cité des jarres

La Femme en vert

La Voix

L'Homme du lac

Hiver arctique

Hypothermie

La Rivière noire

La Muraille de lave

Étranges rivages

Trilogie des ombres

Dans l'ombre, T. 1

La Femme de l'ombre, T. 2

Passage des Ombres, T. 3

Série Konrad
(dans l'ordre chronologique des enquêtes)

Ce que savait la nuit

Les Fantômes de Reykjavik

La Pierre du remords

Le Mur des silences

Les autres romans d'Arnaldur Indridason

Bettý

Le Livre du roi

Opération Napoléon

Le Roi et l'Horloger

Cet ouvrage a été composé par
Atlant'Communication
au Bernard (Vendée)

ACHEVÉ D'IMPRIMER SUR ROTO-PAGE
PAR L'IMPRIMERIE FLOCH À MAYENNE
EN AVRIL 2023

N° d'édition : 2849002 – N° d'impression : 102489
Dépôt légal : février 2023

Imprimé en France